繁花时节怀故人

罗孚 著 高林 编

生活·读书·新知三联书店

图书在版编目（CIP）数据

繁花时节怀故人／罗孚著；高林编.—北京：
生活·读书·新知三联书店，2020.6
（罗孚作品精选）
ISBN 978-7-108-06462-2

Ⅰ.①繁… Ⅱ.①罗…②高… Ⅲ.①散文集-中国-当代
Ⅳ.① I267

中国版本图书馆 CIP 数据核字（2019）第 092037 号

责任编辑　卫　纯
装帧设计　蔡立国
责任校对　曹忠苓
责任印制　宋　家
出版发行　**生活·讀書·新知** 三联书店
　　　　　（北京市东城区美术馆东街 22 号　100010）
网　　址　www.sdxjpc.com
经　　销　新华书店
印　　刷　河北鹏润印刷有限公司
版　　次　2020 年 6 月北京第 1 版
　　　　　2020 年 6 月北京第 1 次印刷
开　　本　787 毫米×1092 毫米　1/32　印张 12.625
字　　数　239 千字　图 10 幅
印　　数　0,001-5,000 册
定　　价　48.00 元
（印装查询：01064002715；邮购查询：01084010542）

丁聪绘罗孚

上世纪六十年代与《大公报》同事合影

上世纪四十年代末期《大公报》同事合影

1965 年杭州黄宾虹博物馆与李子诵、李侠文、金尧如等

上世纪五六十年代《大公报》举办黄宾虹画展

1980 年与林风眠在香港

1979年，罗孚（右一）和林风眠（中）、张仃（左二）、黄苗子（右二）和郁风（左一）在香港

1980年，罗孚和秦牧（左）、刘殿爵（中）在香港。刘殿爵是香港中文大学教授，是统战对象

1980 年 12 月，罗孚（左二）和萧乾（右三）、曾敏之（左一）、戴天（左三）、舒巷城（左四）、毕朔望（右二）、何达（右一）、夏易（后排左）、李怡（后排中）、古兆申（后排右）在香港

上世纪九十年代初北京文化界人士为夏衍祝寿聚会

目 录

编者的话

罗孚先生，原名罗承勋，一九二一年出生于广西桂林，二〇一四年逝世于香港。一九四一年在桂林加入《大公报》，先后在桂林、重庆、香港三地《大公报》工作。曾任香港《大公报》副总编辑、香港《新晚报》总编辑。他还曾任香港《文汇报》"文艺"周刊主编，创办了《海光文艺》月刊。以辛文芷、吴令湄、文丝、程雪野、丝韦、柳苏等笔名，在内地和香港发表了大量的散文、随笔和文论、诗词，著有《北京十年》《燕山诗话》《南斗文星高》《香港，香港……》《西窗小品》《文苑缤纷》《香港文丛·丝韦卷》《繁花时节》和《我重读香港》等，编有《聂绀弩诗全编》《叶灵凤读书随笔》和《香港的人和事》。一九八三年，因"将我国重要国家机密提供给外国间谍"而被判刑十年，假释后在北京居住，一九九三年回香港定居。

罗孚先生的一生，虽历经坎坷，但也丰富多彩，他是报人、作家、诗人、文学评论家，也是绘画和书法作品的收藏家和鉴赏家，还是图书策划人和出版家。当然，他也是一位党的统战工作者。在七十多年的工作和生活中，他和许多师友结下了深厚的友谊，这里有事业的同侪、文学的知音、患难的旧友和相惜的新知。在北京期间和回香港后，他写了大量怀念故人的文章，寄托了自己真挚的感情，也饱含着对人物命运和所处时代的感叹。这些文章散见于内地和香港的报章，多数收集在已经出版的《罗孚文集》等著作中，本书汇编了其中有代表性的篇目，作为对罗孚先生和他那一代人的纪念。

一九七七年，聂绀弩从监狱回来后，罗孚赠了一首七律给他，诗的尾联是："历史老人应苦笑，繁花时节又怜君。"以后，他又用"繁花时节怀绀弩"作为给《聂绀弩传》写的序言的篇名。"繁花时节"或许是罗孚先生对那一个时代的人和事的理解，本书就用"繁花时节怀故人"为书名。

二〇一七年一月三日

旷代高名垂报史

——悼念徐铸成先生

那是半个世纪以前的事了。

一九四二年的春夏之交，在桂林星罗棋布的山岩中，一个名叫星子岩的小山旁，我见到了一位满面春风、满头黑发（或者说绿鬓吧）的"银丝先生"。

初见的时候还不是，后来才是。为什么叫银丝？我也没有去多想。他当时并不是老人，只不过是时时脸带笑容的三十多岁的青年人。也许按照那时的标准，三十已经算中年，五十以上就是老年了。但就是这样，也还不老，我只是认为他是一位大人，自己还是小子，尽管是大孩子，二十刚出头。

大人还有另一层意思：居于高位的领导。他当时是桂林《大公报》的总编辑。而我只是一名在报馆工作了不过一年的练习生而已。练习生就是和学徒或广东话"后生"差不多的最底层的工作人员。

他刚从香港来。头一年的十二月初，日本发动了太平洋战争，十八天就完全占领了香港。香港《大公报》关门大吉（不关门而在日军的刺刀下继续出版那才是不吉），《大公报》的人纷

3

纷逃难到了桂林。桂林的《大公报》就是"胡老板"胡政之的先见之明，他预料日本必然会发动南进的太平洋战争，香港是必然保不住的，就在一九四一年的春天办起了桂林《大公报》，是香港《大公报》人马的预留之地。报馆就在星子岩边，这样做，是为了可以将印报机藏在岩洞里，日本飞机来轰炸时，人也可以藏身岩洞里。

人来得多了，一份报纸养不了那许多人，于是就多办了一份《大公晚报》。

晚报有副刊，副刊有杂文，每天都有两三篇两三百字短小如豆腐干的文字，集中拼在版面的第一位置上。第一位编者郭根，是著名报人邵飘萍的女婿，后来还做过上海《文汇报》的总编辑、山西大学的教授。他写的豆腐干笔名"木耳"，"郭"字右边是耳朵，"根"字左边是木头，想当然，这是拆字格。他要我也凑凑数，我不曾拆字，心想：你叫"木耳"，我就叫"石发"吧，石对木，发对耳。"石发"和我后来的一个笔名"史复"有些音近，其实彼此并不相干，"史复"不过是"斯福"的谐音，"斯福"不过因为有人给我起了一个外号，叫我"罗斯福"。《大公报》还有个"杜鲁门"呢，那是诗人老杜，当然并非杜甫，而是"九叶诗人"杜运燮。

我取名"石发"，还因为豆腐干的作者有一位"银丝"。银丝也是发，不过是白发。你也发，我也发，这就是"石发"了。

此外也还有别的作者，但以"银丝""木耳""石发"为多。

4

现在记得，一直记得的，就是这么个名字。

"银丝"就是总编辑徐铸成先生。

他为什么要取这个笔名呢？顶多是一个中年边缘人。莫非"偶有几茎白发，心情微近中年"，就顺手写上它了？我一直没有问过，因为一直没有去多想它。只是在他八十大寿那年，在祝寿诗中写下了一句"桂岭何曾发有丝"，称赞他当时的年少有为。这是多年以后想起他的年少，当年的印象却是大人，尽管并不是老人。

大人不但不耻于与小子为伍，同时出现在一个专栏里，而且后来还进一步，把我这小子提升为副刊的编辑，接替调去日报编辑要闻的郭根。

他也是能放手写作言论、编辑版面的。在他的主持下，桂林《大公报》表现尤比重庆《大公报》更为生气勃勃。社论说话更大胆，《重庆通讯》是引人注目的更大特色。

《重庆通讯》是子冈写的。每一篇都多多少少揭露了国民党统治区，特别是陪都重庆的黑暗，也透露一些内幕消息，这些东西在重庆的《大公报》上是不可能有的。往往出口转内销，先到桂林再回重庆，流传众口。桂林《大公报》登它，是利用了蒋桂之间的一些矛盾，钻了空子。子冈能长时期这样写，首先当然是由于她的正气和灵气，这也反映了徐铸成的勇气和正气。

至于社论，那就更是徐铸成的"铁肩担道义，辣手著文章"了。《大公报》的社论是一直为知识分子所爱读的，第一支笔是张季鸾，胡政之也写。另一支笔是王芸生，文章有季鸾风。张季鸾逝世后，社论主要就由王芸生写了。它发表在重庆版，转载于桂林版。桂林版也常有自己的社论，那就多半出自徐铸成的手笔。论文章的气势，当时徐逊于王，论笔锋的凌厉，徐就更放手，往往言王之所未言，抨击时弊，大胆得多。这当然也和重庆、桂林的政治气候多少有些差异有关，却也使人不能不敬佩徐铸成的"肩"和"手"。

湘桂大撤退，桂林沦陷，桂林《大公报》的人不少到了重庆，于是也出重庆《大公晚报》，养了一批人。还不够，又集中一些人编书出书，这样来养士。徐铸成也就由一馆的总编辑变成只是一张晚报的总编辑了，主要的编辑有两位：新闻版，徐盈（大家叫他"徐老大"，其实他比徐铸成小，顶多算"徐老二"），副刊版，我。面对着这样的局面，徐铸成当然是郁郁不得志的。这是一九四四年的事。

好在第二年日本就投降了，在沦陷而又收复的土地上，第一张复刊的《大公报》是上海《大公报》，先去主持其事的是徐铸成。后来王芸生一去，他立刻挂了冠，当天晚上就不到《大公报》，却去《文汇报》上班了。那是日军占领下上海被称"孤岛"时，他在租界里创办的（当时时时刻刻都有生命危险，需要最大的正气和勇气）。后来被迫停刊，他才去了香港，主持《大公报》的编辑部。现在，他又回到自己创办的《文汇报》来了。

离"大"就"文"，不是（或至少不全是）个人的意气，就在第二天的《大公报》上，刊出了《可耻的长春之战》的社论，指责偏向解放军。有人说徐铸成不该在王芸生下机伊始，人还劳顿时就抽身而去。其实他去得正是及时，要不然，叫他如何承受这"可耻"？

俱往矣，这里不是要算某一个人的旧账。对于"王芸老"（报馆一般人叫他"王老芸"），许多地方还是我们应该尊敬的。

这时候，《文汇报》的声誉压倒了《大公报》。

当《文汇报》不容于国民党当局而停刊后，徐铸成又到香港，创办香港《文汇报》。

上海解放，全国解放，《文汇报》在上海复刊。他又回去主持《文汇报》，直到毛泽东亲自写了《〈文汇报〉的资产阶级方向必须批判》的《人民日报》社论，《文汇报》又麻烦了，徐铸成也入了另册，成为"右派"。反右的信号是从批《文汇报》开始的。

这中间，他初回上海复刊《文汇报》不久，虽邀我到上海《文汇报》重归于他的帅字旗下，我留恋香港，没有去。

这以后，是"史无前例"的十年，是"四人帮"的粉碎、"文革"的结束，是大规模的平反……

十年前，他曾经到过一次香港，参加《文汇报》的庆祝活动。《大公报》对他是冷遇的，只有我们一些桂林馆的老同事，联合起来私人宴请过他。

但《新晚报》却用了他《海角寄语》的通讯专栏，从他还在香港时就写起，回上海后继续写。写得也是放手的、大胆的。因此，他挨了骂，我更挨了骂。

一九八二年以后我一直在北京。他常到北京开会，几乎每年总要见面，而且有时一年见几次，比起以前二三十年都难得一见反而是多了。

去年他没有来。但听说他身体特别好。能吃，一天可以喝两大瓶雪碧（不是小罐），吃许多水果，还有雪糕，还有肉食，能走，缓缓地可以走上五层楼。正为他高兴，以为九十不难，谁知道却像是无疾而终地突然告终了。虽然已是高寿，还是使人哀痛。

我向上海送去了一副挽联：

> 一大二文，时代紧追随，旷世高名垂报史；
> 左乎右也，风云多变化，当年恨事误儒冠。

"一大二文"一是《大公报》，二是《文汇报》（上海和香港的《文汇报》加起来也是二）。至于"儒冠"，"无冕之王"的帽子固然是儒冠，"右派"帽子主要也还是儒冠。

就他一生来说，比起《大公报》来，《文汇报》的一段更主要、更辉煌。但我接触到他主要是在《大公报》，在桂林和重庆。因此匆匆只能写这些。

在桂林，那是一种知遇之感。"平生风义兼师友"，友是我不能说的，他只是师，尽管没有正式做他的学生，但新闻工作的许多方面，他都是我的师范。

十多年来，他努力写作，出了十几本书；像不少人一样，这是为了补回那二十年失去的时间吧。这中间有三本是传记：《杜月笙正传》《哈同外传》和《报人张季鸾先生传》。他最重视的是《报人张季鸾先生传》。

在书的"引言"中他写下了对"报人"这个称呼的理解："我国近代新闻史上，出现了不少名记者，有名的新闻工作者，也有不少办报有成就的新闻事业家，但未必都能称为报人。历史是昨天的新闻，新闻是明天的历史，对人民负责，也应对历史负责，富贵不淫，威武不屈，不颠倒是非，不哗众取宠，这是我国史家传统的特色。称为报人，也该具有这样的品德和特点吧。"他又说："我认为，'报人'这个称号，就含有极崇敬的意义。"

我想，他自己也一定是愿意被称为"报人"的，他如有墓，他的一生最适宜在碑上镌刻"报人徐铸成先生之墓"。

他的最后一本著作是《八十自述》，有好几十万字。样书早就有了，不知道何以迟迟不见问世？

《自述》中当然会提到他是紫砂壶故乡宜兴的人。而宜兴有另一著名的报人储安平。两人都是反右中的著名"右派"。储安平是反右以后就再无消息，非正式的消息说，他早就蹈海死了。

我想起了《庄子》的《山木》篇："君其涉于江而浮于海，望之而不见其崖，愈往而不知其所穷。送君者皆自崖而反，君自此远矣！"远矣，储安平！

虽然和储安平的情况不一样，不是蹈海，没有失踪，而是寿终正寝，我远望东海，仿佛看见徐先生浮于海而不知其所穷，我似乎在对自己说：

远矣！哲人远矣！

一九九二年一月，北京。

《明报月刊》一九九二年二月号

千古文章未尽才
——怀念杨刚大姐

一

那时候还没有"女强人"的称呼，我们总是爱在她的背后，赞她一声"真刚！"。

刚是她的名，杨是她的姓，她就是杨刚——一位作家、编辑、记者，后来了解得多了，才知道她更是一位革命家。

那时候是四十年代初期，抗日战争的烽火中。她从日本侵略者的刺刀丛中，从沦陷了的香港脱险归来，回到家中。这家，是爱国一家、抗战一家的家。这是大的，小一点的是《大公报》这一家。香港《大公报》被敌人毁了，桂林还有《大公报》，重庆还有《大公报》。

在桂林《大公报》，她又重新挑起了《文艺》编辑的担子。这担子原来是她在香港就挑起了的——一九三九年夏天，从萧乾手中接过了这副担子。萧乾到英国去了。

从香港逃离到桂林的《大公报》同事，多数是衣着比较漂亮的，但杨刚却不像别的女同事那样花枝招展，是朴素的西装

11

长裤，或西装短裙。许多时候，还是随意披着上装，而不是穿得齐齐整整。这已经有一些阳光的味道。当一支烟在手时，那就更是男性味十足了。杨刚是"阳刚"。

她的文风，也是刚的，绝无儿女气。她的性格一如文风，该坚持的就坚持，绝不含糊。说话也是直来直去的。同事们对她，可以说是敬她三分，也可以说是畏她三分，尽管她并不是领导。

她是编辑部中唯一的大姐。但在我们的印象中，她却是显得年轻的，这恐怕和她的一股蓬勃的朝气有关，使人觉得她还是个拥抱着青春的人，尽管有些憔悴。当时桂林《大公报》的总编辑徐铸成其实还比她小两岁。她那时已经三十六岁了。

一九四四年，她去了美国，读书并兼任《大公报》驻美特派员。在美国四年，她留下了一本《美国札记》给我们。当然，她所做的远不止这些。

一九四八年秋，她回到香港。在香港她只逗留了几个月，就北上迎接新中国开国的阳光去了。在香港，她参加推动《大公报》走向新生。

天津解放后，她担任过《进步日报》（由《大公报》脱胎换骨而成）的副总编辑；上海解放时，她担任接管《大公报》的军代表。后来又北上参加开国大典，被派到周恩来总理身边工作，先任外交部政策研究委员会主任秘书，后任总理办公室主任秘书。

二

杨刚原来的名字叫杨缤。英国女作家简·奥斯汀的《傲慢与偏见》的翻译者杨缤就是杨刚。

杨缤是她在中学、大学用的名字,显然是家里给她取的吧(她还有一个名字是杨季徽)。但她用杨缤的名字来译书时,已经在用杨刚这名字做笔名发表文章了。这一回杨缤是她自选的,可见她也并不完全拒绝女性的色彩。

她是湖北沔阳人,却出生在江西。她父亲在江西做官,清朝时做过道台,民国后回湖北做过厅长。至于沔阳,在《三国演义》上可以看到这个地名,记得它的人未必多,但如果说它的一部分后来划出来建立了一个新县——洪湖,那恐怕就很少人不知道了,那就是《洪湖赤卫队》的洪湖。

杨刚正是有着洪湖赤卫队般的叛逆性格的。早在一九三一年,她就因为在北平参加"五一"的示威游行,被阎锡山的军警抓去坐牢,受到酷刑。直到几个月后,张学良的军队打败了阎军,阎锡山逃回山西,她才脱离了监狱。这时她只有二十五岁,是燕京大学的学生。早在三年前,二十二岁的杨缤在进入大学英文系后,就是中国共产党的党员了。

出狱后,她参加发起组织北方"左联"。后来又到上海参加了"左联"。她和萧乾一起,协助埃德加·斯诺编译了中国现代小说选《活的中国》,在伦敦出版。她应斯诺之邀,用英文写了一个短篇《日记拾遗》，收进这选集中。

她一面从事写作、创作和翻译，一面为党工作，虽然她一度因病退党后来又重新入党。著名国际政治评论家羊枣（杨潮）是她的二哥，羊枣就是在她不是共产党员期间得到她的帮助，走上革命道路的。

抗战前夕，她南下到了武汉、上海，继续参加革命活动，继续从事写作。一九三九年到了香港，从萧乾手上接过了《大公报》的《文艺》副刊。在香港，她更积极参加文艺界的抗日救国活动，大力开展统一战线工作。日军占领香港后，她协助文化界的朋友和国际友人隐蔽然后偷渡离开香港，到东江游击区去。

她是一九四二年春夏之交从广东的东江游击区经过韶关到桂林的。这年秋天，就和澳大利亚记者贝却敌到浙赣前线和福建战区去进行采访，以一个锐气英姿的女记者的姿态出现。那是冒着很大危险的，当她们的车子朝吉安进发时，一股人正从前面如潮般往后方跑，车子进了吉安，很可能就是进了敌人的手掌，再也回不来了，但她们还是义无反顾地去了，幸好敌人并没有挺进过来，而是缩了回去。这一趟战地的采访，使她的著作中多了一本《东南行》。

她到了桂林后，继续编《文艺》，很快就又奔波于前线，做起战地记者的工作来。后来便做了《大公报》特派到美国的记者。她一面读书，一面做记者，一面还做抗日救国的宣传工作和国际反法西斯的统一战线工作。她成了中国共产党留美党员工作组的领导成员之一，又曾参与组织中国民主同盟的美洲支部。

全国解放前夕，她回到香港。然后北上天津，南下上海，再回到北京，从此就离开了《大公报》的工作，到周恩来身边成了他的一位得力助手。"在朝鲜进行开城谈判期间，夜以继日地协助周恩来总理处理日常工作"。

那以后不久，她就被调去中宣部担任国际宣传处处长。一九五五年她又重新恢复了报纸工作，去《人民日报》担任副总编辑，负责国际宣传。这一年的秋天她不幸遇上车祸，严重脑震荡，疗养了许久。

两年之后的一九五七年，她突然去世，传说是自己结束了自己的生命。她死前遗失了一个笔记本，为此十分不安，脑震荡的后果使这不安越来越恶化。她的不安还有一个时代背景，一九五七年是大张挞伐的反右之年，空气是十分紧张的。

在这个人间，她只活了五十一岁。人到中年就结束了一生，能不哀哉？

她死后，她工作所在的《人民日报》刊出了她和冯雪峰同被撤销人大代表的消息，人们从括号中的"已故"两字才知道她的消逝。这撤销显然不是简单地由于她"已故"，而是由于她死于非命的"已故"。

后来不知道有没有过什么正式的平反，什么时候才有过平反，只是在一九八四年人民文学出版社出版了《杨刚文集》，看到了邓颖超的题词："《杨刚文集》出版，是对党和人民的忠诚的优秀女儿——杨刚同志的最好的纪念。"人们这才算是舒了一口气，心头不再是那么郁结、沉重。

一九五四年，她当选为第一届全国人大代表。一九五六年，她当选为中共第八次全国代表大会代表。

直到一九五七年她结束了只有五十一岁的生命时，她都是以一个革命家的风范使人钦敬的。

在胡绳和袁水拍的《追忆杨刚》中，有这样的记述："她生前为周恩来同志所倚重，并受到毛泽东同志的称赞。毛泽东同志在杨刚同志逝世后很久，还惋惜她过早去世，曾关心地向龚澎同志了解杨刚的情况，说杨刚是他所器重的女干部之一。"

虽说因她曾有过杨缤之名而喜，但我们敬佩的还是她的刚。她刚强而豪爽，像她说自己母亲那样，她也是直来直去的人。她的语言是直率的，笑声是爽朗的。和她在北京同过学的同事们说，她那种慷慨陈词，奋不顾身参加学生运动的英姿，真使人难忘。我们只来得及看到她在编辑部里语惊四座的滔滔雄辩，香烟抽了一支又一支，比许多男同事显得更有丈夫气。

在《大公报》，很容易使人想到这两句话："有容乃大，无欲则刚。"杨刚正是"无欲"的人，她常常关心别人，而不怎么顾自己。日军占领香港期间，她和朋友在街上碰见一位文化界的熟人，那人已身无分文，向她借贷，她也没有，同行的朋友身上还有一张一百元的钞票，想换成"散纸"（小额的钞票）分一部分给他。到底分了没有不知道，只知道事后杨刚说，如果是我，我就把一百元都送给他。她就是这样关心别人而不顾自己的。当时的一百元的实用价值，恐怕要等于现在港币的一两万了。

三

了解杨刚的朋友说，她始终对文艺怀着强烈的兴趣。萧乾还说，就是在她负责国际宣传的时刻，也深知文艺在她心里所占的位置远比国际问题为大。

当她在周恩来身边夜以继日、紧张繁忙地工作时，她还是写出了《论苏轼——纪念苏轼逝世八百五十年》那样有分量的文章。

在一般读者的心中，她首先总是以作家、诗人、文艺编辑、新闻记者的形象挺立于前。她的一些美国通讯，如《蓓蒂》，其实也就是文艺作品。抗日战争中她在东南前线的战地通讯，用上了《万木无声待雨来》《支离东北风尘际，飘泊西南天地间》这些有着文艺气息的标题。

她写诗，写散文，写小说，写报告文学，写文艺研究和评论，翻译外国文学作品。也写政论文章，如《大公报》和《人民日报》的社论，这些比起她的文艺作品来，是远远没有那么丰富的。

试排列一下：

《沸腾的梦》（散文集，上海好华图书公司出版）

《公孙鞅》（历史小说，上海文化生活出版社出版）

《我站在地球中央》（长诗，文化生活出版社出版）

《桓秀外传》（小说集，文化生活出版社出版）

《东南行》（战地通讯，桂林文化出版社出版）

《美国札记》（通讯集，北京世界知识出版社出版）

《傲慢与偏见》（翻译英国女作家简·奥斯汀长篇小说，署名杨缤，商务印书馆出版）

《杨刚文集》（北京人民文学出版社出版）

《永恒的北斗》（诗集，不知已否出版）

《伟大》（长篇小说，似未出版）

未名英文写作长篇小说（尚未出版）

先看诗。那《我站在地球中央》是很突出的，是一首七百四五十行的长诗，写于抗日战争中的一九三九年，这样长的诗，罕有；这样大气魄的诗，罕有。

这是一首长篇的政治讽刺诗。

但作者却说，这"不是诗"。她也曾顺势回答"你这首诗写的是什么"的问题时，"算是一种政治的讽刺"。她又说，"其实，我在撒谎，我根本就不知道该算什么"。

不管她怎么说，读者却是把它看作政治讽刺诗的。

我站在地球中央！

右手拥抱喜马拉雅，

左手揽住了长白、兴安岭；

四万万八千万缕活动的血脉环绕我的全身。

无尽的，汪洋的生命，

太平洋永生不断的波纹——

长在我的怀里，泛滥在我胸前！

长诗就是以这样磅礴的气势开始的。"我"站在地球的中央，四周是十扇门，写着"自私"、"残暴"、"贪虐"、"强横"、"懦弱"、"虚伪"、"仁爱"、"正义"、"理想"和"自由"。"我"一扇扇地敲开它们，从残暴之门敲出的是日本军国主义，从强横敲出的是德国国社主义。最后"我"大声宣告：

我站在地球的中央

竖起了战斗的大纛！

我的旗子有鲜明的红光，

有青天的荣耀！

有白羽金箭的美，

我的旗子出自地球孕育永恒的娘胎，

它流着生命的血液，

那是五千年不死的血，

为了这一柄血的旗帜，我预备另一个五千年！

我将一千年对抗残暴，

一千年对着贪虐和强横，

再一千年我要征服懦弱和虚伪，

还有二千年我将看自私的死活！

请不要笑！这不可笑，

也不是笑的时候！

我中华才是个奇怪的种族！

说我死，我在生，

疑我老了，我方刚年少，

我方正，我又机敏，

我狡诈，我可是杀生取义，守死成仁！

你笑我嘻嘻哈哈，一盘散沙，

我有我中华心肝，

千年煮不熟，万年捶不烂！

空间是我，

时间是我，

我站在生命最后的防线上，

奉着了地球新生的使命！

这长诗也许不够精练，但在当年反对日本军国主义的侵略，反对德、意法西斯的侵略时，却是能激动人心的。我们应该记得这一首七百多行的长诗。

在当年，激动人心的还有她的一篇短短的散文：《此马非凡马》。

"此马非凡马，房星本是星。向前敲瘦骨，独自带铜声。"这是李贺《马诗二十三首》当中的一首。她借用这匹瘦马象征中国，而把日本侵略军描绘成"一群可怜的骑士"，被倒挂在这匹瘦马的尾巴后面，"被拖着狂奔过了如沙的大漠，拖过了带霜的燕山，拖遍了血花满地、尸横原野江北江南，把它破碎的残肢剩体沿着这几十万、几百万里长的残酷征程一路抛掷前去。它自己已经蒙头盖面被血泥捆扎得成了个分不出嘴脸的血人难以抽身了，而仰头把这匹瘦马看看，它的瘦骨兀自还在铮然鸣动，带着铜声！拖死它！拖死这万恶的侵略者！"

这是一个多么形象生动的譬喻！中华民族是匹铜筋铁骨一往无前的神马，虽然瘦，瘦得有精神，定能把这些狂妄的"骑士""武士"在长长的征程中拖得血肉模糊而死！

这是一篇七百多字的短文（那诗是七百多行）由于语言精练，读来锵然有声，也是"独自带铜声"！有人十分赞赏，认为选入语文课本中也是适宜的。

杨刚的散文不仅文字精练，也很为精深，有时精深到也许使人感到有些晦涩，却又耐人咀嚼。

她在《一个知识分子的自白》中说："陀思妥耶夫斯基不能救我，他的道路——经历长期的、酷刑一样的痛苦而后升华，曾经像我自己的心一样地感动我。可是，我没有他那种近乎神秘的宗教，我没有他做人时那样随和的温柔，我就不能够觉到那一条路也是我的道路。哈代的命运的悲剧，曾经震撼我的心，使我想起他的一些场面就心里发抖。但是，我生在初年的中国，我不甘心向命运低头。屠格涅夫最会为年青人安排道路，也最会轻轻地点融人心，可是我在他的那些年青人里面，找不到我自己痉挛地冲突顽固的影子；在他的世界里面，也找不到具体地出现了的一个宇宙，他躲在那里面像一个冷心的魔法师，好像他欣赏他的魔法过于他关切人类。而且最令我寒心的，是我不能够摸到他，我恨他。托尔斯泰是从头就被我推开了的，因为从我开始接近他教育的时候起，他就被人当作牧师一样地介绍推荐给我，我存心不读他。直到抗战开始不久，才读到他的《战争与和平》。他和陀思妥耶夫斯基同样地感动我，可是也同样地不能救我。救了 Pierre 的那个平凡的囚犯虽然在我心上，可是不能够和我的心融合。"

那么，还有谁呢？她说："当我另有需求的时候，贝多芬成了最贴近我的前辈。神圣的愤怒，无情的毁灭，激情的悲痛和温柔的新生，我常常在深夜时分，和贝多芬共同享受。"她从朋友处要来了一张贝多芬的像，随她流离转徙。"我流泪，我又欢笑；我诅咒，我又旋舞。力量和安慰都在我身上滋长起来，山泉流出了峡谷，我生出来了。慢慢地，慢慢地，我把自己狭小的外皮褪下来，抛在峡谷里面。""到了这个时候，我就来细细考虑我怎样生活……总之，无论用怎样的方式，做什么工作，必须是于人民有利。""我要尽力组织我的生活与感情，一分一厘也不要浪费在人民以外的东西上。"

请注意，这是她一九四三年写的，写在重庆，发表在《中原》杂志的创刊号上。

我们再看看她的小说吧。《桓秀外传》是我喜欢的一篇，却也是我迟迟才看的一篇。题目，以为这是一篇历史小说，桓秀这个名字很像是魏晋间人，那时候姓桓的似乎比后代要多，现在我们已经很难碰到姓桓的了。后来看了，原来桓秀不是桓温之类封建王朝中的大官，只是近代农村中饱受残酷压迫的女子。取名"外传"，颇有点取法《阿Q正传》的味道。一个贫农的女儿，嫁到地主家，以为丈夫是个壮汉，其实她错了，那青壮的汉子是长工，丈夫是个痨病鬼，她嫁去不过一年就死了。然后是公公来摧残她，产下了一个孩子，明明是公公的儿子，却要说成是死鬼丈夫的遗腹子。孩子不幸死了，公公又从城里讨了一个丫头回来做小，把她遗弃在一旁，而她却在痴心等待意中人长工，还不知那长工也受到公公的陷害，她是再也等不到的了，而她却还是等、等、等。是这样的一个悲剧！写得细致深刻，是一个很成功的作品。

这一个中篇完全显示了作者的才华。如果朝这方面继续写下去，是会有更多更大的收获的。

她后来在美国完成的那个用英文写的长篇，有二十多万字，

23

未见译成中文出版，使人渴望。那很可能是一个更为成熟的好作品。

她回国参加新中国的建设工作后，被交给的任务与文艺毫不相干，尽管她还是挤出时间写出了《论苏轼》那样的论文，创作是没有时间和精力去从事了。在文艺上她的长才未展，不能不使人有"千古文章未尽才"之叹！

一九九一年

萧乾和《大公报》

想写写萧乾，越想，就越觉得这不容易。翻翻他一本又一本新作吧，回忆录和文化回忆录一篇又一篇，他自己已经写得不少，而别人写他的文章和传记，也是一篇又一篇，一本又一本，还有什么好写呢？虽说和他曾经是老同事，一共也不过同事还不到一年，尽管又是邻居，却是见面的时候多，交谈的时候少，有多少可写？还有什么不曾写过的可写？

首先要写的，我们是《大公报》的老同事。他的"老"，从天津《大公报》开始；我的"老"，从桂林《大公报》才开始，晚了五六年。而我们相见在香港，又晚了七八年，是一九四八年的事。但我也有一样比他"老"的，我在《大公报》度过了四十一个春秋，而他只有十五个年头。这是光彩照人的十五年！

年老的知识分子都知道，当年的《大公报》是知识分子爱读的报纸，它有三件法宝：一是社论，二是通讯，三是副刊，主要是文艺副刊。尽管对于它们所说的未必都同意，但总是要看。

这三件法宝和萧乾都有关系。

社论，那首先是张季鸾的文章，其次是王芸生的，还有徐铸成、李纯青……萧乾是抗日战争以后，从英国回到上海，才兼任了主笔，写国际问题的社论。这在他的作品中，不算是最出色的，更出色的是文艺创作和通讯特写。抗日战争以前他也写过社论，那是比较少的偶有所作，他回忆说，第一次执笔的处女作，给张季鸾整个否定掉了。胜利后的作品，由于在英国多年具有"国际眼光"，有它的深刻处，但比起他的文艺创作和通讯特写来，不能算是最出色的。使人最为记得的是他的一篇英伦通讯引出了重庆《新华日报》的一篇社论，那是一九四四年九月一日的《祝记者节》。社论引用萧乾的通讯《虎穴的冲激》中提到，"五年来的欧战，英美知己知彼，一面保持自身的长处（如言论自由的维系），一面无时或忘学习敌人的强点"。社论指出这是萧乾精到的见解，把言论自由等民主权利和向敌人学习并提为致胜的原因。社论一步指出，"没有言论自由，就没有健全的发展的新闻事业。没有言论自由，新闻事业本身是会枯萎的"。这在当时，也在后来，都传为佳话。

通讯，在《大公报》做开路先锋的是范长江，然后有孟秋江和别的不少人，以江河之势，流走在三十年代、四十年代。在长江以后，萧乾和杨刚是两支大放异彩的笔。两人的异，在于内外兼写，而外边的一部分是长江所没有的。萧乾写过塞北的罂粟，山东、江苏的水灾以至血肉筑成的滇缅路；杨刚写过东南战场。他们两人又各在英、美，写第二次世界大战期间和以后中国以外的世界。从战场写到会场，萧乾是英伦之战中唯一驻在英国的中国记者，直到第二次世界大战接近尾声时，中央社才派人去了伦敦；《中央日报》才派人去了西欧战场，这人就是陆铿。当他近年看到有人把萧乾看成似乎是整个战争期间在西欧的唯一中国记者时，向萧乾提出了疑问，萧乾澄清了这件事，陆铿知道这是别人模糊的说法，却也没有在他自己的刊物上澄清，反正他自己是清楚了。萧乾不仅是参加采访联合国宣告成立的旧金山会议的少数中国记者之一，而且又确实创造了一个唯一——唯一从那里报出了独家消息，报道中苏要签订互不侵犯条约，尽管"采访"到这一消息的是胡霖（胡政之），萧乾只是幸运的"二传手"，把"球"越过大洋，传回中国，传给重庆《大公报》。

副刊，萧乾一九三五年在天津参加《大公报》工作就是从副刊开始的，先编《小公园》，后编《文艺》，精彩纷呈的是《文艺》。他说《小公园》是娱乐性副刊。我也编过《小公园》，在桂林、重庆的《大公晚报》；还编过《大公园》，在香港《大公报》。我所涉足的这些"公园"无论大小，都不是娱乐性的，而是综合性的。这也许是对"娱乐性"的理解早先和后来有异；或者是相对于文艺性，在萧乾看来综合性就是娱乐性了。

萧乾写过《我爱新闻工作》，又写过不少社论和更多特写通讯文章，使自己成为著名的新闻工作者，但他更有名、更有成就的，却不是记者，而是作家和文艺工作者。

这既靠他努力写作，也靠他花了大量的气力编好《大公报》

的《文艺》副刊，做好"文艺保姆"。

以我自己来说，看《大公报》首先是受了文艺的吸引，然后才及于其他——通讯和社论。

说来惭愧，我爱上《文艺》时，《文艺》已经是杨刚在培育，萧乾已经去英国了。萧乾、杨刚，杨刚、萧乾，无论在《文艺》或通讯上，都是付出了辛勤的劳动，取得了丰美的成果的。而在《文艺》上，又是配合得那么好！提到《文艺》，就不能不想到这前后的两位编者，缺一都不行。恐怕是予生也晚的关系，我是记不得杨振声、沈从文这两位开山之人了。

我没有读过杨、沈的《文艺》，就是萧乾的也没有，赶得上的只有杨刚的。尽管如此，我却牢牢地记得萧乾这个"保姆"。

我记得《大公报》举办过文艺奖金。芦焚的《谷》、曹禺的《日出》、何其芳的《画梦录》得了奖。这些是小说、戏剧和散文，不知道为什么缺了诗歌。说不重视诗歌吧，《文艺》却用大量的篇幅登出过孙毓棠的七百行长诗《宝马》和他写的创作《宝马》经过的长文。可能是这样，后来就不断流传《宝马》得了《大公报》文艺奖金的说法，以至于刘以鬯花了不少精力，再三求证，才证明并无其事。正是这样，我才知道自己爱读老师所作的《宝马》原来是在《大公报》上面首先发表的。在我参加《大公报》工作以前的两年，孙毓棠曾经在我所念的中学里教过我历史。那时在桂林，他和凤子在一起，在我这个中学生看来，一副潇洒的派头。一位历史学家，写出了历史题材的长篇叙事诗，印象就更深了。

我也记得《文艺》副刊以外的一则文艺新闻,鲁迅逝世时《大公报》出现了讥讽嘲骂的短评。萧乾为此愤慨得向胡政之辞职。那天的新闻是张篷舟去采访的,版面是徐铸成编排的,萧乾从协助采访到协助安排版面,从早晨忙到深夜。第二天他打开报纸一看,正为这一切而深感满意时,看到下边有着一篇他事先完全不知情的短评,而短评中既骂鲁迅的杂文"尖酸刻薄"又骂文坛论争累死了鲁迅,还说这些影响到鲁迅取得更大的文学成就,这不能不使萧乾跳了起来。短评例不署名,后来知道作者是王芸生,当时是总编辑。萧乾向胡政之提出在版面上道歉,办不到;又提出辞职,被挽留。最后是同意在《文艺》上发表一篇不署名文章,似乎是短评的样子,以后来的颂扬代替了初时的讽骂,算是一个沉默的更正。

这件事牵涉到四个人:王芸生、徐铸成,都是报纸总编辑,萧乾不用说了。张篷舟后来在桂林《大公报》是个多面手,一身兼四职。他既主持本地新闻的采编,又主持通讯版,还兼编《文艺》,又兼管资料室,是香港人(也是广东人)口中的"一脚踢"。当时杨刚在香港《大公报》编《文艺》,张篷舟在桂林就用剪刀来编,转载香港的《文艺》版,也不全用剪刀,还采用当地的来稿。我是他的门徒,帮他打杂,包括《文艺》的一些杂务。太平洋战争以后,杨刚从香港到了桂林,顺理成章地把《文艺》接过去,我还是帮她打杂,惭愧的是没有跟她学到什么,枉过了在她左右的那些日子。

　　抗日战争胜利以后，《大公报》除了在上海、天津复刊外，一九四八年也在香港复刊。初时我兼编了一阵子《文艺》，后来似乎是蒋天佐编（记忆也许有误），萧乾从上海来，他接编。袁水拍来，上晚班做英文电讯的翻译工作，兼编《文艺》。萧乾去主持晚间的要闻编辑工作，这使他的报纸编辑工作因而更加全面，副刊、新闻都有了，不过时间只有短短的几个月，他就北上迎接新中国的开国大典了。袁水拍其后也北上，《文艺》就由于逢编。广州解放，于逢也走了，梁羽生、杜运燮（似乎有过韦荧和诗人高朗），都先后编过《文艺》副刊。最后《大公报》的看守人终于守不住这个有过光辉历史的《文艺》，把它停了。我身在《大公报》，后来却替香港《文汇报》兼编过好多年《文艺》周刊，那真是强弩之末，不足道了（不是说作者，是指编者乏善可陈的自道）。在《大公报》守不住《文艺》，我自觉是愧对萧乾、杨刚的，不过在七十年代，终于又在实际是大公晚报的《新晚报》上，创办了《星海》文艺周刊，一度还发展为半周刊，此是后话，也不必说了。

　　可以提一下的是，《大公报》还有过另一个文艺副刊，陈纪滢编的《战线》，不记得是汉口开始还是重庆开始，它和香港、桂林的《文艺》同时存在，不过不定期，不是每周都能刊出。《文艺》和《战线》，在不同地点而同是一家的《大公报》上，是楚河汉界，左右分明的。一九四三年杨刚由桂林到了重庆，继续主编《文艺》，两个副刊是不是和平共存，我也记不清了。第二年杨刚就去了美国，《文艺》也就暂时不复存在。直到抗日战争胜利后各地《大公报》先后复刊，它才又复活的吧。至于《战线》，当时就不是怎么生色，后来恐怕就更少人记得。和《大公报》同时有声誉，使《大公报》增长声誉的，只是萧乾、杨刚先后主编的《文艺》。

进入五十年代以后，萧乾不但被迫脱离了他喜爱的新闻工作，也被迫放下了他的文艺之笔，差不多整整二十年，直到七十年代后期，才重拾旧业，写出了许多回忆文章，重放光彩。正是这些，使我感到要写他真难，他自己都已经写了，写得那么详尽，那么生动，那么深刻，那么好！还需要你浪费什么笔墨？

不能不浪费一点笔墨的，是要谈一谈胡政之。这位在《大公报》里和张季鸾并肩而立的人，虽然挂的是总经理的名义，但他却也在兼管编辑工作，只有比总主笔（或总编辑）的张季鸾管得多，不比张季鸾管得少；张季鸾以写社论著名，除了大事，编辑工作上一些具体的事他是不一定过问的，有地位次于他的王芸生在管，更有地位相等的胡政之在管。胡政之有时也写社论，又管版面、人事……萧乾到《大公报》编《文艺》，是他同意的，兼顾其他副刊，是他安排的。所有余力，外出采访，写通讯特写，也是出于胡政之的部署。香港《大公报》在抗战中创刊，拉萧乾回去编《文艺》的，是胡政之。萧乾踌躇不定，是不是去英国，坚定他的去意，经济上帮助他的，是胡政之。说服他放弃剑桥的学位，到伦敦正式接任《大公报》特派员的，是胡政之。

要他去旧金山采访联合国成立会议的，又是胡政之……不能不使人感到：唯胡政之能用萧乾！不能不使人感到：无胡政之，难有这个样子的萧乾！

萧乾说，胡政之真是一个能干的事业家！当我为他在《大公报》处处碰到的都是胡政之而不是张季鸾表示有些奇怪时，他这样说了。说得对！我为胡政之能识人而没有那么多人能认识胡政之，感到惋惜。

在萧乾以前，范长江就是在胡政之支持下，做西北行，首先报道了陕甘宁边区的真实情况的，比在国际上首先报道的斯诺还早。当范长江后来因和王芸生处不下去，不得不离开《大公报》时，胡政之表示伤心，叹息"三军易得，一将难求"。

在萧乾将去英国时，荐杨刚接替他编《文艺》，胡政之说她是共产党，初时不愿接受，但萧乾再三力荐后他还是接受了，以后还用她去做驻美特派员，和萧乾这驻英特派员隔洋辉映。

这些都是题外话，不多说了。

一九九一年十月

禁不住又想多说几句。

萧乾干过不少出色的新闻工作，曾经是著名的记者，但在我（许多人恐怕也是这样）的印象中，他主要是个作家，说得干脆些，就是个作家。不像斯诺，既是作家，又是记者，我们往往只记得他是个国际知名的大记者。

作为作家，他写小说，写散文，翻译外国文学作品，但他好像是不写诗的，新体旧体都不写。也许这是我的孤陋寡闻。

不必遗憾。他们萧家有人写了，这就是他的儿子萧桐。我没有读过萧桐的诗，据萧乾说，是出过集子的，有些诗他也读不懂（这当然是谦虚的话）。萧桐现在美国的大学里教书。当在香港和萧家做邻居的时候，我是不是见过这根"铁柱"（萧桐的小名），已记不清了，清楚记得的是一张小孩子游水的照片。这根柱子总算使这姓萧的文学之家显得更齐全。并非无诗，是个诗书之家。

萧乾早岁的婚姻据说虽然受到和他一直要好的师友的责备，他晚年的婚姻生活却是美满得使人赞叹的。又译又写又编的文洁若，和八十年代一直丰收的萧乾是正好的一对，他们夫妇在这个文学之家里好像天天都在进行译写竞赛似的。前些年，她替萧乾去"梦之谷"访寻旧梦，那真是文坛佳话；这些年，她写的好些老作家的印象记，又都是十分可贵的文学史料。关于周作人最后岁月的记载，使人读了赞叹不已，叹知堂老人的惨遇，赞文洁若那些句子真实却带斑斑血泪的笔墨。

前两三年，突然有一惊人之笔：萧乾出任中央文史研究馆馆长，信息初传，使人不信；新闻见报，使人不能不信，信而又疑，疑是另有同名的萧乾。但了解以后，终于不能不信了，就是我们熟悉的新文学作家萧乾，出任这个主管传统或者说古典的文艺领域、最高的"敬老崇文"的机构。大家都知道，萧乾是和中国古典的文艺不沾边的，既不创作，也不研究，他的文学活动总是和一个"新"字分不开。他的出任，是接替叶圣陶，虽然叶圣陶也是新文学家，但他却欢喜作旧诗词，还欢喜挥毫落纸作书法，这和萧乾的一"尘"不染并不相同。这里恕我滥用了"一尘不染"这个成语，用意只是说"古旧"，不是说肮脏或别的什么。

朋友们谈起我们的中央文史馆新馆长萧乾时是有同感的：有点诧异。虽说是异事，却又都认为是好事。萧乾虽然还是挥毫为文如故，又勤又快又多产，但还是其新依然，不因此而去苦吟什么平仄不调、韵角不协（更不要说联句不对仗）的旧诗词如故，这就更被称赞为好事了。

萧乾是比我们这个世纪只小十岁的人。在冰心她们面前，当然是小弟弟，冰心开玩笑叫他"饼干"，因为他原名"萧秉乾"（"乾"是"干"的繁体）。我们这些年龄比他更小的人（也垂垂老矣）就没资格这样叫他了，其实能叫一声"饼干"那也很好吧。

在八二高龄长者、六十文学寿翁面前，我轻轻地叫了："小饼干，您好！"

一九九二年四月续写

34

梁厚甫的宽厚和"鬼马"

长得有点宽,有点厚,不怎么高,这就是梁宽,也就是梁厚甫。

梁宽,字厚甫。不少人都知道梁厚甫,知道梁宽的人就不多了,除非是老香港,而且是新闻界中人。

尽管二十年来梁厚甫都住在美国,已成美籍华人,只有不多的时间才回香港走走,但香港认识他的朋友,依然把他当香港人。

和大多数香港人一样,他原是广东人,而且是"岭南人"——三十年代中期他在广州岭南大学读书。大约是日军占领广州后他就到了香港,参加了香港《大公报》的工作,主要是翻译英文电讯,好像也编过报,写过评论文章。他间接在张季鸾、胡政之,直接在徐铸成领导下工作。那时候他不过二十多岁,现在年过七十了。

和许多香港人一样,日军来,他们走,日军走了,他们又回来。抗日战争结束后他重回香港,进了一家一度和桂系有关的报纸,和三苏也就是"小生姓高"的高雄一起工作,一时瑜亮,轮流编副刊,轮流做总编辑。就在这家报纸的晚报上,梁宽——那时他宽而不厚,六十年代左右去了美国才厚而不宽——

35

以梁厚甫之名而大行其道，他首创了文言、白话加广东话的"三及第"文字的怪论，又带头写了每天一篇的"偷情小说"，不久就主要移交给高雄去写，自己只写少量。他当然还有大量的写作，也都是些不足道的为稻粱谋之作。可以提一提的，是他用"宋敏希"的笔名写新闻说明。提它，只是因为这可以说明，他早就具有一点"梁厚甫"的萌芽，写政论文章的萌芽了，虽然那些新闻说明算不得什么政论文章。

梁宽和高雄同被称为"鬼才"。这"鬼才"用广东话来解释也许更恰当："鬼马之才"。广东话的"鬼马"有古灵精怪之意，有时更有比古灵精怪更古灵精怪之意。怪论就是他们"鬼马"之作的典型。写怪论的时候，高雄用得多的笔名是"三苏"，梁宽用得多的笔名是"冯宏道"。冯道是有名的五朝长乐老，他的道有什么可宏？居然宏之，当然怪了。

当时他们工作所在的报纸是《新生晚报》，和抗战胜利后在香港复刊时的《大公报》同在一座闹市的楼房中，同用一间印刷厂。《新生》在下，而《大公》在上。两报的人天天见面，当然很熟，何况梁宽又是《大公报》旧人。朝鲜战争爆发后，《大公报》办了一张初期以中间面貌出现的《新晚报》（后来面孔逐渐红了），副刊的主要设计者就是梁宽，两个主要副刊《下午茶座》和《天方夜谈》的刊名也是他想出来的，一直沿用了三十多年才因改版而换了别的名字。作为一张下午出版的晚报，先让读者在《下午茶座》喝下午茶，然后渐入黄昏，作"天方夜"

时的闲谈，这岂不很好？这两个副刊上，先后出了唐人、梁羽生、金庸这几位海内外都比较知名的作家。梁宽、高雄也在这上面写过不少小说和怪论《横眉语》，这个专栏名字也是梁宽取的。

朋友间还传说有这么一件梁宽的"鬼马"事。一次他到一处香港人所谓的"凤阁"（也就是古人所谓的秦楼楚馆）去逢场作戏，临走时故意留下一张名片，叫那里的人有事可以打电话找他。事后他对人谈起这事，别人都觉得奇怪，一般人都不会在那样的地方留下真姓名的，他不但留了，而且还留下地址和电话，不怕"手尾长"（广东话麻烦多）？他却笑着说，那是某某人（一家报馆的负责人、香港的太平绅士）的名片，不是他的。事情是不是真的如此，难说，不过说这样的事情发生在他的身上，而不说别人，也就可见他在朋友心目中的"鬼马"了。

梁宽在香港新闻界虽然有些名气，但在那样的报纸，写那样的文章，也实在是很难有所作为的。他真正成为海内外都知名的新闻记者、政论名家，还是去了美国，以梁厚甫之名写文章以后的事。

他大约是二十世纪六十年代前后移民去美国的。这是妇唱夫随。他太太早已入美籍，他是作为家属移民去旧金山的。朋友们都感到有一点怪，他怎么丢得下香港的繁华？又怎么能适应唐人街的浅陋？不过，无独有偶，有一位署名"特级校对"，专写下厨文章的星系报纸的总编辑，在他之前就移民去了。

出人意料，到了美国，虽然不再过报馆生涯，他却找到了一片新的用武之地，以"自由记者""自由作家"的身份，替香港、新加坡的报纸写起特约通讯和特约评论来了，这就是梁厚甫文章。

这一片天地要比原来局限于香港一地大得多，不仅是香港、新加坡，还有中国内地，大《参考》、小《参考》上的转载，更使他声名大起，使他的知名度大得要以亿计，可能是他自己先前也没有想到的。

他成功了，却也不是偶然的。他本来就有这方面的才能，不过一直处于"潜在"的状态。到他成为"自由"之身后，才在认真的研究工作中解放出生产力，创造出使人刮目相看的高质量的产品。据了解他的人说，在美国他有一个很有利的条件，可以到五角大楼或别的什么官方机构，定期翻阅一些最新的资料，使他在分析当前的国际形势时，能有更宽的广度和更高的深度，写出来的东西富有新的信息和新的见解。当然，使他有独到见解的，主要不是这些资料，而要靠他自己的识见。

他行文精简明快，说理清晰，不堆砌什么术语名词，不像一些分析时事的论文。他常说，近来中国的文风有两种腔，一种是"文艺腔"，一种是"学术腔"。文艺腔是用直译的文体来写小说；学术腔是他所谓的"教科书文体"。"教科书文体"的始作俑者是美国的华裔学人。他们所写的谈时事的文章，百分之九十九是从教科书上译下来的。他们遇到了一个问题，就先翻教科书，找到和所谈的问题相近的理论，就照译，然后费尽九牛二虎之力，勉强拉到要谈的问题上，拉到当前的时事上。他说的是美国，而且说得也夸张了些，不过，难道摆在我们眼前的一些皇皇论文中，就没有这样能够吓人的"教科书文体"吗？

"文艺腔"就更多了。不说别的，我们每天所接触到的电视剧里就颇不缺乏，特色是大老粗也在用知识分子腔来说话。

谈到知识分子，他有怪论。他说，近年许多人到内地，他并不起劲，为什么？为的是怕到了内地被人称为"知识分子"，因为他向来讨厌"知识分子"这个名词，这使人联想起"恃才傲物""万般皆下品，唯有读书高"之类不中听的话。他不起劲是事实，至今还未听说他回过内地（回香港倒较为经常）。如果他回来过，不必特别去进行什么采访，随便耳闻目睹，就会修正那"唯有读书高"的老话了，说这话，就反映出他的某些"无知"。

这是他在小文章中发的怪论。就是他的大文章，虽然经常都有些独到的见解，但有时也还是不免有些不大实在的议论，或甚至怪论。到底是写怪论出身，兴之所至，笔之所至，有时就不免技痒而流露出来。

他的小文章就是在香港报上连载的专栏。在他的专栏里他谈过中外社论之不同，说外国人写社论，是帮助读者对当天所发生的事做进一步的理解，指出几种可能的趋势，让读者自行判断，而不做论定；中国人写社论，就一定要论定，不论定，好像就对不起那个"论"字似的，这是对读者的不尊重，等于侮辱读者。他主张用新闻说明来代替社论为好。但一两年后他又有一篇文章谈新闻说明，说这是外国报纸所无，中国（香港）报纸才有的。外国人写新闻夹叙夹议，说明已经写在新闻当中，不须另作说明；中国报纸的新闻说明其实是对读者的侮辱，等于说你们水平低，对新闻未必看得懂，让新闻说明来告诉你吧。他在写这些否定新闻说明的后语时，忘记了自己说过那些肯定它的前言了。

这是标新立异走偏锋。但这些偏锋怪论并不能冲淡他许许多多细致的观察、深刻的见地。就像前面谈到的怕被人呼为骄傲的"知识分子"，并不表示他不知道中国内地"臭老九"的不妙处境。他借用"臭老九"这个词来谈学问保鲜，说信息时代，知识更新得快，如不随时吸收新知保持学问的新鲜，那就会变臭，这样的知识分子就真要成"臭老九"了。这就说得很有意思。

他这是有感而发的。在一个鸡尾酒会上，他接到了一位担任大学教授的老太太的名片，上面印着："哈佛大学哲学博士（一九五四），哈佛大学哲学博士（一九六二），哈佛大学哲学博士（一九八一）"。他觉得奇怪，不好意思问她，就问她的理学博士的丈夫。那位理学博士说，她是搞数理经济的，近三十年新兴学问不断出现，一个博士学位过了几年就会"缩水"，必须补充，她就再去攻读，再拿新的学位。

知识保鲜，这是大问题，小的地方他也能观察入微。他发现吃金山橙（美国橘子）最好是在香港，其次是新加坡，不是原产地美国。原因是老树产的橙就甜，美国出口商包下了老树的橙，美国内销商却不管老树新树都要，这样就使得出口的一定甜，内销的就靠不住。他因此说，香港最大的好处就是可以吃到好的金山橙，好到令美国人羡慕。他又发现，香港超级市场有比美国先进的地方，顾客买完东西奉送塑料袋，又轻，又韧，又有挽手；而美国却只送没有挽手的纸袋，要捧着才行。他不仅看到这样的现象，还看到了因何如此的道理。

在美国，他有过三次奇遇。

一次是他去见大通银行的主持人。主持人在开会，他就坐冷板凳在等。不久，当地的工务局长来了，先到负责约会的银行女秘书面前说了几句话，显得迫不及待，女秘书低声说了几句。那局长就走到他身边，说今天是他们发工资的日子，而政府的拨款没有到，一部分职员的工资支票会因此被退票，得赶快和银行总裁商量，通融通融，因此请他也通融通融，让他先见银行主持人，他同意了，对方十分感谢，后来两人还成了朋友。他因此有感：如果不是在美国而是在别的地方，那女秘书一定带了局长从另一道门去先见银行总裁了。还讲什么先到先得，排队至上！

另一次是他从华盛顿飞去芝加哥，从市区坐公共汽车去机场，上车坐下后，跟着又上来一个人，坐在他旁边，他觉得此人面善，想来想去，终于想起来了，就是大通银行的董事长大卫·洛克菲勒，再看他的手提包，没有错，上面有"D. R."两个字母。他并没有受宠若惊之感，感到惊奇的是，如果换了一个地方，一定是前呼后拥而来了。现在是没有架子，完全没有架子！当然，像洛克菲勒这样的富豪是有专机的，但他们也有不搭专机，轻车简从的时候，没有架子！

还有一次是在纽约第四十五街的咖啡室吃汉堡包，坐在柜台前，来了一个老人坐在他旁边，他这回一看就认出，那是美国前驻苏大使，现任哈里曼公司董事长的哈里曼，是美国八大家族的富豪之一，也来吃汉堡包，还告诉他，一个星期当中他有三次来这小地方午餐。两人谈得投机，后来又在那地方见了几次面。上小餐室，和素昧平生的人交朋友，这也使他深深感到：完全没有架子！

我们难道不也会深有所感吗？我们常常谈论资本主义腐朽之风，从梁厚甫这三次奇遇看来，这些并不腐朽还显得有生命力的风气，能引进引进，在这上面也实行"拿来主义"岂不甚好？当我们听到，颇有人慷公家之慨，大买外国汽车，奔驰200还不足，非有奔驰600不可，就更加感到洛克菲勒搭公共汽车之神、之奇，尽管那可能是偶一为之。这总不会是梁厚甫的无中生有吧。

他虽然奇遇式地和哈里曼有过几次交往，但他自己说，在美国朋友并不多。他不喜欢华侨社会，认为以前称"唐人街"、现在叫"华埠"或"中国城"的地方颇有些阴阳怪气，而在一般交往中，话不投机，就没有朋友做了，这包括"华埠"以外的地方。

这是他的夫子自道："人是不能没有娱乐的。但是，要娱乐，就得找人来做伴。打麻将要找三个人，下棋、谈心，至少要找一个人。许多人移民到美、加去，由于索居独处，非自己开车到五六里的地方，找不到朋友。找不到朋友，便是没有娱乐，于是乎感到苦闷，感到苦闷就要回到香港来。我移民美国的时间比较早，自然也会感到苦闷。就我个人来讲，对朋友的选择比较严格，一些话不投机的朋友，我就索性不与往来，因而感到特别的苦闷。虽然我的朋友的圈子比较广阔，与一些美国人、日本人、犹太人（他自己说过，他的朋友六成是犹太人——引者），都有往来。但是由于我定下的'话不投机，即便断交'的原则，我的朋友的数量逐渐少了。朋友少，就得找自娱之道。"

最初，他玩小提琴，受到太太的抗议，"李承晚，曹聚仁"（你成晚，嘈住人）。于是改为练毛笔字，这使他写出了一部《科学书法论》。不过，当他对书法比较通时，又有了眼高手低之苦，自娱就成了自虐。于是又改为"默察潜思"，对商品市场观察和思索，有了心得，就可以进行商品的契约买卖，可以赚钱。默察，潜思，买卖，得利，乐在其中矣。他说，这样的自娱之道是犹太人发明的，一些退休的医生、工程师就沉迷其中，用一个小型电子计算机做信息网。他们（包括他梁厚甫）沉迷于计算机，就像一些中国人沉迷于麻将桌。据说，有一个犹太人，他晚年这样"自娱"所赚到的钱，多过他一生做医生的收入。

犹太人！

"香港人——'中国的犹太'！"这是梁厚甫送给香港人的一顶帽子。

他四十多年前到过上海，听到一句话："上海人——中国的犹太。"他认为，今天，这句话可以转送给香港人了，因为中国精于做生意的人今天已经集中于香港。"香港是商人荟萃的地方，香港人要研究的，就是商行为对社会的贡献。研究商行为对社会的贡献，就可以占卜香港的未来。商行为有生产之一面，也有剥削的一面；担心香港前途的人，是看到商行为剥削的一面，不担心香港前途的人，是看到商行为生产之一面。走向哪边，主权在香港人……"

他自己何尝不是香港人呢？以往居住过两个七年以上，有在香港的永久居留权了。至今又和香港还有着文字上紧密的联系。还有，他的"自娱之道"，不也可以使他不必摘下他所提出的"香港人——中国的犹太"的牌子吗？

许久没有见过他了。记忆中，二十世纪五十年代的他丰满得有些像是商人，现在看他的照片，清减了一些，有些学者味，像一个"有学问的朋友"。

他有一位亲兄弟，在香港倒是有些名气的地产商，而且是全国政协委员。不过，那一直是替公家在经营地产，并非私商，是左派中最早做地产物业的人。

在文坛上和他亲如手足的，是高雄。他有一次提到这位和他一起写过"偷情小说"的三苏，说三苏生前说过一句话："叫我办一份报纸和一份杂志我都有办法，叫我办一份色情刊物，我就黔驴技穷。"问他什么原因，他说，"色情之事，如电光石火，神来之笔往往在一两字或一两句间，《西厢记》……只是七个字，成为千秋绝唱。如果要把七个字演成七十万字，只有蠢人才会认为有可能。"梁宽当然是赞赏这一句有点怪论味道的话的。

他自己也说了另一怪论。他认为，武侠小说提倡义气、复仇、劫富济贫，都是违背法治观念的（他说里根总统向来有"倒转罗宾汉"的雅号，因为这位保守的总统主张劫贫济富）。武侠小说虽是不良刊物，但比色情刊物好些，色情刊物可以坐看起行，"诱人做不道德行为"，武侠小说却不能坐看起行，只能算是"准不良刊物"。

或似是而非，或似非而是，这就是他们的怪论。

他，梁宽，厚甫。文章路子很宽，学问根底很厚，这是一面；宽厚之外，又有些"鬼马"，这是另一面。

一九八八年六月

45

唐人和他的梦

从五十年代中期到七十年代中期，对内地读者来说，香港最"大"的作家是唐人。他的《金陵春梦》在内地有着最大的销量，尽管这二十年一直是内部发行。他几乎是从南到北读者所知道的唯一的香港作家，有着最高的知名度。

大体上，写《金陵春梦》和《草山残梦》时，他是唐人；写一般香港现实生活的小说时，他是阮朗；写电影剧本时，他是颜开；写散文随笔时，他是江杏雨；写《台湾之窗》的时事分析时，他是高山客……哦，还有洛风，他的第一本书《人渣》就是用洛风这个笔名的。

他的原名是严庆澍。

他的外号是"严老总"，这也和他的写作有关。他在《新晚报》上既写过《某公馆散记》的连载小说（出书时改名为《人渣》，日文本改名为《香港斜阳物语》，多有诗意的名字！），也写过《总司令备忘录》这样一篇连载，都是以国民党官员在港的"白华生活"做题材的。他当时在《新晚报》工作，同事们因此叫他"严老总"，外边的人也跟着叫，以为他是报馆的老总，其实还只是编辑，到后来他逐渐成为编辑部的领导，有老总之实却始终无老总之衔，"李广难封"，其间是非，就不说也罢。今之视昔，就更加感到他并非不可以做一个名副其实的报纸的老总。

说这些，是因为他首先是一个资深的新闻工作者，干了三十多年的报纸工作。

他是抗日战争时期在成都燕京大学念新闻系的。但在这以前，在抗战初期的湖南，他就参加过报纸的工作，好像就是长沙的《观察日报》。后来又干过军中的救亡宣传，干过中国银行的运输工作。然后是燕京大学，然后是《大公报》，当他在上海跨进《大公报》的大门时，已是抗战胜利后的事了。

初进《大公报》，他干的却是报纸的发行工作，偶然争取到苏北的内战前线采访，写过一些报道；后来又被派去台湾，主持分馆（那只是一个卖报纸、收广告的办事处），尽管《大公报》在台湾另有特派记者，但他还是不时客串一些通讯文章。更后来《大公报》的台湾分馆被封，他一九四九年到了香港《大公报》，干的还是发行工作。一九五〇年《新晚报》创刊，这个新闻系的学生才算如愿以偿地干起新闻的"正业"，做他渴望了许久的编采工作，直到七十年代末期突然在工作岗位的办公桌上病倒为止。

但在这以前，他就已开始了写作生涯，在《大公报》上写他的处女作《伏牛山恩仇记》。

使他露出峥嵘头角的是《新晚报》上后起的《人渣》，使他声名大起的是那连载了十年以上的《金陵春梦》。

按历史的顺序，应该是唐、宋、元、明、清……但这里却需要颠倒一下，先宋后唐，才说得清楚。

　　宋是宋乔，《侍卫官杂记》的作者。《侍卫官杂记》也是《新晚报》上的一个连载，不过不是完整的小说，只是一篇篇杂记，作者假托为蒋介石的一个侍卫官，写这位"总统先生"的一些逸闻琐事。由于只是假托，并非真正的退休下来的侍从室人员，所记当然只能是传闻；但由于作者当年以记者身份驻过南京，目睹耳闻，真实性也就不能算少。这真实，主要是表现了蒋介石可笑的一面，不够全面。

　　于是，写了"总司令"的这一支笔，就接受任务升级写一个较全面更真实的"委员长"了。这就是《金陵春梦》的由来。由于是因宋乔之作引来的，由宋而唐，这就想出了唐人这笔名。这和海外的唐人街没有关系，虽然作者有时故意要摆出一副老气横秋的样子，他可不是什么老华侨，在开始做这个"梦"时，年龄才不过三十来岁，青年作者一名！

　　这里顺便再说说宋乔。他对唐人有意见，开玩笑地说这是骑在他头上。宋乔原名周榆瑞，二十世纪五十年代一度回过大陆，重到香港后在《新晚报》主持英文电讯翻译工作，本职是《大公报》社长的英文秘书，一个时期用周尔立的名字在报上挂名做《大公报》的督印人。不记得是五十年代的哪一年，他突然一连几天不上班，最后人在伦敦出现，说是"投奔自由"了（天晓得！香港是有名的"自由世界"呢）。后来还出过一本叫作《彷徨与抉择》的书，他的伦敦居并不显得怎么得意，后来是郁郁而终的。

回头看《金陵春梦》。它以一个不平凡的开头引人入胜，这就是郑三发子的故事。说蒋介石本来应该是郑介石或郑中正，小名郑三发子，原籍河南，随母亲逃荒到了浙江，母嫁蒋家，他也就"拖油瓶"地成了蒋家的人。这个故事绝不是唐人的恶意捏造。他是有根据的。他把故事来源说得似乎有些神秘，有人说，其实他根据的就是新中国成立初年《光明日报》上的一篇文章。抗战期间重庆也确实发生过一位姓郑的从河南到了重庆，自称是蒋的兄长，要闯官邸认弟的事，这人被关了起来，又送回河南，兄弟自然没有认成，不过也没有遭遇杀身灭口之祸。这事在沈醉还是别人的回忆文章中是提到过的。"文革"后，内地有人正式写过文章，考证了一番，以比较充分的材料，证明了不可能有这样一个郑三发子，更确切地说，不可能有一个后来变成了蒋家王朝始皇帝的郑三发子。

《金陵春梦》，金陵王气，写的正是蒋家王朝如梦的兴衰和它黯然的气数，其间经历了大约二十年。从蒋介石的兴起，到他的败退台湾，分别是《金陵春梦》《十年内战》《八年抗战》、《血肉长城》、《和谈前后》、《台湾风云》、《三大战役》和《大江东去》八集。这是写蒋介石，也是写以蒋介石为主角的这一段时期的中国现代史——小说化的历史，演义体的历史。写这样的题材这还是"前无古人"的，它首先就具有很大的吸引力，加上作者说故事的本领不小，一纸风行也就是势所必至的了。

八集《春梦》中，写得最好看的是第一集，以后就逐渐有些绚烂归于平淡。

《春梦》以后是《残梦》——《草山残梦》，那是写蒋介石到台湾另起炉灶的偏安之局，直到他寿终正寝。说是"残"，却也写了八集，算算日子，这一段历史其实也有二十年左右呢。何其长的"残梦"！长得和正梦一样的"残梦"！

如果把蒋介石以后也算上去，那就更不止这个数字了，至少又要加上十多年蒋经国继承大位的日子。《残梦》以后作者又写了三集《蒋后主秘录》，主角换了"蒋二世"经国。作者也换了一个古怪的日本笔名：今屋奎一。那是因为蒋介石在"残梦"快了的时日，由日本人古屋奎二在台湾《中央日报》上郑重其事地推出了一部《蒋总统秘录》，这是一个怪招。我们的作者在以"秘录"对"秘录"时（其实大家都没有什么了不起的独得之秘），就也使出了这笔名上的怪招来——一个败笔！

《残梦》以外，作者还写了《宋美龄的大半生》，笔名是草山上人。

可惜作者在一九八一年初冬不幸因脑溢血再发在北京过早地离开了我们，要不然，他很可能把《蒋后主秘录》也写足八集，甚至还可能再写《后蒋经国演义》也说不定呢。

不过，就凭这一系列的一《梦》二《梦》，《秘录》加《大半生》，他已经是写作上和蒋家大有关系的人了。

真正有关系的，却是台湾的另一位"总统"严家淦。他们都是苏州洞庭东山的人。在严氏家族中排起辈分来，严家淦比严庆澍要高上两辈。当年在台北时，小辈的严庆澍是可以随时到长辈的府上去吃饭的，不过，在那时候，严家淦还没有贵为"总统"，只是"厅长"一名而已。

　　一部蒋家史，也就是大半部民国史，真是使同时代的人眼花缭乱不易说的。由于太近了，有些事情也就说得不易准确，一是由于有些史料还不具备，还属于"秘录"而没有公开；一是有些事情还不好谈，特别是对台政策，就像人们所说，像月亮，"初一十五不一样"，那分寸，就连当事人也不易掌握，就更不要说在南海一隅的香港写书的人了。

　　因此，有些对《金陵春梦》抱有好感的人，如新闻界前辈也是严庆澍的《大公报》前辈的范长江，就曾经特意找了他到从化温泉长谈，还送了一套政协文史资料给他，希望他把《春梦》润色得更好，主要是写得更准确，更近于历史的真实。

　　作为长时期朝夕相见，共同抬过同一副担子的工作伙伴，我也曾劝过他放下一些其他琐事，特别是一些"为稻粱谋"的写作，集中精力改好《金陵春梦》。他有十年之久日写万言，在一个本来就有工作重担的业余作家来说，这万言就比一般重担更是重担了。

　　可惜他并没有及时作出安排，后来又意外地以硬朗的身子而突患半身不遂，改得更好也就成了虚愿——永恒的遗憾！

《金陵春梦》在艺术上的一个缺陷，是写得比较粗糙，后面的比前面更甚。这也难怪，作者往往是在伏案处理日常的编辑工作时，偷闲写作的。在《新晚报》编辑部里，他数十年如一日，几乎总是第一个到，最后一个走。一般人的上班时间是朝九晚五，而他，却变成了朝九晚九，从上午九时到晚上九时，一直工作、写作十二个钟头，写作的时间比工作的时间还长。他下班的时候，在同一层楼中上晚班的《大公报》编辑们已经来上班了。

《金陵春梦》是他的大著，大到在《新晚报》上连载了十多年，几千续，很可能是香港报纸上最长寿的连载小说。接下去的《草山残梦》在"文革"中夭折了，作者认为这是出于极左的斧钺之诛，但事实上，和它写得粗糙，越来越像旧闻记事而不像小说有关。一九七五年作者和港澳新闻界的朋友们到北京时，姚文元在宴会席上还赞了《金陵春梦》，也多少可以旁证一下。当然，姚文元赞与不赞，都改变不了作品本身的价值。

严庆澍除了制造这两"梦"，还大量写作反映香港社会的长短篇。他自己满意的有：《长相忆》《我是一棵摇钱树》《泥海泛滥》《爱情的俯冲》《黑裙》《她还活着》《装》《赎罪》《第一个夹万》等。

他的第一个电影文学剧本是《姊妹曲》（夏梦、韦伟主演），还有《华灯初上》《血染黄金》《诗人郁达夫》等；《诗人郁达夫》是虽未拍戏却出了书的。

严庆澍是多产作家，出的书有五十种左右。他也是另一意义的多产作家，有子女八名。长城公司有一部影片《儿女经》，编剧是画家黄永玉，故事就取材于唐人之家。黄、严和别的一些作家如楼适夷当时都住在九龙荔枝角的九华径（这是雅称，俗名狗爬径，黄永玉曾写过《狗爬径传奇》）。严庆澍的一家十口是一本难念的经，在黄永玉的《儿女经》戏中，石慧是大女儿。打从这以后，石慧见了严庆澍有时就要开玩笑地叫他一声"老豆"（广东话指"爸爸"）。而严庆澍有一句常挂在口边的叫喊："孩子们！"这当然是由于他自己的孩子足以成"们"的缘故。

近年在香港以《似水流年》成名的年轻导演严浩，是严家的"小不点"，也是在写作上严家的唯一传人。他在报纸上写的散文小品专栏，被认为比他父亲的随笔写得更富可读性。这位影名大于文名的年轻人，在更年轻的"文革"后期，曾经去投身于一家左派的电影公司，却被上级领导挥之使去，他不能忘情于电影，一气之下，就自费到伦敦电影学院学习，回港后终于扬眉吐气地以后起之秀大露头角于电影圈中。他这一成名作是和左派有间接关系的青鸟公司的出品。这对于原先的左派电影领导，是不是开了一个玩笑？这也难怪，那时候上级的最上级还没有提出"伯乐论"，一般的领导者还不知道应当识得千里马。

严庆澍虽然始终没有当上总编辑、副总编辑，却是比较早就当上了全国政协委员的，这当然和他的《金陵春梦》所起的作用有关，恐怕也和他做了一些对台的统战工作有关。我不知道他到底做过一些什么人的工作，只是知道他还没有机会做他的长辈"严总统"的工作。

清楚知道的是，他能拿到张国焘妻子的文章，在《新晚报》上发表，用的当然是人所不知的笔名，写的是影评，评的是国产片，是好评。我也听他说过，张国焘的儿子如何从香港回到广州，进了华南医学院，毕业后又回到香港，他的未婚妻也一起获得了到香港的批准，充分体现了来去自由的政策。这一对夫妇不久就去了加拿大行医，后来张国焘夫妇也移民去了加拿大（是香港"反英抗暴"纷乱后的事），张国焘也就死在加拿大的养老院中。据我所知，他和张国焘并没有见过面。

见过面而且后来有颇多交往的，是一位文化名人——包天笑老先生。一天，唐人接到一封署名罗高的信，说《金陵春梦》写了蒋介石年轻时候在上海逛窑子的事。信上说，他当年也曾涉足那些高级的妓院，偶然也见过蒋在场，现在那些同吃花酒的人早已老去，不能想象还有九十多岁的人写蒋逛窑子记得如此清晰，因此希望见面谈谈。后来两人见面，严庆澍才知道是他的同乡前辈包老。真应该称老，那时包天笑已是九十多岁的人了，但精神还是很好，还是每天写作，蝇头小楷，十分工整。一部《钏影楼回忆录》，又一部《衣食住行百年变迁》，都一一登报、出书。到了九十九岁那年，大家正准备替他做百龄大寿，他却不再等待，就离开了我们——又一个永恒的遗憾！

我们，包括了老作家曹聚仁、叶灵凤。特别是叶灵凤，在他的晚年，和严庆澍、黄蒙田（散文家、美术评论家，《海光文艺》和《美术家》的主编）、夏果（诗人、散文家，《文艺世纪》的主编），许多时候还有萧铜（由台湾到香港定居多年的小说家）以及我，不定期地上小馆子，饮酒、聊天，消磨一个黄昏。严庆澍是我们的司库，由他收钱付款，大家都有不同程度的稿费收入做开销。这样的餐叙每月总有那么一次，维持了好几年之久，后来叶灵凤、严庆澍、夏果先后去世，经常参与的五个人现在就只剩下黄蒙田和我，分居南北。

我们当中，严庆澍看来是身体最好的，饭量大，酒量也不小。苏州人，却没有什么水软山温气。年轻的时候是个足球爱好者，渐入中年后唯一的运动就是"爬格子"。可能是酒喝多了，有时又多又猛，后来就有了高血压症。虽然略有节制，但注意得并不够，终于一个上午在办公室里突发脑溢血，从此就进了医院，再转到广州治疗，病有转机，也能走动了，一度回到香港，准备恢复工作，事实上不可能，就转到北京继续治疗，情况又有好转，没想到在医院中看电视的球赛节目，我们这过时了的业余足球运动员，情绪一激动，就又发生脑溢血，最后夺去了他的生命，才不过六十出头。

严庆澍这个喝太湖之水长大的苏州人，对阳澄湖的大闸蟹深为爱嗜。每年秋天，总不放弃享受一番。在这上面，他表现了惊人的食量，曾经创下一次吃掉十四只而面不改色的纪录，虽然有些蟹爪他是放弃了，却还是要使旁观者不能不为之动容的。

一九八八年三月

繁华时节怀绀弩

——《聂绀弩传》代序

和绀弩虽说有着三十多年的交情，但对他所知其实是不多的。

桂林、重庆、香港，我们曾经先后一同在这三个城市里工作过，而且许多时候干的是相同的工作，然而，在桂林、重庆并不相识，直到了香港才有来往。抗日战争期间，在桂林、重庆，我们都在编报纸的副刊。绀弩是桂林《力报》、重庆《商务日报》和《新民报》的副刊编辑，我从桂林到重庆，都在编《大公晚报》的副刊。在桂林，那时他已是著名的作家，而我只不过是刚刚出道的后生小子，还不习惯到外边去结交文坛的前辈先生，只有一些经常替我写稿的，我才认识。绀弩虽说是"同行"，但他自有园地，从不在我打理的《小公园》里涉足，我们没有什么机会相互认识。在重庆，有了写稿的关系，却没有什么直接的交往。抗战胜利后，一九四八年我到香港《大公报》编副刊《大公园》，绀弩比我先到香港，却在两年多以后才担任《文汇报》的总主笔，当没有报纸在手上时，他就以作者的身份替我写稿了，再加上别的原因，我们就由相识而逐渐变得很为熟识。

从认识他开始，直到他去世以前，这中间几乎有四十年之久，但除了最初的三年在香港，最近的三年在北京，我们又是地北天南，不在一起的。只是我有时有事情到北京，才和他见过十次八次而已。当他戴着"右派"帽子到北大荒劳动，后来又被扣上"反革命"帽子到山西坐牢时，自然是相见无由了。

尽管我们的年龄相差了几乎二十岁，尽管对他的文章一直都很钦佩，我却从来没有像一些朋友那样，口头上叫他"聂老"（只有近年笔下有时称之为"绀翁"），这和他从来不摆老作家的架子有关，也和他虽已七老八十而衰病却又并没有什么龙钟之态有关，更和他的精神状态一直保持着斗士的轩昂有关。他四十多岁时，我固然没有叫他一声"聂老"，他八十多岁时，我还是没有想到要叫他一声"聂老"。

在抗战时期的"文化城"桂林，在他主编的副刊上，更主要在他有份的《野草》杂志上，读到了他一篇又一篇总是很精彩的杂文，我总是很钦佩，也总是很羡慕。羡慕，是因为自己那时正在学写杂文。像《韩康的药店》《兔先生的发言》都是他传诵一时的名文。后来到了重庆，读到那篇不足七百字的《论申公豹》更是叫绝，他只用了这么几句话，就把反动派的尊容勾画出来了："他的头是向后的，以背为胸，以后为前，眼睛和脚趾各朝着相反的方向，他永远不能前进，一开步就是后退。或者说，永远不能瞻望未来，看见的总是过去。"寥寥数笔，写意而又传神，深刻而又生动！

在香港和他相识后，知道他很爱下棋。当他在《文汇报》

担任总主笔时，就常到《大公报》向梁羽生他们挑战。作为总主笔，他每天要写一篇类似时事评论的文章在新闻版刊出，有时棋下得难解难分，从下午一直下到晚上，有那么一两次，他干脆就不回去上班写文章，却怕我们说他偷懒，和梁羽生约好，要他不要告诉我们，时过境迁，他人已经到北京工作，梁羽生才说出来，引得大家哈哈大笑。梁羽生有一年蜜月旅行到北京，两人又下棋下得忘乎所以，这回是梁羽生传出了丢下新婚夫人在旅馆空房独守的佳话。而梁羽生又把另一佳话带回香港，说绀弩有一次雪夜进中南海下棋，居然把等候在外的司机忘了，而司机最终在深夜自行驾车离去。

我们后来才知道，他原来是有名的"大自由主义者"。

一想起他当年在香港闹市街头，那种旁若无人，闲庭信步式的走路的姿态，就不免想起那句戏词："我本是卧龙岗散淡的人……"他这京山人，家住鄂北，离豫西南的南阳诸葛庐也就不远。

但他不要"散淡的人"，却取了"散宜生"做他的别号。先前只记得，这和申公豹一样，也是《封神演义》中的人物，后来看他的《散宜生诗》自序，才知道是借这个周文王的"乱臣"九人之一的名字，寄托"无用终天年"（适宜于生存）之意。《庄子》有散木以不材终天年的说法，旧知识分子有不材、无用而自称散人的习气。他有这样的深意，我却往往想得很浅，想到他的那一点散漫，想到他的那一份自由主义。当然，也想到他对名利的十分淡泊，全不在意。

说到《散宜生诗》，就不能不提到它的前身，香港出版的《三草》了。

绀弩回忆，我那年从香港到北京，看到他油印了送人"意在求人推许"的他的旧诗小册子，就说"这种东西在港复制只需几分钟"，他就请我拿去复制或印刷，没想到却费了两三年工夫，才印成《三草》。我说几分钟，并不假，当时北京复印机少，不像现在到处都有，印起来很方便，但在香港，却先进一些，复印机之多，当年就像现在的北京（但也还没有可以放大缩小，可以印彩色的），因此我自告奋勇拿走了他的诗册。

那当然不仅仅因为复印方便那么简单，主要更因为我十分欢喜那些诗，很愿意它们能广为传布。因此，就从原来设想复印几册，而改变为印它三千。几分钟当然不行，前后三年没有，两年却是花了的。本来不需要这许多时间，由于我的拖延，这就迟了。由于我的粗疏，印出来后才发现还有好些错字，这对自认为"编辑虽不行，校对还可以"，因而也负起了校书之责的我来说，自信心是大受打击了，也觉得有些愧对故人。但看到"文章信口雌黄易，思想锥心坦白难""吾民易有观音土，太后难无万寿山""昔时朋友今时帝，你占朝廷我占山"，这些诗句终于成了书页，成了书本，也还是掩不住那一份十分欢喜的心情。

在接触到这些油印诗册以前，我们一些在南方的朋友就已经传诵着他的若干名篇，而谈论起他的"以杂文入诗"，为旧体诗开新境界了。

这以前，我们只知道他是个杂文家、古典小说研究家，从没有想到他是诗人，更没有想到他会成为奇峰突起的旧体诗人，在他的晚年大放异彩，由于他过去只写新体诗，还表示过拥护白话，反对文言，不写旧体。尽管在香港时他也偶有旧体诗词的吟咏，严肃的，或严肃的打油的，也真是偶一为之，那首"欲识繁花为锦绣，已伤冻雨过清明"的《浣溪沙〈萧红墓〉》就是仅存的了，排在《散宜生诗》的最末部分，却是留存下来的他最早的旧体之作。后来忽然诗兴大发，那是北大荒奉命集体作诗，挑灯夜战的结果，"左"的结果，却有了好的诗篇，在"遵命文学"以外，于是又有了"遵命诗词"，在"愤怒出诗人"以外，又有了"命令出诗人"。

十年浩劫后我第一次进京，去新源里探望躺卧在床上的我们的诗人（从此就只是见他躺着、躺着，而很少站起、走动），当时只想到他的病、他的穷（每月只有十八元生活费），只想到留下很少的一点钱给他以济燃眉。第二次相见是四次文代会期间在西苑宾馆里，虽说他是去开会，却几乎整天躺在床上，好像就是这一次接受他"托孤式"的委托，带走了《三草》回香港。这时他已不是那么穷，已经恢复了地位名誉，衣食既足，可以"兴礼乐"，出诗书了。他在谈笑中说过，不知道为什么，见了我就一点诗意也没有，写不成诗（指没有给我以"酬答"

之作）。但偏偏却把出诗的任务交给了我，虽然拖了两年，却总算是不辱使命。这就是我在他去世后的悼诗中所说的："尊前长逐缪思神，三草偏从海角伸；论世最欣文字辣，读诗更爱性情真；百年咫尺成虚语，五日蹉跎失故人；浅水垂杨风景异，同伤冻雨过清明。"他八十岁后我在一首祝寿诗中愿他活到百年；他去世前五天我本来要去探望却改了期，从此就再也见不到他了。每次到他劲松的家里，总要经过一个叫垂杨柳的地方，这地名和另一处芳草地的名字同样叫人有春天的想望。但却是一个并无垂杨只有尘土的市区，叫人失望而想笑。

最后一次见他是他的《散宜生诗》（增订注释本）出版以后不久，我拿了一册精装本请他签名，一支笔在他颤巍巍的手里已经不听使唤，只是勉强写了一个"作"字，就叫人不忍要他再写"者"字了，而那"作"字其实也不大成字。后来他的家人说，那可能是他写下的最后一个字。

虽说很想再见他一面，哪怕那只是一个已无知觉的人面。但由于朋友们都知道的原因，我没有去参加遗体告别，只是要了周伯（跟着一些晚辈这样叫周颖大姐）的那张别致的谢帖："绀弩是从容地走的。朋友，谢谢您来向他告别。"

我只是写了几首七律（包括前面那一首）向他告别，其中之一是："闻君此去甚从容，蝶梦徐徐逐午钟；剑拔弩张曾大勇，神闲气定自高风；枕边微语鱼堪欲，棋里深谈我愿空；春水冰心徒怅望，罗浮山色有无中。"

就在那最后一笔签写"作"字的前后，他和往常一样闭目不语，只是在我临走时说了一声，"带点吃的东西来"，经过周颖的传译，知道他想吃南安板鸭和香港的曹白咸鱼，但咸鱼由我的家人带来后，由于那五日之误，他已经再也看不到、尝不到了。我很有兴趣学围棋，有意和他下棋以消永日，但一直没有好好学，直到这位对手消失于人间世，我还是"坐观垂钓者，徒有羡鱼情"。"吹皱春水，玉壶冰心"是他写了送我的诗句，却又一直没有送，甚至把这事忘了，还是本书作者保留下来，在他去世后才转到了我手中。这是一首七绝："倘是高阳旧酒徒，春风池水底干渠？江山人物随评骘，一片冰心在玉壶。"他说见了我就没有诗意，从来没有送诗给我。其实他曾经送过"半世新闻编日晚，忽焉文字爱之乎，每三句话赅天下，不七尺躯雄万夫"这样几句，只是在我提醒他以后，他才凑足八句，成为七律，请书法家黄苗子写成条幅相赠。他自己的书法也很不错，小楷甚至显得有些妩媚。他就是这样健忘的，就是一"散"如此的！而在他《散宜生诗》增订注释本的自序中，我的名字又多了三点水，"浮"起来了。

　　写下这些小事，本来是没有多大意思的，只不过表明，我们之间有着虽长期却并不能算十分深厚的交情，我不可能在他死后谬托知己。

　　写那些悼诗和这些文字时，我也没有太多的感伤之情。伤逝、惋惜、黯然，那是当然的，但想到他走得那么从容，而最

63

后的日子却已接近于油尽灯枯，那就还是"不如归去"，让"尘土的归于尘土"吧。

在我的惋惜中，有一点是没有来得及在他生前，向他请教一些读不懂的他的诗篇，一些不大清楚的他的往事。他的诗虽不晦涩，但有些本事不知，就会读之难明。

而他的一生，我知道得其实很少，有许多还是靠了这本《聂绀弩传》才明白。这当然要怪我就是对朋友也往往"不求甚解"。因此也就很高兴有这样的一本传记了。它是可以使和绀弩识与不识的人，都能对他有更多更密切的了解的。

这书原来是绀弩口述（在他生命最后的几年里取得的第一手资料），而由作者整理成《庸人自传》。绀弩自称"散人"，又谦称"庸人"。从一些遭遇来说，他是奇人（注）；从一些行事来看，他是妙人。但后来他改了主意，不想要这样的自传，于是就又由作者改成了现在这个样子。

你看下去就知道是怎么一个样子和有着怎么一种可读性了。

一九八六年九月

注：我还有一首悼诗，用了四个"奇"字："奇人奇遇有奇闻，更以奇诗字闪闻；一帽凭谁分左右，十年累汝困河汾；北荒失火鱼犹在，南国从军梦早湮；历史老人应苦笑，繁花时节又怜君。"

他戴着"右派"帽子去北大荒劳动时，因失火烧去棚屋，被判刑下狱。"文革"后又被加上"反革命"罪名，判无期徒刑，到山西坐牢。他早岁参加革命，是黄埔军校第一期学生；晚年由太原释还北京时，虽早已是共产党员，却夹杂在释放原国民党县团级人员的名单中而获赦，真是奇不可言！"一角红楼千片瓦，压低历史老人头"，是他咏《宝玉和黛玉》的诗句。

曹聚仁在香港的日子

一

打开三联新书《中国学术思想史随笔》，看到的是作者曹聚仁在满架图书前清癯的半身像。那是我曾经熟悉的形象，那书架所在的天台小屋，也是我曾经闲坐过的地方。在"曹聚仁"三个字的签名之下：注着"一九〇〇年——一九七二年"，它提醒我原来他也是世纪同龄人，和为他说过公道话的夏衍同一年出生；再过大半年，到明年七月，就是他去世的十五周年了。

第一次见到他，大致是四十四年前一九四二年的事。在桂林东郊星子岩边的《大公报》编辑部里，那一天来了一位身材矮小的军人模样的客人，一身旧军装，腰间束了一条皮带，普通一兵，貌不惊人。听别人说，这就是曹聚仁。因此就不免刮目相看了，这是我已经知道的一个作家兼教授的名字。这时又知道，抗日战争开始后他就投笔从戎，做了中央通讯社的战地记者。后来更知道，他还在蒋经国的"新赣南"主持过《正气日报》。既是中央社，又是蒋经国，在我那年轻而又单纯的头脑想来，不敢恭维是理所当然的事。何况那时我只不过是管收发兼管资料的练习生，也不可能去接近这样一位作家、教授、大记者。虽然如此，他那一身军装和一条皮带，却给我留下了一个较深的印象，几十年后的今天回想起来，还是如在眼前，尽管那在抗战的当年并不是少见的形象。

再见到他却是在十三四年以后的香港了。军装当然已经脱下，在上海当教授时的阴丹士林蓝布长衫自然更不复见，而是洋装在身，却经常有一个布袋在手，是北京街头常见的那种布袋，塞满了报纸和书刊，有点他自己所说的"土老儿"的味道，形成了"土洋结合"。

二

曹聚仁是一九五〇年从上海到香港的。夏衍在《懒寻旧梦录》中说，"抗战胜利后，他一直住在香港"，显然是记忆有误。

抗战胜利后曹聚仁回到了上海（这以前，他离开了《正气日报》，去了上饶的《前线日报》），一边教书，一边还替香港的《星岛日报》写通讯文章。按他自己说，上海解放后，他对新的城市政策感到"惊疑"，最后终于下了"乘桴浮于海"的决心，到海外做一个不在"此山中"的客观的观察者。

他一到香港，就在《星岛日报》上用特栏的形式，发表引起左派迎头痛击的《南来篇》连载文章，大谈新中国成立后的内地形势，主要是上海。以"不偏不倚"的"中立派"自居，以史家之笔自命的他，对新中国成立初期的新气象有赞有弹，自然是应有之义。今天回想起来，那些议论尽管未必都很恰当，却是可以理解的。但在当时，在左派人士的眼中，这还了得，分明是一个"反动文人"，逃亡到海外，大发"反动谬论"，这只"乌鸦"真是无法容忍！于是纷纷写文章反击，其中最尖锐的当然是早些年已经点名叫他"看箭"的杂文名家聂绀弩。我当时也在学写杂文，也不免拿了曹聚仁充当箭靶子。

虽然如此，右派也并不怎么能接受他，对他是戒惧而存疑的。他虽然对中共诸多批评，但并不像别的一些反共文人只作诬蔑谩骂，而且在笔底也从来没有什么"共匪"出现，这在那些国民党的"忠贞之士"看来，就带有几分"非我族类"的气味了。因此，他也就难于避免来自右派的讥嘲。

就这样，他是左右不讨好，但于右较近。因为他毕竟在抗战期间做过中央社的战地记者，毕竟在蒋经国手下替他办过几年《正气日报》，毕竟从大陆的"竹幕"中出走南来。他和右派是有往来的，和左派就只是"鸡犬之声相闻"而已。

后来，他在《星岛日报》的客卿地位也失去了，却和一家亲国民党的晚报《真报》接近起来。

这期间，他和徐讦、朱省斋以及后来到了新加坡当起那个国家外交官的李微尘一起，办了创垦出版社。出丛书，还出了一个杂文、散文的小型刊物《热风》。

尽管他又成了新加坡《南洋商报》的特派记者，在香港写观察大陆的通讯，还有李微尘这样的关系，却始终去不了新加坡。

在香港的二十多年中，除了五十年代中后期多次回大陆进行采访工作外，他哪里都没有去，包括台湾。

这里特别提到台湾，是曾经有一种流言，说他要去台湾做说客，说服他的旧日上司蒋经国走和平统一的路。流言后来又变了，说蒋经国移樽就教，坐了一艘军舰，开到香港海外，接他上去商谈。他所接近的《真报》，还刻了鸡蛋大的标题字，当作头条新闻刊出。

这件事也使热衷于和平统一的我，闹了一次笑话，犯了一次错误。我在《新晚报》上，转载了一些无中生有的"消息"，发表了一些一厢情愿的议论，推波助澜，煞有介事，直到后来受到来自北京的严厉制止，这才停了下来。这就是所谓"和谈宣传"。在这件事情上，原来怒目而视的两个人，这时却似乎有了一些共同的语言，因"和谈"而讲和了。事实上，我们的交往要在那以后好几年才开始。

近年从《懒寻旧梦录》中看到，原来周恩来当年曾对夏衍说过，曹聚仁"终究还是一个书生"，"把政治问题看得太简单"，"他想到台湾去说服蒋经国易帜，这不是自视过高了吗？"

他虽然既不能去台湾，也没有在香港见过蒋经国，却是早就在上海写下了一本《蒋经国论》的，尽管没有后来江南的《蒋经国传》影响大，却成了江南为蒋立传时的一份参考资料。不过，现在知道有这本书的人是很少的了。

三

我不知道他是怎么和左派开始接近的，只是猜想，五十年代中期，周作人的一些文章在"形中实左"的刊物上发表，又结集出版，可能有他的穿针引线的功劳。后来终于从《周作人年谱》中得到证实。

我也不知道是怎么样的穿针引线，使他终于在一九五六年开始了"北行"，以《南洋商报》记者的身份，到北京和其他地方进行采访。他会见过周恩来、毛泽东，他直到鸭绿江边去欢迎中国志愿军的凯旋归国……以后的几年中，他几乎每年都要北行一次或不止一次。这些旅行，使他写成了《北行小语》《北行二语》和《北行三语》这三本书。这些都是发表在《南洋商报》上的文章的结集。

"他爱国，宣传祖国的新气象"，这是周恩来对他的评语。

作为记者，他有过一次独家新闻。一九五八年炮轰金门，开始了好些年的海峡炮战，这是一件大事。他较早得到这一消息，把电讯发到《南洋商报》，报纸显著刊出这一独家消息之后几小时，预定的炮弹才从大陆上发出震天动地的声音，射向金门。在北京看来，这当然是并不愉快的泄密事件。

老牌的《循环日报》以新的姿态复刊（其实是全新的创刊），使他的新闻工作重新面对着香港的读者。他担任了主笔性质的工作，从评论、专栏到副刊文章都写，多的时候一天要写四五篇，

70

够他忙的。这家报纸的主持人林霭民，曾经长时期在《星岛日报》工作过，广州解放时，以"广州天亮了"的特大字头条标题，不容于星系报纸的主人胡文虎。这虽然是编辑部的事，作为负责人，他不得不和编辑部中有进步倾向的朋友们离开了《星岛》。新出的《循环日报》是以中间面貌出现的，定下来的方针是"中间偏右"，办起来却是"右"则不足，而"左"则有之。

作为同行，曹聚仁既在"形右实左"的报纸工作，我们也就很自然地有了交往，翩然一笑，不谈往事。也许这以前就接触而渐渐接近了，因为他虽然还是标榜"中立"的自由主义者，时时要发些和我们不同的议论，但他的文章早已告诉我们，实在不能称他为"反动文人"了。

我们早已不再骂他。从嘲讽到骂他的是右派。嘲骂他最多的是：他说过如有机会，他愿意到北大荒劳动，改造自己。他说这话是诚恳的、真心的，尽管他当年到过北大荒做采访旅行，却没有看到戴上右派帽子下放到那里的那些知识分子们实际上是怎么样过日子，不以为那是折磨，只相信那是"修身"。

我们成了朋友。就年龄，特别是就学问来说，他实在是我的前辈。但我就是没有把他当老师对待，甚至对他送给我的那一本本他的新出的著作，也没有好好地阅读过。对其中的一些，如《鲁迅评传》还是用怀疑的眼光相看的，没有好好看它。以为那一定充满了歪曲，尽管不是恶意的；不以为那里面自有他可取的见地和一些被别人舍弃了的关于鲁迅的真材实料。

他也替我们这些左派报纸写文章了，不过不多。就是后来《循环日报》由于亏蚀太多，办不下去，只留下了《循环》派生出的《正午报》，他写作的地盘大大减少了，也只是在左派报纸当中调子最低的《晶报》上写些《听涛室随笔》之类每天见报的专栏。他以前在上海办过《涛声》周刊，这时在香港，离海更近，听涛声就更易了。尽管参加过《循环日报》的工作，他还是愿意和左派报纸表面上保持一些距离，以显中间；而左派报纸对他的一些中间性的议论，也有些敬而远之，怕惹麻烦。

六十年代以后，他就似乎不再"北行"，"文革"狂潮一来，当然就更是行不得也，不可能再挥动他的"现代史笔"，夹叙夹议，而只能谈谈生命，讲讲国学了。

四

不记得在一个什么场合，我们谈到了周作人的文章，彼此都认为，如果由他来写回忆录，那一定很有看头。就这样，曹聚仁就向北京的苦雨斋主人催生了那部《知堂回想录》。

一九六〇年前后，溥仪的《我的前半生》在《新晚报》上发表，吸引了广大读者的注意。当时《新晚报》把它当作争取读者的王牌，特别增加了一个每天见报的《人物志》副刊，连载这篇"宣统皇帝自传"。后来《知堂回想录》也就是在这个副刊连载的，同时刊出的还有另一较短的连载，写"绿林元帅"张作霖的一生。因此周作人在谈到这件事情时说："在宣统废帝以后，又得与大元帅同时揭载，何幸如之！"

不幸的是开始刊出还不到两个月，它就不得不停下来了。这倒不是作者预言过的，"或者因事关琐屑，中途会被废弃"，而是因事关大局，奉命腰斩。人在香港，虽然在做宣传工作，照理应该信息灵通，但我当时却实在懵懵懂懂，不知道作为"文化大革命"的前奏，对一些文艺作品和学术观点，对一些文艺界、学术界的代表人物，一九六四年的秋天就已经在酝酿严酷的批判了。像《新晚报》那样大登周作人自传式的文章，当然是非常不合时宜，非勒令停刊不可的。

在刊出以前，我还不是完全没有顾虑的，但想到这里面有关"五四"以来文艺活动的资料相当丰富，颇有价值，就舍不得放弃；而且这原名《药堂谈往》，后来改名《知堂回想录》的几十年回想中，抗战八年那一段是从略的，基本上不存在作者自我辩解的问题。考虑又考虑之后，终于不忍割爱，还是决定连载。这里说的"爱"，是认为资料可贵，而文章却已不如以往的可爱，缺少盛年所作的那一份文字上的隽永和光彩。

周作人是一九六〇年底在曹聚仁鼓动下开始写这一回忆录的，到一九六二年十一月底写完，前后差不多两年。原稿辗转到我手上，至少在一年以后。再加上我的踌躇，刊出时就是一九六四年秋天八九月的事了。写了两年，拖了又几乎两年，刊出不过两月就被"废弃"，作者的不高兴是可想而知的，从曹聚仁写给他的信中叫他不要"错怪"我就可以知道。

我也打算过，转到在我有份参加编辑工作的《海光文艺》中连载它，但这一月刊只在一九六六年出了一年就停了，那是间接死于"文革"之手的。因此连载的愿望也没有实现。

后来，在曹聚仁的努力下，《知堂回想录》又从头到尾在新加坡《南洋商报》上连载，由香港三育图书公司出书。他在《校读后记》中还提到我的"大力成全"，而他"不敢贸然居功"，尽管他是写作这部回想录的原始建议人。实际上，我才真是"不敢贸然居功"呢。他建议，我不过附议而已，这是一；出书之日，正是林彪、"四人帮"猖狂之时，就算真是对这书有功，谁还敢居？这是二。我曾经建议他删去这句话，同时建议删去卷首周作人的一封信，里面对鲁迅墓有意见，对许广平也有意见。后来再印时撤销了那封信，却没有删去关于我的这句话。今天回想起这些前因后果，还不免有些歉然。

五

作为一个在国门之外的自由主义者，曹聚仁并不怎么顾忌"四人帮"。

在"文革"初期，他所编著的一本大型的图文并茂的《现代中国剧曲影艺集成》出版了，正是集"帝王将相，才子佳人"的大成，仿佛在和江青她们力捧的样板戏大唱对台戏。书里面保存了不少"四人帮"所要消火的戏剧、电影、曲艺的资料，是他花了不少心力才搜集整理得那么丰富的。

这使人想起，抗战胜利后他在上海编辑出版的《中国抗战画史》，也是一本以图片取胜的书。

在他一生的著作目录上，《中国抗战画史》差不多是一个转折点。这以前，是在上海出书；这以后，《蒋经国论》以后，就转到香港出书了。

上海出的，有抗战前的《笔端》《文思》《文笔散笔》和《中国史学》；有战时的《大江南线》（不在上海，是上饶前线出版社出的）；有战后的《中国抗战画史》和《蒋经国论》等。

香港出的，有《酒店》、《到新文艺之路》、《国学概论》、《中国剪影》、《中国剪影二集》、《乱世哲学》、《中国近百年史话》、《蒋经国论》、《火网尘痕录》（这是马来西亚出的）、《蒋畈六十年》、《采访外记》、《采访二记》、《采访三记》、《采访新记》、《北行小语》、《北行二语》、《北行三语》、《万里行记》、《鲁迅评传》、《鲁迅年谱》、《蒋百里评传》、《现代中国通鉴》、《现代中国报告文学选》（分甲编和乙编）、《秦淮感旧录》（分一集和二集）、《浮过了生命海》、《我与我的世界》、《现代中国剧曲影艺集成》和《国学十二讲》等。

这三十多部书（据说全部编著有七十多种，但我只知道这些书名），只有六种是在上海出的，把《大江南线》算上去也不过七种。而在香港出的，就不算马来西亚出的《火网尘痕录》，也还有二十四种以上。

这样一排比，很容易就看出，人们熟知的上海作家曹聚仁，实际上可以说是香港作家。他一生的著作有五分之四是在香港完成的。而从一九五〇年到一九七二年，他在香港生活、工作有二十二年之久（最后的大约一年在澳门养病）。

曹聚仁二十多岁就在大学教国文，是学者。他对国学，也就是中国古代和近代的学术思想有研究，早年记录过章太炎的演讲成为《国学概论》，晚年自己又写出了《国学十二讲》。这是他最后一部著作，是他去世一年后才出版的。此外，他又以史人自命，有志于做一个中国现代史的史学家。著作中有史学、史话、画史、评传、现代通鉴、中国剪影，就是这方面的反映。

在上海活跃的时期，他是和鲁迅有较多来往的作家。《酒店》和《秦淮感旧录》都是小说，都是后来在香港写作的。早年在上海写的多是散文，《笔端》《文思》《文笔散笔》都是那时的作品。晚年的《浮过了生命海》是他一九六七年大病后出的散文集。

抗战开始以后，他就成了一名战地记者，《大江南线》就是战时写下的记者文章。这以后，他一直对新闻工作有兴趣，《北行》三语，《采访》四记这些就都是他辛勤工作的记录。战后在上海的大学里，他还教过新闻学。

他留下的著作在四千万字以上。作为学者、史人、作家和新闻记者，他的一生真是辛勤的一生！

六

一个人的一生，有些言行引起人们的争议，那是很自然的事。

曹聚仁三十年代在上海，既接近鲁迅，也受到一些接近鲁迅的人的责难。如聂绀弩，就因为办《海燕》而对曹聚仁大为不满，在这件事情上和别的事情上，对他以尖锐的杂文相加。直到六十年代，还在一首题自己的杂文集的七律中，写下了"自比乌鸦曹氏子，骗人阶级傅斯年"的句子。不过，后来绀弩了解了曹聚仁在香港的情况，也认为应该笔下留情了。

和绀弩同是《野草》斗士的秦似，在二十世纪七十年代末期，写文章称曹聚仁是"反动文人"。而在八十年代之初写的诗篇中还有"骨埋梅岭汪精卫，传入儒林曹聚仁"的嘲讽。把他和汪精卫对比，更超乎"反动文人"之上，就更要使人惊异了。今年夏天秦似到北京吊绀弩之丧，有机会和他两次闲谈，酒后听他谈诗词，病榻前听他谈写作，可惜并没有谈到我所知道的曹聚仁。那时候，我还不知道他有这样的诗句，要不然就不会放过这一话题而不展开争辩。

此刻曹、聂、秦都已经先后成为逝者，除了伤逝，就不可能在他们任何一人面前有所评说了。

汪精卫，不能比。反动文人，上海时代恐怕不能这么说，香港时期就更加不能这么说了。尽管他的文章可能有这样那样的缺点，人们对它不免有这样那样的异议，事实俱在，到香港而又北行后，五十年代中期起，他是努力宣传新中国的新气象的。在今天看来，由于当时主客观的局限，他也有过"左"的议论呢。他笔下可能有无心之失，却没有恶意诬蔑。

在为和平统一事业的努力上，尽管他有过不切实际的书生之见，因此而产生什么具体的活动我不知道，但明白内情的当局却并没有对他作出严重的否定。六十年代以前，他的夫人邓珂云得到批准，从上海到香港探亲；七十年代之初，他卧病澳门，邓珂云又带了他女儿曹雷到澳门看护，直到他去世。这些当时一般人不大容易办到的事，也可以使人思过半矣。他死后，也是左派为他公开治丧的。

还需要提一提，他的大儿子在参加三线建设中牺牲。对这一不幸他表现得平静，没有什么怨言。这也是使人对他不能不起敬佩之情的。

曹聚仁在他"未完成的自传"《我与我的世界》中，开宗明义就说："我是一个彻首彻尾的虚无主义者。"又在给别人的信中说，他是共产党的同路人。经过希望、失望之后，晚年却是对国家的前途感到乐观的。不讲什么虚无的话，说他是一个爱国主义者总是不会错的吧。

他被讥为"乌鸦"（我也这样讥讽过他），不以为有什么不好。"乌鸦"之来，是因为他早年办《涛声》周刊时，用乌鸦做它的"图腾"，当时恐怕有就是要讲不怕人厌恶的话之意吧。许多年后，他说这是报喜也报忧，不取喜鹊不报忧只报喜。总之，原来是《涛声》标志的这个"不祥之物"，后来却成了他的别号，而他也就承受了下来。记得他有一次北行到了东北，回来后写了一个斗方给我，上面写的是他的一首七绝："松花江上我的家，北望关山泪似麻。今日安东桥上立，一鸦无语夕阳斜。"就是以乌鸦自况的（第三句可能记忆有误。第一句是说当年流行的抗战歌曲"我的家在东北松花江上"）。

平日在一些约会上见面，闲谈中他这金华人总爱谈他们家乡的名产火腿，说是金华火腿之所以味美，是因为每做一批火腿时，中间一定有一只狗腿夹杂在内，这样才能使所有猪腿味道更加美好。他说得一本正经，听的人有信有不信。但他每一次有机会时，就总不放弃他这狗腿论。以至于他还未开口，在座的两位上海老作家的另一位叶灵凤就抢先说："听啦，听啦，我们的曹公又要谈他的狗腿了。"尽管如此，他并不因此而把话缩回去，还是照谈不误。

他另外又爱谈自己做咸菜的技术，说那也是美味，一定要用脚踩踏才够好。他还做了送人。这表现了他在"未完成的自传"中所说的，"我永远是土老儿"的风格。真是土老儿！

他晚年的住所，是香港岛上胡文虎花园旁边一座四层楼天台上搭的临时居室——陋室，三间相连的小房，是客厅、睡房、厨房，也全都是书房，处处都堆了书，他人在书中，一个人度过了一个个春秋，"人不堪其忧，回也不改其乐"。真是书生！

七

面对着《中国学术思想史随笔》，我是应该说一声"惭愧"的。当年以《听涛室随笔》的专栏在报上发表时，我没有看它；

他身后由旁人整理，用《国学十二讲——中国学术思想新话》的书名出版，我也还是没有读过。直到北京三联书店再加整理，出了新书，这才读了。

从随笔到随笔，现在恢复了随笔之名，不过不是《听涛》，而是《中国学术思想史随笔》。说是新书，因为它已经大加增订，把香港出《十二讲》时删节的三十段文字和未被编入的十八篇文章都补进去了。使它更加丰富。

说来有趣，曹聚仁早年听章太炎作"国学十二讲"，详细记录，整理成为《国学概论》一书；而现在这本曹聚仁的《国学十二讲》，却由章太炎的孙子章念驰增订整理成为《中国学术思想史随笔》。这中间，相隔了一个甲子——六十年。章念驰说这是历史的巧合。实在是文坛佳话。

所谓"国学"，曾经也被称"国故"之学，也就是中国传统的学术思想。现在"国学"这名字已经不大有人用了，越来越少人知道了，明明白白地称为中国学术思想是适当的。不过，我总觉得现在这个书名可以删去一个"史"字，就叫《中国学术思想随笔》也是可以的，而且更加简单明了。

曹聚仁以史家自命，也很以国学自负。他的第一部著作就是那本《国学概论》。当年他听章太炎演讲而作记录时，只有二十一岁。他是替邵力子编的《国民日报》的《觉悟》副刊做这一工作的。由于演讲者是国学大师，内容深奥，一般记者根本记不下来，他却占了原来就有国学根底的便宜，胜任愉快。

后来他因此受到赏识，成了章太炎的私淑弟子，但在《觉悟》发表这些记录时，还加上了批注，他说那是对当时的复古运动消毒。他还因此被陈独秀称为国学家。而他晚年写这些随笔时，由于思想更成熟，也就更自负，说这"是有所见的书，不仅是有所知的书。窃愿藏之名山以待后世的知者"。

他说，他是以唯物辩证法的光辉，把前代的学术思想重新解说过；批判那些腐儒的固陋，灌输青年以新知。

他在讲国学，但他清楚表示，反对要青年人去读古书，尤其反对香港教育当局对中学生进行不合理的国学常识测验。他嘲笑那些在香港大中学里任教的腐儒，这使人如见五四新文化运动斗士的英姿。

他在讲国学，用的是新观点，他的文字也是清新的，雅俗共赏的。能把艰深的旧学讲得通俗易懂，不枯燥，吸引人。读着它时，颇有当年读《文心》的那种乐趣。《文心》是他的老师夏丏尊和叶圣陶合作谈文章作法的书；这本《随笔》谈的是学术思想，而讲得这样深入浅出，就更不容易。

读这《随笔》，一边感到乐趣，一边又感到惭愧。真是十年深悔读书迟！

通过读书（不仅仅这一本《随笔》），对这位可以为师，终止于友的前辈，有了更多的认识。忍不住写下这些我所知道的一鳞半爪，希望对他后半生不尽了解的人能增加一些了解。就算是对他去世十五周年预先做一点纪念吧。

他和别人一样，当然不是完人，这里只谈他的大处和晚年，并不求全，就恕我不做乌鸦，不报忧，只报喜了。

一九八六年十月

郁风苗子老婆文章

郁风走了。和二〇〇七年的春天一同消逝，在四月十五日离开了人间。

她有遗愿，不举行任何追悼仪式，但实际上却举行了盛大的仪式。那是她生前就准备好了的一曲"白头偕老之歌"。这是她和丈夫黄苗子联合举行的书画展。这是她逝世十天后，四月二十六日在北京中国美术馆举行的艺术展览。郁风长时期担任美术馆展览部的主任，许多人的画展都是她经手展出的。她总是为人作嫁，为他人的好事忙碌，而自己的书画却从不在那里展出。她说自己不是画家，只是"挂画家"，专替别人挂画展览。

这个"白头偕老之歌"的展览是早就准备了的，郁风今年（二〇〇七年——编按）九十一岁，黄苗子更是九十四岁，加起来是一百八十五岁，是够偕老也真够老的了。会场的大字横幅"白头偕老之歌"六个比斗还要大的大字，是他们的老朋友黄永玉题的。

展览的请柬也是很大的，有一本杂志那么大，封面是一幅郁风的风景画，画的是澳大利亚特有的花树——蓝花楹，一株大树，一树蓝花，堆满枝头，满地蓝花，铺满草地。那年我们初游澳大利亚，为她惊艳，却叫不出她的名字，问许多人也不知道，后来查查字典，才知道这是澳大利亚特有的花。这显示了郁风在她生命中的晚年，曾在澳大利亚住了差不多十年之久。

封面上还有"记住她的风度、爱心、艺术"的字样，打开请柬，是大幅郁风的照片，是黄苗子的讣闻。封底是郁风画的江南白屋，这是她故乡富春江的风景。没料到画展准备期间，郁风就不幸逝世，这个艺术展就好像是为郁风举行的告别仪式了，这就成了不准备举行仪式的盛大仪式，而黄苗子的讣闻也就成了世上对郁风的第一篇追悼文章。

画展展出的除了郁风的画作，还有黄苗子的书法和绘画。黄苗子是有名的书法家，其实他早就是画家，二十世纪三十年代他就在上海画漫画，到了晚年，才转为画中国画，这有些像叶浅予。

和郁风一样，黄苗子也是散文作家。他还写了大量的美术论文，他的《画坛师友录》一书就是很有分量的作品。笔锋所及，写了当代数十位知名的画家，写他们的艺术和逸事。书先在台湾出版，后由北京三联印行，是一本很有分量的著作。

他们夫妇还有文字上的合作，共同写了一本散文集《陌上花》，这是江苏文艺出版社的"双叶丛书"之一。这一套"双叶"是一本书刊出夫妇二人的作品，有萧乾、文洁若的《旅人的绿洲》；吴祖光、新凤霞的《绝唱》；冯亦代、黄宗英的《命运的分号》；郁达夫、王映霞的《岁月留痕》；徐志摩、陆小曼的《爱的岁月》；

陈西滢、凌叔华的《双佳楼梦影》；何凡、林海音的《双城集》；柏杨、张香华的《我们的和弦》……黄苗子在《陌上花》的序言中说："从前有人说过，'文章是自己的好，老婆是人家的好'。我想把这话略改一下：'文章是老婆的好，老婆是自己的好——除了吵架的时候。'"

这一改改得真妙。自己的文章，人家的老婆，好，这是几十年前的老话；至于自己的老婆，老婆的文章，那就看你怎么说了，只有像黄苗子这样的改动，文章和老婆都是自己的好，才能白头偕老吧。

《明报月刊》二〇〇七年八月号

如何一醉便成仙

——杨宪益、戴乃迭和酒

毕竟百年都是梦；

何如一醉便成仙。

这是挂在杨宪益客厅里的一副对联，是吴祖光写的。其中吴祖光只有半联，下半联；上半联用的是元稹的成句。下半联的一个"仙"字，正好写出了杨宪益的风格。他这个人有点飘飘欲仙。

女作家谌容描写过他这"散淡的人"——散人。换个说法，也可以说是"散仙"。

换个角度，他又是酒仙。他是著名的酒人。人可以为鬼，也可以为仙，没有人叫他酒鬼，只有人称他酒仙。

他这人瘦瘦的，是有些仙风道骨的味道。不知道为什么，他曾经做过一件蓝布道袍，有朋友来，就拿出来欣赏，穿上了照相，这就更增添仙风道骨了。

道袍不常见，酒却常有。只有一年前夫人戴乃迭病得厉害，不能接触烟酒时，他才在家中止酒，还把华洋藏酒一概加以处理——送人，坚壁清野，和夫人共甘苦。这里说的是在家中，他不愿在夫人面前喝酒使她看了吊瘾难过，宁愿有甘不享，有苦同当。在外边有应酬时，他就进酒了，也只是小饮而已，基本上，他执行自我定下的戒律还是忠诚老实的。

现在好了，戴乃迭的病好了，早开烟戒，甚至还有些想解除酒禁。于是，杨宪益也就先行一步，在夫人面前也就不再戒酒。

依然是酒仙。

这"何如一醉便成仙"的对联也就堂而皇之地挂了出来。

面对着它的，是黄苗子写的一联：

十万狂花如梦寐，
九州生气恃风雷。

这是集龚定庵的诗句。对联以前挂过，黄苗子远适异国以后，又挂了起来。是思往事，忆故人吧。

这边厢是"十万狂花如梦寐"，那边厢是"毕竟百年都是梦"，是在以梦对梦。

依稀记得，原来挂吴祖光对联处挂的其实是黄苗子另一联，是说饮酒的，仿佛是"不辞千日醉，长共百年心"。黄苗子早几年写了一副，自己后来看了不满意，又另写同样一副换下了先前的。也有人认为其实先前的那一副写得更好，至少并不差到哪里。现在是这边厢黄苗子第一、黄苗子第二都下来了，上的是吴祖光。而另一个黄苗子却又从那边厢扶摇直上，取代了以前的画幅。

不管怎样，这边厢总是有酒、有仙。

杨宪益本来是翻译家、学问家，顺理成章，也可以叫他酒家的，但朋友们还是愿意称之为酒仙。戴乃迭也是能译嗜酒，却未得仙之名。戴乃迭这样的名字也许有人觉得有些怪。但如果知道她原来是英国人，这是个译名（Gladys Talor，戴即Talor），就不会见怪了。

人虽然不叫酒家，他们的家又逐渐有了酒的气息，这却是嘉事，显示主人的健康已经大为恢复。

"有酒有烟万事足，无官无党一身轻"，这曾是杨宪益的夫子自道。那时他刚刚被开除了党籍。不过，他现在依然是民革的中央委员。像他那样的散人，居然曾经一身而兼两党，这也是颇有特色的事。

朋友开过他的玩笑，说他只是上午党。上午他不喝酒，下午四点以后开始衔杯，那时酒性渐增，党性就渐减了。

玩笑其实只是玩笑。酒精并不能使他乱性。酒后的他也还是清醒的，并没有什么胡言乱语，而依然不改其潇洒。

有这样一个传说，"文革"中他被抓去，离家时还偷偷带了一瓶喝剩下的茅台，到了牢房，照喝不误。

"真有这回事？"

"没有这回事。"事情是这样的。那个晚上他喝了酒，已经醺醺然、飘飘然了，近午夜时突然来人把他逮捕，他带着满身酒气进了牢房，倒头就睡。第二天醒来，同监的一位向他深表羡慕，"真香！现在还香！已经几年没有闻过这样的酒香了。你喝了多少？"

"不到一瓶。"

"还剩下多少？"

"大约四分之一吧。"

"你出去以后那些酒还能保留得住就好了！"那人说时又向他身上嗅个不已。

真实的故事是带去酒香，传说走了样才是带去酒。但都是酒的故事，酒仙的故事，是悲剧还是喜剧，就难说了。

和这个故事关联着，却是和酒无关的，还有另一个悲剧的故事。

坐了几年牢，莫名其妙地被捉，又莫名其妙地被放，这时他心里有个打算：喝一瓶白酒，吃一只蹄髈，吃一个馒头。谁知道一切回到家里固然没有，上到街上也还是没有，最后只好跑到附近的莫斯科餐厅，吃了一客西餐，喝了一瓶啤酒。啤酒不是酒，许多人都这么说。不过，我们的酒仙却没有说这是悲剧。能够走出监牢，已经似"绝塞生还"，怎么还能叹悲，而不是喜？

我们的酒仙不久认识了同监的一个年轻人。那人两次到过朝鲜，第一次去"抗美援朝"，第二次去会意中人——一个朝鲜姑娘。尽管他回国后已经结婚，但旧情难忘，"文革"中偷偷地游过鸭绿江，一到那边，就把袋中的小红书掏了出来，丢在地上，踩了又踩。当时中朝之间不那么要好，平壤在亲莫斯科，他因此被收容下来，和意中人团聚。忽然有一天，他被抓了去，装进帆布袋中，当作邮件，寄回中国。原来这时平壤又亲近北京了。而他就由袋而牢，进了牢房。他自以为没有什么事，和人谈起来还满不在乎的样子。忽然又有一天，他被命令带着行李，离开牢房，大家都以为他不是出去，就是换监，谁知道其后来的信息：在"叛国"的罪名下，他出去是去刑场。小事一桩，这也是生命中的一点不能承受的轻吧。

还是说一个真的很轻很轻的"悲剧"。

记得第一次见到杨宪益、戴乃迭夫妇时，他们伉俪刚从澳大利亚访问归来，道出香港，转回北京。一见了晚饭桌上的茅台，他就笑逐颜开，一喝下小杯中的茅台，他就笑吟吟地说："葡萄酒真是悲剧！"

我的记性已经不好了，但这一句十年前的话给我印象太深，无论如何忘不了，也不会记错。但问起他来时，他却不记得了。因此也无法解答我提的葡萄酒为什么是悲剧的道理。后来还是戴乃迭说，大约是指葡萄酒味道不好受。没有办法，只好不求甚解了。

"澳大利亚的葡萄其实很好，葡萄酒也酿得不错，只是葡萄酒本身的味道……"那就不必说了。英国人戴乃迭当然更喜欢威士忌，也喜欢白兰地，也喜欢许多中国酒……也喜欢中国，或者可以说，比起酒或别的许多事物来，更喜欢中国。

去年两夫妇去英国探亲。那时戴乃迭大病初愈。朋友问杨宪益："你们还回不回来？"这位十分清醒的酒仙毫不迟疑地回答："只要她还在，就一定回来！"果然如此。她不仅还在，而且还是健在。人比病前，比去英国前更精神了，也逐渐想喝一点酒了。

过去，她是比酒仙更酒仙的。午睡以后，夫妇就开始对饮，朋友来就互饮，晚饭时更饮，她往往不终席而去，靠在厅中的沙发上，抢先做游仙之梦。

"文革"当中，她也被捕下牢，放出来后，也扫过街，引得路人注目："这个外国老太婆！"

这个外国老太婆就是爱中国，虽然有"文革"及其他，也没有把她吓跑。

她虽然爱中国，却又并没有要求加入中国籍，做一个中国人，像她的那些朋友那样。她至今依然是外文局的一位外国专家。当然，已经退休了。

就是爱酒的朋友们，也希望她从此由酒退休，不要再喝，至少不要像以前那样，喝酒如喝水。

至于他，却希望他保持解禁。可多则多，可少则少，听其自然。

有限光阴少，无聊琐事多；

故人星散尽，不醉更如何？

这是他的近作。他是"酒仙诗伯"，不时作诗，随作随弃，他手头是没有存稿的，诗稿都分散在朋友们手上，不少相信是散失了。

前几天他在纸上随手写下这首诗时，又在另外一张纸上写："××六十岁生日，我们在车上，他要我对上联'风情留有余'，我对的是'耳顺言无忌'。后来又想改为'云雨贪无厌'，似更工稳。但怕××生气，不敢给他看。"哈哈，原来他也有不敢的时候。这位"××"是一位画家。他既然怕，既然不敢，我也就不敢照抄不误，只好"××"了。

他其实还有别的不敢的。一个温文尔雅的老头子，早上常常爱上菜市场，买鱼买肉，尤其爱买猪蹄髈，不敢还价，总是多给，日子久了，人家就总是拣最好的给他，不要高价。你也可以说人家也不敢高价欺他。

他爱买蹄髈，一买就是一双。他请客吃饭，例菜之一是红烧蹄髈，而且照例是双肘子，不是一只。

他爱请客吃饭，主要是为了要朋友来陪他喝酒，有时甚至于用到"可怜可怜我"这样的乞求语。在饭桌前，他又爱念念有词："革命不是请客吃饭，不是温良恭俭让……"真是念念不忘——语录。而他自己却有着两是：既是请客吃饭，又是温文尔雅。不，还是说"温良恭俭让"好。每吃蹄髈，他总是把最好吃的皮让给客人，而自己啃那没有附着多少肉的骨头。

　　如果买不到新鲜的蹄髈，他就去买罐头蹄髈，在招呼客人时还笑着说："这骗不过你们，不过可以骗外国朋友，他们分不出是不是罐头的。"

　　他去年去了英国，做英国人的"外国朋友"。去年还在另一个外国——意大利，出版了他的自传，却又在剑桥举行首发式。今年秋天，他又要去另一个外国——澳大利亚，去做人家的"外国朋友"了。

　　希望这一回他不要重演十年前访问澳大利亚的"悲剧"。当时他带了两瓶茅台去，准备有时自奉一两杯。谁知到了那边，打开行李，酒香袭人，两瓶酒都打破了。悲哉！岂不悲哉？这也就是他为什么说葡萄酒真是悲剧的真正原因。因为那回在澳大利亚，一路上他就只能喝葡萄酒了。

　　这里的他许多都应该是他们，还包括戴乃迭——不是酒仙，更是酒仙；不是中国人，更是中国人。

一九九二年七月

《明报月刊》一九九二年十月号

范用温馨的小书

一

《我爱穆源》，这是一本小书的名字。

比书名占了封面更多的地位的，是这样几行字："童年：/是梦中的真，/是真中的梦，/是回忆时含泪的微笑！/范用同志嘱/冰心甲子初秋。"

甲子是一九八四年。范用是退休了的人民出版社副社长、北京三联书店负责人，著名的出版家。

我记起了，这几行字原来是写在一张笺纸上，压在范用书桌玻璃板下的。现在移来做书的封面了。笺纸上有几枝梅花，两行诗句："怅望故人千里远，故将春色寄芳心。"

书的作者就是范用。封面的设计没有注明，我相信是叶雨——范用设计封面的笔名。他有封面设计癖，别人的书他都要设计，何况自己的书，他不肯轻易让人的。

冰心的题诗高踞左上角，封面下边是横的书名、作者名。最下有一行小字"香港天地图书有限公司"。原来书是香港出的。做了一世的出版工作，领导了那么大、那么有名的出版机构，

94

一本不过七万字的小书，却要靠香港的朋友帮忙出版，可见在北京，他没有半点谋私。

书脊上的一行字："范用给小同学的信：我爱穆源。"不说你还不知道，穆源不是人名，是校名，是江苏镇江的一间小学。"'穆'是穆斯林，'源'是源流久远绵延不绝的意思。"为什么取这个名字？办学时"回族热心人士出钱出力"，"回族贫苦子弟上穆源小学，可以少交或不交学费"。

范用不是回族，他读过穆源一年（书脊上印有"1936—1937"）。他给先后相隔五十多年的小学同学写信，从"我们的学校"到"我这个人"，一共写了十六封。都是一九九二年写的。

写得平实，娓娓话家常。学校就是家。

书的前言引了《爱的教育》译者夏丏尊的话。不看那些，这书也使人很自然地就想起《爱的教育》，而感到温馨。

书如其人，《我爱穆源》和范用一样可爱。

二

《我爱穆源》是香港出的书，寄到北京，再由范用寄来香港，我才看到了它。

书的尾页写着："献上一颗童稚之心，范用时年七十。"原来小范今年七十了。我们平常叫他"老范"，恭敬一点儿才叫他"小范"，不知道是什么缘故，那位"先天下之忧而忧，后天下之乐而乐"的范仲淹，是被叫作"小范老子"的，也不知道为什么不叫"老范小子"？我们不便叫他"小子"，更不便叫他"老子"，也不便叫他"小范"，这就只有"老范"了。

也有不少人叫他"范老板"，自然是因为他做了几十年出版社和书店老板的缘故。

他替别人出过许多书，到了行年七十，才靠香港的朋友替他出这一本小书，相信《我爱穆源》是他的处女作——我们七十岁的老处女，你应该多写几本书！

如果你不知道范用，这本小书的"附录"和"集外"可以告诉你。"附录"中有他的外孙女许双写的《我的外公》，只有三百多字，就把这"怪不怪"的外公活活画出来了。这是一篇南北多处转载过的名文。"集外"中有曾在香港的唐琼和北京、上海几个人写他的文章。还有不少漫画和照片，年轻的范用很秀气，漫画的范用很怪气——他很能欣赏漫画的怪，我不能，这自然因为我俗气。

有一页三张照片也很怪，三个厨房大师傅，"京中烹调大师王世襄、汪曾祺、'发烧友'徒弟范用"，一律都捆上围裙。

范用嗜酒。有一篇写他的文章题目是《雅兴忽来诗下酒，豪情一去剑赠人》。范用似乎很喜欢，我却不怎么喜欢。文章提到了酒，却没有提到诗。范用年纪大了就不再写诗。我倒是听他说过，他喜欢一边看每天新来的报刊和书，一边自斟自酌慢慢喝酒。这不正好合乎古人用《汉书》下酒的故事吗？应该改为"雅兴忽来书下酒"才是。"忽来"也不对，他是雅兴常来，天天都来，时时都酒，刻刻都雅。

三

把"豪情一去剑赠人"用在范用身上，我不知道是什么意思。

先说"剑"。"宝剑赠烈士，红粉送佳人"，要说剑，在范用来说，就应该是书了。书是他的剑，说他爱剑，应该是说他爱书。

他爱读书，也爱出书。而在出书上，他表现了惊人的"豪情"。在北京，有过这么一句话："×××是什么话都敢说，×××是什么文章都敢写，×× 是什么书都敢出。"这"××"，就是范用。

"在（傅雷）右派问题还未彻底改正，傅聪还戴着'叛国'的帽子，马思聪、傅聪还不敢踏上祖国的大地的时候，范用已经为《傅雷家书》的出版而奔波忙碌了。"这是一例。

"他要出王若水的书，然而正当开印时，文化气候突然多云转阴。凡知道范用要出《为人道主义辩护》的人，都不免担忧。但范用拍板了：'先把书印出来再说。'文化气氛一缓和，范用就把它奉献给读者。"王若水是为这失去了中共的党籍的。范用无所惧，这是又一例。

"当他得知李洪林的《理论风云》没人给出时，他欣喜地接受出版……他为李洪林对中国现实问题研究做了那么多有益探索，却遇到不少麻烦而大惑不解。既然'在真理面前人人平等'，为何不能出版《理论风云》呢？范用又拍板了。"（以上都引自韩金英《范用印象》）这又是一例。李洪林是坐过牢的，前不久得到批准，过港赴美探亲。这位做过中共中央宣传部理论局局长的马列主义理论家，还能画出几笔不错的中国画，这恐怕是许多人不知道的事。

范用也是我在北京假释不久，就约我写《香港，香港》出书的人。后来又约我编选了三本叶灵凤的《读书随笔》、四本叶灵凤的香港掌故出书。这既有胆，对我来说还有肝，肝胆照人。

范用的"豪情"在酒，更在书。一般书他能慷慨赠人，珍本的就不了，借了他的，追得你要命。

回想《知堂回想录》

《知堂回想录》是周作人一生中最后一部著作。一九六〇年十二月开始写作，一九六二年十一月完成。这以后他虽然仍有写作，但作为完整的书，这却是最后的，也是他晚年著作中最重要的一部。

这部书最初的名字是《药堂谈往》，后来改成《知堂回想录》。

书是曹聚仁建议他写的。当时我们都在香港工作，有一次曹聚仁谈起他这个想法，我说这是个好主意，可以在香港《新晚报》的副刊上连载。曹聚仁于是写信给周作人。在周作人看来，这是《新晚报》向他拉稿，尽管也可以这样说，但说得准确些，拉稿的其实是曹聚仁，因为立意和写信的都是他。

周作人晚年的一些著译能在香港发表、出书，都是曹聚仁之功。曹聚仁一九五七年第一次到北京进行采访工作，访问了周作人，表示可以通过他，把周作人的文章拿到香港发表。这以后，周作人就开始寄稿给他，由他向一些报刊推荐。

周作人晚年和香港（也可以说是海外）的两个人通信最多：一是曹聚仁，一是鲍耀明。但文章基本上都是寄给曹聚仁的。曹聚仁长期担任《南洋商报》驻港特派员，后来又参加了《循环日报》的工作，和朋友办过刊物，又替好几家报纸写过稿，是香港文化界中活跃的人物。鲍耀明长期在一间日本商行工作，虽然也写、译一些东西（笔名成仲恩），但到底是商界的业余，不像曹聚仁是文化界的专业人士。他近年已移民到加拿大，不做"香港人"了。他和曹聚仁一样，手头上保留有周作人不少信札，也一样都在编印出书。曹出的是《周曹通信集》，鲍出的是《周作人晚年手札一百通》（影印）。

经曹聚仁之手出周作人的书，前有《过去的工作》和《知堂乙酉文编》，后有《知堂回想录》。

《知堂回想录》前后写了两年，但开始在《新晚报》上连载时却是完成一年多以后——一九六四年八九月的事。香港报纸习惯边写边登的做法，一般都不是等全篇写完才登。对于周作人这一著作之所以拖延刊出，一个原因是我还有顾虑，怕他这些尽管是回忆录的文章依然属于阳春白雪，不为晚报的一般读者所接受；另一个原因是要看看他对敌伪时期的一段历史是如何交代的。后来见他基本上是留下了一段空白，这才放了心，认为他很"聪明"，没有想到他是另有自己的看法这才"予欲无言"。

经不住曹聚仁的不断催促（曹又是受到周的不断催促），终于在拖了一年零八个月以后，开始了《知堂回想录》在《新晚报·人物志》副刊上的连载。《新晚报》的这个"人物志"副刊，是因为要连载溥仪的《我的前半生》而创办的。这时这个长篇早已结束，正在连载一个字数较少的中篇《绿林元帅外传》（？），是写张作霖的一生。《知堂回想录》开始登载时，它还没有连载完，两个连载就同在一个版面上刊出。周作人在给鲍耀明的信中说："知《新晚报》通告将从八月登载《谈往》，在宣统废帝以后，又得与大元帅同时揭载，何幸如之！唯事隔数年连我写的人也忘记说什么了，其无价值可知。报上既经发表，译载亦属自由，唯不知系何人执笔……"这里的"译载"是听说日本某一大报要译载全文，但后来似乎并无其事，只是有节译在日本报刊发表。

对于拖延了这么久，周作人显然是感到不愉快的；但终于能连载却还是使他表示了"何幸如之"的一点快意。不料没有多久就又是不幸来了，才不过一个多月，它就受到了"腰斩的厄运"。我是奉命行事。"这个时候还去大登周作人的作品，这是为什么？"上命难违，除了中止连载，没有别的选择。

周作人在另外给鲍耀明的信中说："回想录想再继续连载，但或者因事关琐屑，中途曾被废弃，亦未可知。"也许他在北京听到什么风声才这么说吧，我们远处海隅的人当时却是茫无所知的。当停载成为事实，周作人又给鲍耀明写信说："关于回想录的预言乃不幸而言中了，至于为什么则外人不得而知了。"他当然明白，这绝不是因为"事关琐屑"而不被继续登载。

那时候，离"文化大革命"虽然还有一年多，但北京文艺界已经有了一点不同的气氛，有些文艺界的领导已经开始受到

101

批判，包括一个月预支四百元稿费给周作人也似乎成了问题。当然，这些都是后来才听说的。

一九六五年，我受朋友的委托，协助黄蒙田办《海光文艺》，想把它办成一个中间面貌低调子的月刊，争取台湾有稿来，刊物能销台。它在一九六六年一月创刊。《知堂回想录》停载后曹聚仁一直在另谋出路，却一直找不到适当的出路。这时就想到把它在《海光文艺》上连载，但由于每期篇幅有限，近四十万字不知要多久才能登完，因此就打算由曹聚仁选出一部分作为节载。这还有另外一个原因，它已交书店出单行本，怕书出了而全文还不能连载完。不料事与愿违，《海光文艺》才出了半年，"文化大革命"就惊天动地而来，香港虽在海隅，属于"化外"，谁还有胆办那样的刊物，登知堂其人的文章？勉强拖到那年年底，《海光文艺》就自动停刊了。《知堂回想录》的节载于是又成为泡影。周作人也就在《海光文艺》停刊后的几个月去世。在他生前，他只看到了《知堂回想录》在《新晚报》上连载了不到两个月。

周作人的去世并没有使曹聚仁放弃争取这部书的刊印和出版，相反地，他感到只有更努力使这一愿望实现，才能对得住他的故友。他一方面继续让书店慢慢在排书，另一方面又设法使它在海外的华文报纸上刊出。他的努力并没有白费，《知堂回想录》终于在那一年秋天开始在新加坡的《南洋商报》刊出，用了十个月的时间，连载完毕。又过了一年多，一九七〇年，这部历尽坎坷的书稿终于由香港三育图书文具公司出版了。这时已是周作人一瞑不视的三年以后。

《知堂回想录》从写成到出书，历时八年。这使人想到周作人的另一著作——《知堂杂诗抄》成书更早，寄到海外更早，掌握在星洲的一位学者手中二十多年，终于还是"出口转内销"，今年才由湖南的岳麓书社出书。白跑了一趟海外，经历了二十七年。比起《知堂回想录》只历时八年来，就不免使人感到曹聚仁的难能可贵了。他这时已走到了自己生命的晚年，一九六七年还大病了一场，从死亡边缘挣扎而回，《浮过了生命海》，是他病后记下病中心情的书。他以病弱之躯，亲自担负起校对《知堂回想录》的责任。书出了两年之后，他再一次受困于病魔，最终在澳门撒手人寰。回想整个过程，就不能不使人对这位离开我们已经十五年的老作家，有更深的怀念和更深的敬意！

周作人在《知堂回想录》的"后序"中，对曹聚仁深表谢意，"因为如没有他的帮忙，这部书是不会得以出版的，也可以说是从头都不会写的"。这是事实。但曹聚仁在《校读后记》中，却说是我"大力成全"的，他"不敢贸然居功"。真正不敢贸然居功的是我，因为他说的不是事实。而且，书出版时的一九七〇年，"文化大革命"还在高潮之中，早已奉命"腰斩"这书的我，又怎么当得起这"大力成全"的称赞呢？书一出，他就送给了我，我一看，就连忙找他，希望他能删去这一句，尽管这只是一句。同时，书前印出的周作人的几封信中，有一封谈到他认为上海鲁迅墓前的鲁迅像，有高高在上、脱离群众的味道，此外还说了几句对许广平不敬的话，我也劝曹聚仁最好删去。这封信后来是照删了。提到我的那句话可能因改动不易，还是保存至今。我当时这样的"戒慎恐惧"，完全是出于个人的小心谨慎，并不是受到了什么压力，当时有权力可施压的大人先生，正在北京忙于"闹革命"，无暇过问这远在海隅的区区小事了。

我还要说一下自己。年轻的时候，我是对周氏兄弟双崇拜的，既爱读鲁迅的文章，也爱读知堂文章，不仅爱读，还暗中在学，当然，都学不像。后来由于抗日战争期间参加了报纸工作，又由于时世和工作的需要，我就一心一意学鲁迅，写杂文，惭愧的是没有什么成就。至于周作人，因为他做了汉奸，也就成了我笔伐的对象，这就使我不再学他，那时的时世也没有心情去写作什么闲适的小品。抗战过去了，生活在政治运动之外的香港，比较有一些闲情逸致去接触各种各样的文学作品，于是又渐渐恢复了对周作人散文的爱好，尽管爱读鲁迅的杂文的热情不减。因此，到后来有机会刊发周作人的文章时，我是乐于采用的。由于知道内地报纸上已经刊登了不少他的散文，而写鲁迅的一些文章更是出了好几本书，还听说他每月可以固定预支四百元的高额稿费，使我就更加没有什么顾忌。正是这样，《知堂回想录》给《新晚报》发表，我很愿意接受，尽管后来看了原稿，觉得材料虽然丰富，但文章的光彩却已不如早年，这支笔到底

104

是老了。周作人晚年的不少文章，也多半使我有这样的感受。不过，还是认为有它的可读性。总的说来，周作人的散文是十分具有吸引人的艺术力量的。

最近偶然看到自己在一九四五年写的一篇杂文《周作人和吴承仕》，说周作人不仅比不上当年在日军占领下的北平不屈死节的学者吴承仕，也比不上明末清初有所失节的诗人吴梅村，吴梅村后来是有悔意的，而周作人看来却并没有后悔。二十年后，从《知堂回想录》的避谈敌伪时期，从他的书信中的一些自辩，而似乎直到临终，也没有多少悔悟。

不以人废言，周作人在散文上所立的言，所达到的高度，所具有的光彩，数十年过后，依然动人。不以人废史，"五四"新文化运动中周作人作为一员主将的历史，也是不可能被抹去，而需要保存下来的。

一九八七年十月于北京

江湖烟雾怎相忘?

——怀念徐复观先生

还没有回到香港,甚至在十年以前,就盘算着回来后要写一篇怀念徐复观先生的文章。

徐先生是一九八二年四月一日在台北病逝的。现在是整整十一年了。我那一年五月一日出了事,还来不及向他表示悼念之情,就失去了写东西发表东西的自由。当时就想,如果我还能生活在世界上,而且还能重新生活在香港,一定要好好写一篇纪念文章。此刻四千天已经过去,悼念是太迟了,就让我来怀念一番吧。

我大约是一九七一年开始认识徐先生的,同时认识的还有牟润孙先生。

我之所以记得一九七一年这个年份,是因为那年我去过北京,见过章士钊先生,当时他的《柳文指要》新出版,托我带了二十多部回香港代他送人,我顺便就请他多送一部给徐、牟两位教授。后来徐先生把他的那一部带去台湾,送给了黄少谷。据我理解,那恐怕含有备查之意,以示在中共统战面前无他。

而我之所以接近他,的确是有统战的用意。说来惭愧,当时我对他是没有正确认识的。我不是去接近一位学者，更不是去接近一位儒学大师，而是去接近一位为蒋介石主持过联合情报处的人。说得不好听一点，是一位可以称得上特务头子的人。在我的心目中，这恐怕是另一个戴笠。后来我渐渐明白根本不是这么回事，就深深感到自己的荒唐可笑，不仅是一般的失敬而已。

正是由于这一错误的开始，我和他见面时经常谈的就是时事，是政治而不是学术。在政治上，我有自傲。在学术上，从来没有起过师事之的念头。直到他离开尘世以后，我对他的学术造诣算是略有所知以后，我还是把和他的十年交往，定位在师友之间，还拖着一个平辈的尾巴。

当他最后卧病台北的日子，我曾请徐师母王世高送去一首七律，慰问这位老夫子：

> 故人憔悴卧江关，望里蓬莱隔海山；
> 每向东风问消息，但依南头祝平安；
> 论交十载师兼友，阅世百年胆照肝；
> 一事至今增惆怅，孔林何日拜衣冠？

这里就还是说的"师兼友"，友未必是我狂放的表现，更是统战思想的反映：我是来做他的工作的，怎么是他的弟子？以我的不学无术，其实连做门生的资格也并不具备吧，尽管我并非别无所长。

这就要说说诗的最后两句。我们有约，同回大陆，去曲阜，谒孔林，而时间也定了，就在一九八二年。北京方面已为此做了一些安排，却因他病发而误了行程，终成虚愿。他临终的遗嘱有不能去孔林是平生大恨的话，那不是一句简简单单的恨语，中间是包藏了这一段故事的。他当时还约了一位好友，青年党的某领导人同行。

这在我的统战工作中，是最后的一个失落。我当然感到遗憾。但更加感到的是长者长逝的伤心。

十年的交往，我们之间的感情在增加，我敬重他的刚直，他的敢言、敢怒、敢骂。脾气可能不好，风格却是真好。政治上，他摆明了是反共的，但说由于大陆上没有别的政治力量可以代替共产党，他只有寄希望于共产党的自我完善了。他称赞周恩来，为周恩来的逝世掉了眼泪，这是忧国忧民之泪，公而忘私之泪。这使他挨了不少骂，也使我对他更为敬重。

不知不觉之中，我们一家都和他们两位有了往来，而他们的儿女到香港时，也都要和我们家的人见面。两家好像是世交的样子。我经常去徐家作客。他因健康关系戒酒，吃饭时我往往是独酌，彼此都习惯了。

在北京时，我知道台湾出版了《无惭尺布裹头归——徐复观最后日记》，我要家人设法买了一本带去给我。当我翻到日记中颇有有关我的记载，心里有一种说不出的感受。

一九八〇年十月三十一日："晚骆君请在好世界吃饭，主要为梓琴。我亦陪坐约两小时。"这里的"骆君"其实是"罗君"。

同年十二月十四日："晚间陈芬先生来小坐，语及近与某君事，某君有才而生活不甚正常，故亦影响其心理。陈芬先生赠《敦煌的宝藏》一册，印制颇佳。"这里的"陈芬"其实是"承勋"的谐音。

一九八一年一月三日："中午与世高到艺术中心，原来林风眠先生请客，因为他在杭州当艺专校长时，艾青当了不到一学期的学生。并且是他劝成艾青到巴黎去留学。我们坐了一下，艾青夫妇来了……"这里没有写出的是：代林先生邀请他的是我。

同年二月十一日："晚约林风眠、卢广声、陈芬诸先生在鹿鸣春晚餐。"林风眠是不欢喜一般的应酬的，他请徐，徐请他，属于少见。

同年三月十六日："晚陈芬先生全家邀在好世界晚餐。"这很可能是还请春茗。

一九八二年一月二十四日："中午时罗先生偕其子来，送若（干）节物。因今日为旧历除夕。"这一回就直接写下原来的姓氏了。以前的"骆"和"陈芬"，大约是他故作隐讳吧。

摘抄这些，毫无借此标榜的意思。没有这些记载，我是回忆不起这一些如烟的往事的。

他卧病台大医院时，曾有一首七律传来，那恐怕是他的绝笔。"……春雨阴阴膏草木，友情默默感时光……莫计平生伤往事，江湖烟雾好相忘。"十一年过去了，我能忘得了吗？

徐先生为我，遭受过无端的谩骂，还祸延徐师母。而我也为徐先生挨过讽骂，这却是可以忘却的。不能忘却的是他这"哲人日已远，典型在宿昔"的形象，越是离开人们越久越发高大的形象，虽然他并不是高大的个子。

一九九三年三月

我所知道的叶灵凤先生

一

寒风，冷雨，黄昏。

一间本来宽大的客厅，一半以上被书柜、书架、书台占领，构成了书的城堡。四壁都是书柜，四壁之间，纵横排列的也还有书柜和书架。窗前有一张小小的书台，另一角落有一张大书台，上面也堆了满满的、高高的书，那本来是屋子主人平日写作阅读的地方，现在已经用不着了，早就用不着了。

书柜上放着大大小小好几十件艺术品，泥塑、木雕、石膏像、石刻头像、石湾花瓶……书柜上方的墙上，还挂着《蒙娜丽莎》《母亲》、毕加索、马蒂斯、齐白石、石鲁……的画，还有老作家施蛰存写的一个条幅。这一切都却是平日的旧观。

窗前的鹦鹉不时叫着，听来并不成话。大厅里的一只狗和另外的小厅里的一只狗此呼彼应地叫着，除非有人制止，就不肯清静。大厅里的狗是有来历的，老作家曹聚仁前几年迁去澳门养病，不久就去世了，这只狗似乎是他行前的托孤。这里是有名的猫犬之家，狗至少还有两只，猫不下六只，极盛的时代还

111

不止此数。曾经有一狗因病弱很得主人怜惜，死去时主人为它洒下了一把老泪。不过，拥有这许许多多猫犬却只是出于女主人的爱好，主人只是不反对这样的爱好而已，但他还是为一只狗的长逝而流下泪来。这时不见猫，为了有客人要来，猫已经被藏起来了。

不见主人，主人已经离开了这书屋。真是书屋，除了这大客厅是书的城堡，这屋子里大大小小的房间无一不是书的堆栈。

客人们坐在因书而显得小了的客厅里，"昏昏灯火话平生"，听女主人和家人们谈主人的近几年、近几月、近几个星期的一些琐事。心头有风雨的敲打，也有点寒冷，也有点阴暗，比这间屋子还显得阴暗。

主人不在，还在的只是他微含笑意的大照片。两旁有鲜花伴着。客人们临走时，站成一排向照片中的他肃敬行礼，黯然告别。

早在二十一天以前，主人就和这个世界，和他的家人、朋友，和他的这许多藏书突然永远告别了。

主人是有名的藏书家，更是有名的老作家。但他再也不能翻阅自己这些藏书，我们再也不能阅读到他的新作品了。

这一天是他去世后的"三七"，我们特别到他生前读书、写作、生活的地方凭吊。凭吊霜崖老人，凭吊叶灵凤先生！

二

叶灵凤，"小说作者。南京人。曾主编《幻洲》《现代小说》《现

112

代文艺》《万象》《文艺画报》。小说集印行者有《菊子夫人》《女娲氏之遗孽》《鸠缘媚》《红的天使》《处女的梦》《白叶杂记》《天竹》《灵凤小品集》等。"这是《中国新文学大系·作家小传》中他的小传。在《大系》的"小说三集"里，还选有他的一篇《女娲氏之遗孽》。

以《大系》来说，他当然是小说作者，由于只选了他的小说。但以"大系"的"小传"来说，也可以看出他不仅仅是小说作者，还是小品作者。《灵凤小品集》当然不是小说，《白叶杂记》也不是，《天竹》也有可能不是。他这些早年的作品我们没有机会看到，只能这样猜想了。

到了晚年，他就更不是小说作者而只是小品散文作者了。

他也翻译，《故事的花束》可能是他最后出版的一本翻译的集子。他晚年翻译了黎巴嫩作家纪伯伦的一些散文，好像还没有结集出书。

他早年还欢喜作画。在《创造月刊》和《洪水》半月刊这两本创造社的杂志里，既有他的画，更有他的插图。中年以后好像就一直搁下画笔，不再作画了。

他早年的笔名是灵凤，晚年是霜崖，中间也用过林丰。

灵凤这名字往往被人误会为女性，就在他工作多年的那间报社里，也有过这种误会。事实上这的确是一位女性的名字。作家叶灵凤的原名为叶韫璞，为了纪念这位女性的故人，就以她的名字为名了，不仅用来做笔名，干脆做了自己的名字。据说他也曾有过一个印章"双凤楼"。家人解释，灵凤之名出于李商隐的诗，"身无彩凤双飞翼，心有灵犀一点通"。

他晚年的一篇小品文章《桂花》中提到："年轻的时候喜欢读宋词，更喜欢读那几首《忆江南》。有一年秋天游西湖，住在西泠桥边上的一个寺院里，寺前有几棵大桂树。夜晚秋月当空，在桂树底下踏着树影和自己的影子漫步低诵那几首《忆江南》里的月下寻桂子的词句，简直觉得像《陶庵梦忆》里所写的人间仙境了。

> 前几年，又去游杭州，恰巧又住在那附近。可是，寺院早已没有了，桂树也已没有了，人也没有了，独自站在湖边，实在不胜感慨！

> 今夜，嗅着窗口飘进来的邻家桂花香气，在灯下不觉又模模糊糊的想起了这一切。人老了，不仅视力差了，就是记忆力也差了。当年熟读的那几首《忆江南》词，已经不能再背诵，只是有些事情仍无法忘怀，这使我想起了放翁晚年所写的几首诗中的两句断句："此身行作稽山土，犹吊遗踪一泫然。"

读了这些，不免使人感到此中有人，此中有事。不过这已是"梦断香销五十年"的旧事，也就不必呼之使出了。

一般人都说他是二十世纪三十年代的老作家，其实二十年代他就已经有作品发表。在一篇《读少作》的小品中他提到，一九二五年《洪水》创刊号上有他的小说《昙花庵的春风》，他说那时自己还是二十岁的少年。

不久他就参加了创造社，在门市部工作，同时写作甚勤，他算是开始踏上了文坛。《中国新文学大系》中所列出的那些作品，几乎都是一九二五年到一九三五年这十年中写的。

抗日战争爆发后，他从上海经过广州，来到香港，从此就在这个他眼中的海隅地住了下来，一住就是四十年，直到离开人世。

在他的下半生中，小说是不写了，写的只是散文随笔，也翻译些文章，写得较多的是有关香港风物和掌故的文章。

他是南京人，小时在安徽的宿松、江西的九江、江苏的昆山住过，在镇江念中学，在上海念美专，踏上文坛，南来香港，虽然是这样简单的经历，当中却似乎是走过一些曲折的道路的。

三

走六小时寂寞的长途，
到你头边放一束红山茶。
我等待着，长夜漫漫，
你却卧听海涛闲话。

"我"是诗人戴望舒，"你"是女作家萧红。戴望舒走了六个小时的路，大约是从香港或九龙的市区走到浅水湾的吧，去探望躺在一株独柯树的红影下的萧红，而写下了这《萧红墓畔口占》的四行诗。

戴望舒第一次探望萧红墓却是由叶灵凤陪了去的。那时是一九四三年秋天，萧红死后大约半年，浅水湾还是禁区，香港还在日本军队的占领下。

十五年后一九五七年的秋天，戴望舒已经不在人世了，叶灵凤却和别的朋友，从快要湮没了的萧红墓中，掘出骨灰，送回广州，安葬在银河公墓里。叶灵凤有一篇《萧红墓发掘始末记》，似乎并没有收进他的散文集子中。

四

叶灵凤晚年的小品散文多半是用霜崖的笔名，以《霜红室随笔》的名义在报纸上发表的，而在将其中一部分结集出版时，又取名《晚晴杂记》。

霜，使人想到生命的秋深冬至，在时间上，是和晚晴的晚符合的。"停车坐爱枫林晚，霜叶红于二月花"，霜红都有了，晚也有了。"天意怜幽草，人间重晚晴"，晚晴也有了。晚晴还使人想到"雨后复斜阳"，尽管晚了，却还是好的景色。

《晚晴杂记》中有一篇《新的乡思》，就记下了一些江南好风景。

"最近，客从故乡来，为我谈了许多故乡的新事物，其中一位更送了我一罐故乡新出品的茶叶，称为'雨花茶'。

"从故乡来的朋友，如果送我一包雨花石，固然会使我高兴，但是现在送的却是雨花茶，则除了高兴之外，更使我诧异，因为我的家乡是从来不以产茶著名的。

"仅是这一罐'雨花茶'，已经足够勾起我的乡思。家乡这几年的变化真是太大了。咸板鸭和花生米虽然依旧有名，但是同时却增加了不少新的出产。这里面小如茶叶，大如汽车，都包括在内。家乡居然有了汽车厂，正如家乡有了茶园一样，那是使游子要刮目相看的事实。"

还有"大如一座城市的工厂，另一座比武汉长江大桥更大的大桥。也在下关与浦口之间完成了。这些可喜的消息，在啜着'雨花茶'的时候，自然更增加我的新的乡思了。"

这些随笔杂记，也正像"雨花茶"一样，"味在碧螺春与龙井之间"，虽然清，却有味，而且能使人回味。写来看似不用什么力，读来却使人感到一种力量，形成了他自己的风格。

灯下翻他的一本一本的集子，翻到了这篇《新的乡思》，仿佛又看到他亲切的笑容，听到他娓娓的谈话。当年送"雨花茶"给他使他欢喜赞叹的神情如在眼前。想到他的故乡又有了许多可以引起他新的乡思的新事物，而他却再也看不到、听不到了，就不禁黯然。

他退休的这几年来，由于眼病和别的病，不大愿意出门走动，几位朋友的不定期餐叙到后来他也很少参加，再三请他欣然命驾他也不为所动。颇有些担心会像电影镜头一样，渐渐地"淡出"而淡欲无，这个世界再也没有他的存在。

现在果然是"淡出"了，尽管他的最后像是睡去，尽管他可以安心长眠，我们却不能不动哀思。尤其可哀的是他把许多可珍贵的记忆都带走了，除了一些散篇，竟没有留下一部完整的回忆录。这是作为读者的我经常劝他快执笔写的。

尽管似乎走过了曲折的道路，他晚年有机会访问鲁迅先生的故居，低头默默地诉说了自己的心事；尽管似乎走过曲折的道路，他的下半生却能放眼、放怀面前光明宽阔的地方，鲁迅先生所指出过的地方。这也就不必泫然，应该欣然了吧。

写于一九七五年十二月，近百年最冷之日。

章士钊二三事

一

章士钊老先生五月底从北京专机飞来香港的时候，我刚好不在这里，回来之后，听说他身体不好，也就不便打扰，一心以为来日方长，慢慢总有机会见面。前两回他来，一住就是一两年的。没想到这回才不过三十多天，就病发不起。

在他去世的前一天，听说他忽动归兴，很想北京，却不料已经来不及作万里长空的飞行了。

前年初冬在北京曾去访问他，那时《柳文指要》刚出版不久，他亲笔签名送了一部，又托我以"重任"——替他带二十多部回来送与这里的亲人和友人，一部《指要》，已经够重，二十多部，当然是"重任"了。

在《指要》的"总序"中，他就有这么一段话："昔朱竹坨辑明诗综，去取不当，采证寡识，何义门讥其谬妄处，几于笑破人口，吾治柳文，功力宜不优于竹坨之综明诗，当世硕学，如认为有笑破口而竹坨我，何时获知，当即力事补正。夫学问者，不足之渊泉也，每当得以新解，不足之念，即习习然而至，

119

数年之假，得以读易补过，企望之情，倍百恒品。"他又在"跋"中说："本编分上下二部，上部缮就，以示一二友人，猥蒙检阅一过，除指点要义，并改正其错误外，犹承说明序言引何义门讥竹垞辑明诗综例之未得其正，负责述作，无须自贬到怕人笑破口云云。吾谨受教……"但因一时没有恰当的字句，后来又觉得"安能保其必无"谬误，"几经反省，因而终于原封未动"。

当时有幸看过一部分原稿，也看到了"跋"中所说的"一二友人"所提的意见，有些是注在原稿旁边的，有些是另纸写的。他们都是工作十分繁重，每天都有许多天下大事要考虑的人，能抽出这么多时间看完这一部百多万字的书，而且认真提出意见，真不是简单的事！其中一位写的还是工笔细楷呢。

他一生做学问，精力所寄，就在柳文，《柳文指要》能在他去世前一年多出书，大方精美，尽管来不及补正再版，也已经很可以使他感到安慰了吧。

一般人只知道《柳文指要》是他生平力作，是他最后的大著作，却不知道他还有另一部《指要》，已经写成，还未出版。这是《论衡指要》，是研究王充《论衡》的。初稿已经写成，正准备细心修改，却已经来不及了。据说在这部书中，他从古代谈到今天，许多地方赞叹了今天国家的伟大成就，"是划时代之大革命，一切弃旧图新"，新得好！

他这次来港，也还准备整理各方面对《柳文指要》的意见，修改补充自己这部著作。据说已经收到的意见有好几万字，可惜他也来不及整理吸收了。

这回"在港期间，他十分关心祖国统一的实现，对在台湾的故旧甚表关切"。台湾统一于祖国大家庭虽仍有待，但却是一个必然的、不可改变的发展。老人有诗："留得余年见太平，放翁虚卜我真情。"他早已认为自己比"但悲不见九州同"的陆放翁有幸得多了。

注：所谓"一二友人"是指毛泽东和康生。工笔细楷提意见的就是康。

二

章士钊老先生的逝世消息中，说他终年九十二岁，但他今年生日的自寿诗中，却有"难得余年九十三"的句子。他是一八八一年诞生的，实足年龄是九十二，如果照中国传统虚岁的算法，就要加一，而成为九十三。

五月初，曾写过《章士钊生日有新诗》的短文，后来有人写信相问，他的生日在哪一天。我当时实在答不出，这两天才知道，是农历二月二十一日。他过生日就是以这个农历的日子为根据的，因此每年不同，今年的生日是公历三月二十五日。

前年初冬在北京，他以书法一件相赠，边款题的已是"时年九十有二"，就以虚岁的算法来说，也只是九十一。这大约是老人一时的笔误。

《柳文指要》最后的"再跋"后面就写明"一九七一年三

月十一日时年九十有一"。

"再跋"之前的"跋"后面也写明"公历一九六六年三月八日时年八十有六"。

从这些"三月八日""三月十一日"和今年生日在三月二十五日看来，他每年的生日的确是因年而异的，但大体总离不了三月这个范围。

他的九十一自寿诗有序："放翁生年八十五，而游山诗自称：九十衰翁心尚孩，益知翻出翁至安国院访景滋和尚诗文云：九十一翁不识公。然吾阅剑南诗稿最后三卷，除前引游山诗外，仍有昔日登小台西望云：九十衰翁心尚健；齿发叹云：吾年垂九十，此事以晚矣；病起杂言云：我年九十理不长；题望海亭云：坐中有客垂九十；病后戏题云：行年九十未龙钟等句，层出不以，都是向前张眼、望而未见之假象，不意此老平生拘墟于人生命运乃尔。吾今年适九十一，坐对前贤耄荒遗墨，不禁三叹！"按照陆放翁八十五而称九十或九十一翁的说法，他今年也可以自称百龄了吧。

这是一首七言长句："人生修短本难必，伊谁八五谁九一？两人相遇应同坐，少长僧儒堪指摘。九十一翁不识公，语胡自至吾岂怪？幅巾随处一悠哉，声闻自迩宁不忆？古寺茶毗一个僧，孤忠血化千年碧，忽然讲经忽坐化，存原可取去勿惜。诗虽不如寿过之，人意胜天齐损益，胜负也于马力见，辕下一鸣人已识。吁嗟乎！长途焉用跬尺为？久暂昨今持一息，二十年间试回想，新生万木森森立，老夫虱此事何事？徒抱雄心沸衷臆，诗成笑比坠驴人，遮莫夔龙纷满壁。"

九十高龄的人还"雄心沸衷臆"，有人说他真是"十分热衷"，热衷于争胜负，但我想，不少人恐怕要为老人这样的"壮心未已"的襟怀而赞叹。没有这种雄心壮志，《柳文指要》这样的大著就不会出现了。

同样地，他也不会在暮年"为了国家的统一不辞劳苦"，"为谋求祖国的统一不惮辛劳"吧。要说热衷，这真是十分可敬的热衷！

三

孙中山先生这个名字是怎么来的呢？人有中山，地有中山。中国以往的习惯，对于有名气的人，欢喜用他的出生地来称呼他，如袁世凯是河南项城人，就叫他袁项城。但孙中山却不是因中山而得名的，相反地，中山县原名香山，由于孙中山的缘故，后来才改名中山，这在广东人当然都知道，外省人就不一定清楚了。

孙中山这个名字又是怎么来的呢？孙文，字逸仙，原来并没有中山之名。最近从一篇写章士钊的文章中，才明白是原来如此的。

一九○三年前后，还是清朝光绪年代，章士钊到了上海，和邹容、章太炎（炳麟）、张继结拜为兄弟，参加反清的革命活动。

"邹容撰《革命军》，士钊为润饰其文字后并题书签，炳麟则为作序刊行，对于鼓励国人的革命思想产生很大作用……

"由于邹容、章炳麟、张继都有鼓吹革命的书籍，好胜心强的士钊不能独无。乃应用他于日本语文的能力，将宫崎寅藏撰《三十三年之梦》编译成《大革命家孙逸仙》一书；一九〇三年九月用黄中黄笔名刊行。它的影响力亦不下于邹容的《革命军》，因为在此之前，国人很少知有孙逸仙，即令知之，也认为他是'叛国之徒'，如今章士钊在此书自序中再三强调'有孙逸仙而中国始可为'，'谈兴中国者不可脱离孙逸仙三字'。同时他又将孙在日本亡命偶署的别名中山与姓连属在一起成为孙中山。从此，青年学生尤其留日学生都认识孙先生。孙先生在留日学生心目中前后判若两人，尤其一九〇五年能迅速组成同盟会，章这册书的宣传之力是功不可没的。"

这是台湾出版的吴相湘的《民国百人传》中的文字。原来孙中山的名字就是这样来的，而且也是经过这一宣传才更为人所知的。章士钊的秘书王益知挽章联中，有"椽笔记兴中，迹演郑洪垂巨范"也是指这件事。说他撰孙逸仙传，记兴中会事，章太炎题了"迹掩郑洪"诸语，郑是郑成功，洪是洪秀全。

当时章士钊还有具体的革命活动。如"一九〇三年十月……曾潜回南京约集各校学生于北极阁，痛言革命之迫切，这是内地公开演说革命之嚆矢。声势殊盛……"后来南京要抓人，他又回上海，以爱国协会副会长的身份，"经常身先作则以伺杀清吏为目的……这是后来华兴会与光复会联合在长江流域各地同时举义计划的先声"。但由于华兴会起义计划被破获，因万福华刺杀广西巡抚王之春案，他和黄兴等人都被捕入狱，坐了四十天的牢。出狱后就到东京留学去了。

在东京他认识了吴弱男，后来结婚，两人又同到英国留学。吴弱男是淮军名将吴长庆的孙女。吴长庆是袁世凯的上司，是最初提拔袁世凯的人。但章士钊却是反对袁世凯称帝的，一九一四年（民国三年）他在东京创办《甲寅杂志》，据说就是"自学理上阐发讨袁破坏民国之大义"。

一九七三年七八月

"少愧猖狂薄老成"

——回忆柳亚子先生桂林重庆二三事

一

我是四十四五年前在桂林开始认识柳亚子先生的。不记得那是一九四二年还是一九四三年了，太平洋战争爆发后，他从日军占领下的香港逃出，辗转到了桂林，是一九四二年六月间的事。我在这以后认识了他。记忆模糊，有书为证。《柳亚子先生书信集》中提到，"罗是琴可的学生，在桂林时曾由琴可介绍见过面"。罗是我的原姓。《柳亚子年谱》中又有这样一笔：（一九四三年二月）"朱荫龙宴于绿宫菜馆，有田汉、罗承勋等，徐泽人临时参加。"朱荫龙是我的老师，琴可是他的别号。他是这以前还是这次宴请中把我介绍给柳亚子的，我已经完全不记得了。记得的只是柳亚子那几绺头长须和一袭长袍，还有那说起话来口吃的神态。

就在那一次，还谈到了他的胡须。徐泽人当时说，柳先生，在上海时你并没有胡子，是什么时候起这样胡须满面的？他笑着说："在香港逃出，样样东西都丢了，胡子没有丢，而且天

126

天长起来，既没有工夫剃胡子，索性留了起来。胡子是我丢剩下来的东西。"这些话我当然也不会记得，是从《年谱》中引用的徐泽人的文章里看到的。那一年柳亚子才不过五十七岁，由于我还只是二十二岁的青年，更由于他脸上垂下的长须，还有那久闻的大名，使人误以为他很老了。后来才知道，他其实比鲁迅还要小好几岁呢。

他有《寄赠绿宫一首，次题壁韵，二月二十八日作》，看来就是那天宴会以后作的。"青梅枭杰伦，赤帻帝王居。揽辔情犹热，移山力尚余。刘伶原卓荦，阮籍岂狂疏。记取黄龙饮，长戈荷短裾。"

我那时在编《大公晚报》的副刊《小公园》。柳亚子也有过诗文在上边发表。

长时期使我回忆起来就感到有愧于心的是，《小公园》里居然有过几支冷箭是射向柳亚子、田汉、熊佛西和朱荫龙他们的。在当时的文化城中，他们这些文化人颇有一些诗酒唱和的集会，既非狂饮大吃，又非吟风弄月，诗歌多半是伤时感事之作，实际上是无可非议的。但我的一位思想比较偏激的老师，却写了一篇短短的杂文对他们加以嘲讽，而我不但发了几篇这样的文字，其中还有我自己写的一篇，初时自以为是，颇有一点"吾爱吾师，吾尤爱真理"的味道，后来在朋友们的指点下，才明白过来，这是错误的，于是就息鼓收兵，结束了这一场水冲龙王庙的小小冲激。当年许多事情我都不大记得了，只有这一件

127

事却一直藏在记忆当中，偶然还泛上心头，带着愧意。

"少愧猖狂薄老成"，当我后来读到柳亚子一九四一年在香港所写的《赠陈寅恪先生伉俪》时，就更有惭愧了。"少愧猖狂薄老成，晚惊正气殉严城。从知名德天终相，犹有宁馨世漫轻。九死孤忠怜异代，卅年读书重贤兄。潘杨门第尤堪媲，残垒台澎郁未平。"他在诗注中说："散原老人与海藏齐名四十余年，晚节乃有薰莸之异，余少日论诗，目郑陈为一例，至是大愧。"散原老人陈三立是陈寅恪的父亲，海藏是郑孝胥，两人以诗齐名几十年，被认为是江西诗派的大将，柳亚子论诗是不以江西诗派为然的，但他看到"九一八"以后，郑孝胥去伪满洲国做官，而"七七"抗战以后，陈三立困居北平，坚拒投敌，宁可饿死，也不失节，就深悔不该把他们两人相提并论了，尽管只是论诗。因而有"少愧猖狂薄老成"之叹。我年轻时对待柳亚子诸位前辈先生的错误，和这是不能相提并论的，这就更使我自愧猖狂，深悔轻薄。

当时有一件事给人们留下了深刻的印象。一九四四年在日军大举进攻湘桂，衡阳之战正在展开，桂林已经感到紧张时，这座文化城中的文化人举行了一次国旗大游行，募款支援在前方抗敌的将士。规模盛大的西南剧展刚刚过去，田汉调动了前来参加剧展的九个省戏剧团队的人员，作为游行的主力，组成了声势浩大、慷慨悲壮的游行队伍。一面巨大的国旗做前导，紧跟着的是一辆宣传车，车上坐着三位老人：李济深、柳亚子和龙积之。年纪最大的是参加过戊戌变法的龙积之，差不多八十岁了。车上有人用扩音器喊话，动员群众捐款。接下去是浩浩荡荡、挥舞彩旗、高喊口号的队伍。桂林城不大，队伍很大，整个城市因这次游行而沸腾起来，人们纷纷把钱抛在国旗上，不少人喊口号喊得嗓子都哑了，街道两边的群众许多都激动地流下泪来。

　　柳亚子在这次游行中给人们留下一个令人尊敬的庄严形象。他本人留下的是这一首："奔走归来夜未央，喜看眉黛照灯光。尽多危语镌肝肺，尚有雄心接混茫。沧海桑田饶感慨，鸿毛泰岱费商量。余生尚未填沟壑，终见中兴国运昌。"他的忘年交朱荫龙（和他相差二十五岁）也有一诗："茫茫谁与济时艰，误尽苍生是苟安。偏解兴亡江上妓，绝无廉耻地方官。升平粉饰乐无极，胜利虚传局近残。颂德颂功缘底事，诗人枉自呕心肝。"这首诗不是特别为国旗大游行而写的，但"偏解兴亡江上妓"一句，却是指大游行中出现妓女前去慷慨解囊的感人镜头。

二

　　在大游行中的宣传车上，陪伴着柳亚子等三位老人，用扩音器大声疾呼的是陈迩冬。

　　在《磨剑室诗词集》的《骖鸾集》中，有两首为陈迩冬而作的诗。陈迩冬集鲁迅句"躲进小楼成一统，惯于长夜过春时"为一联，请柳亚子替他书写，柳亚子不仅写了联，还作了两首七律："长夜何曾换好春，树翁生世讵非辰。喜君痂嗜能成癖，累我毫挥感已频。诗狱苏黄愁禁版，党魂李杜有传薪。南来快晤陈无已，倘共倾觞奠水滣。""行年五七涉秋春，我亦苍髯衰老辰。忍说才名惊世易？最难文字赏心频。词场跋扈怀髫岁，酒国浮沉岂卧薪？便作信陵吾讵悔？罪言有涕哭湖滣。"

和朱荫龙一样，陈迩冬也是桂林人，也是柳亚子的忘年交（两人几乎相差三十岁）。

这是柳亚子在桂林的两三年中所写的唯一和鲁迅有关的诗。一九四三年春节他梦回故里，为爆竹声惊醒，于是记以一诗："剥极穷冬换好春，一阳来复正逢辰。荒江老屋成灰烬，故国遗编入梦频。讨虏宁忘身杀贼，著书还冀火传薪。比邻爆竹吾无恼，倘兆楼船下海滣。"荒江老屋是说他的胜溪故庐在战争中被焚毁的事。这以后，在这一年里，他不断用春滣韵作诗，先后有几十首七律。因鲁迅而作的两首也在其中。

在写这两首诗的前一年（一九四二年），桂林文化界决定举行鲁迅六周年祭纪念会，临时受到官方禁止，特务包围了集会场所的广西艺术馆。欧阳予倩怕"善怒能狂"的柳亚子去了会沉不住气，和特务冲突，就要尹瘦石赶到柳家，劝他不必去了。那时他刚好出了大门，在门口听到这个消息，立刻就大声骂了起来，熊佛西、尹瘦石也陪着他骂，直到出够了气才止。

三

湘桂大撤退中，柳亚子先离开桂林，去了桂东南的八步，后来见局势似乎稳定，又重回桂林，谁知战事却急转直下，他于是飞去了重庆。那是一九四四年秋天的事。

第二年秋天，抗日战争胜利以后，他接到陈迩冬的信，说"桂林燹后，秦似走归博白，与其夫人骈死乱军中"，他于是写了一首五律："天涯惊噩耗，怀旧涕潸然。烽火怜非命，干戈损盛年。文章忧患始，伉俪死生缘。留取高名在，还凭野草传。"过了十多天，又写一首《两哭秦似》："横死怜秦似，乡亲忆绿珠。文章憎命运，怀旧共嗟吁。健硕犹堪想，尸骸奈早枯。李家村畔路，影事未模糊。"

秦似是当年桂林的杂文刊物《野草》的主编。诗的自注说："君在桂林屡乞余撰在所编《野草》发表，后复辑为一卷，颜曰《怀旧集》，欲为余付梓而未果。"（这本书后来在香港出版了。）秦似是广西博白人，博白据说是晋代美人绿珠的家乡。

当时重庆的报纸上刊出一些哀悼的诗文，但后来终于由秦似自己出来证明这一"死讯"的不确。原来他曾回家乡一带准备打游击，没有成功，却受到国民党当局的搜捕，几乎遇害，幸而逃脱，藏身在粤桂边区十万大山的荒林僻野中。他可能辗转听到了重庆在误传他的"死讯"，就写信去告诉那边的朋友。我也接到过他的信和流亡中写的几首诗，曾经把这可以告慰于关心者们的消息写信告诉了一些熟人，我想，应该也告诉了老前辈柳亚子。

在柳亚子的书信集中，提到我曾把秦似的"死讯"通知他，他曾把两首哭秦似的诗给我发表，这些我都记不清了。但我想，诗肯定发表在重庆《大公报》副刊的《小公园》中的。

湘桂大撤退中，桂林《大公晚报》撤退到了重庆。我跟着撤，比柳亚子到重庆的时间要早。

四

我不记得是不是为了秦似的"死讯"才和柳亚子通信，才又得到他赐稿的，总之，这至少增加了我请他写稿的勇气，当时很幼稚的我曾经以为，桂林那一次不敬的冲击，一定使他老人家生了气，恐怕不会再理睬我了。

一九四五年九月二十五日，鲁迅诞生六十五周年纪念时，柳亚子写了一首诗："禹甸尧封笔陈昌，瓣香早拜鲁灵光。孔姬法乳传茅盾，瑜亮同时又鼎堂。定论延京尊后圣，殊荣莱妇附周行。举杯遥祝春申浦，景宋海婴尽健康。"诗注说："毛润之有言：'鲁迅先生是现代的圣人。'"这就是"定论延京尊后圣"的注脚。由于柳亚子夫人郑佩宜也是九月二十五生日，所以有了下边的"殊荣莱妇附周行"之句。

也不记得是不是很快从报纸上读到了这首诗，在鲁迅祭辰大约一个星期前，我就大胆地借十月十九日鲁迅逝世九周年的纪念约了柳亚子写稿。心目中当然是希望他有诗寄下，没想到，他却加倍满足了我的愿望。加倍之一，是除了一首诗，还有一首诗，寄来的是两首七律；加倍之二，是除了诗，还有文，是一篇四千多字的长文，这对于我编的那个小小副刊来说，又真是大文了。这使我有了出于望外的喜悦，一直欢喜了好几天。

诗的原题我也不记得了，收在《磨剑室诗词集》的《巴山集》中的，诗题是《十月十二日，为鲁迅先生逝世九周年纪念前七日，〈大公晚报〉罗承勋索诗有作》。一首是："迅翁遗教堂皇在，不作空头文学家。抗战八年成胜利，和平初步乍萌芽。光明已见前途好，曲折宁辞远道赊。论定延京尊后圣，毛郎一语奠群哗。"另一首是："生埋柔石千秋恨，少石牺牲一例同。特务横行天亦怒，士兵失教国终凶。咆哮已听机前誓，恩怨难消世上踪。血荐轩辕吾岂吝，伤心无地用英雄。"诗注说："'吾以吾血荐轩辕'，迅翁旧句；润之不许余'赤膊上阵'，余甚引为憾事也。"

后边一首诗主要是为李少石的遇难而书愤的。那一年十月八日，柳亚子到重庆曾家岩五十号中共代表团所在的"周公馆"访李少石，李少石用车送他回沙坪坝，在车中听柳亚子大声朗诵自己的诗篇。李少石在回曾家岩途中出了事，中了枪弹，不治身死。柳亚子认为"假令少石不嗜余诗，余必不挟少石登车，即少石必不死。少石之死，死于余，亦死于余之诗"，他为此十分伤心悲痛，第二天就写了古体《诗翁行》以寄哀思。十一日，是李少石下葬之日，他又写了古体《誓墓行》以为悼。十二日，他在为纪念鲁迅写诗时，就不由得由鲁迅想到柔石，由柔石想到少石，这就写出了"生埋柔石千秋恨，少石牺牲一例同"这首七律。

这一宗凶杀案初时一般人都以为是国民党当局布置的一次暗杀。但周恩来详细了解当时的具体情况后，知道不是，还到医院中慰问了在事件中受了车伤的国民党士兵，树立了实事求是的最佳典型。几十年后的八十年代，人们才明白了这一经过，对周恩来这样的处理就更加钦佩了。现在从诗中"士兵失教终凶"一句看来，柳亚子当时显然是接受了实事求是的判断，而没有诗人气质般地感情用事。

至于那篇《鲁迅先生九周年祭》的文章，似乎是柳亚子生平唯一的对鲁迅的纪念文字。这以外，好像就没有什么专文了，因此它就显得更加可贵。

文章开头就说："毛泽东先生说得好，'中国前途是光明的，但道路是曲折的'。那么，鲁迅先生便是光明的大灯塔，是道路的纪程碑，无怪毛先生要称他为'中国现代的圣人'。"

这以后，他回忆了和鲁迅的几次交往。第一次是李小峰请客，第二次是郁达夫请客，第三次是为营救第三国际牛兰夫妇而共同参加了一个茶话会。但据鲁迅日记的记载，第一次其实是柳亚子自己请客，他却把主人记成是李小峰了。他也把第二次"达夫赏饭"时他请鲁迅写一幅字的事记成是第一次。鲁迅后来写的就是那首包含名句"横眉冷对千夫指，俯首甘为孺子牛"的诗。

接下去，柳亚子又回忆了鲁迅逝世和那以后好几年鲁迅逝世纪念的一些情况。鲁迅逝世时，柳亚子说他正是"神经麻木症第一次发作而又非常厉害"的时候，对政治、对国家大事都不感兴趣，连宋庆龄请他去商量抗日救亡工作都被谢绝了，鲁迅的丧礼他也没有参加，尽管他平日对鲁迅一直抱着五体投地的佩服的感情。这样的"麻木"使他在抗日战争最初时期在上海足足过了三年多"活埋生活"，还把自己的居处取名为"活埋庵"。

　　一九四〇年年底柳亚子由上海到了香港。一九四一年鲁迅逝世五周年，香港文化界热烈举行了纪念会，这时他已经处于"神经兴奋"时期，不但去参加了，好像还讲了话。此外，文章中没有提到，但《磨剑室诗词集》的《图南集》中却有一首名为《鲁迅先生逝世五周年》的诗："鲁迅先生今圣人，毛公赞语定千春（集中作'千秋'显然是错了）。死开铁血麑兵局，生世金刚历劫身！团结未坚愁抉目，澄清有待漫伤神。沪郊展墓知何日？护亲难忘民族魂。"这是到了香港以后，听到毛泽东对鲁迅的评价才有诗中开头的两句。

　　一九四二年是六周年祭，他那时在桂林，桂林文化界的纪念会因被禁而流产，他只能以一场大骂来发泄自己的感情。

　　一九四三年他又"神经麻木"了，少数文化界朋友要在一处茶馆里相聚，纪念鲁迅逝世七周年，他拒绝去参加。

　　一九四四年的八周年祭，他因刚由桂林到重庆不久，也没有参加。那次会议上有人捣乱，作出了"有悖于现代中国人为人道德的丑态"。他说，不去也罢，否则"神经兴奋"的他恐怕要挥动手杖揍死几个人了。

以后就到了一九四五年的九周年祭。他在文章的结尾说，纪念鲁迅，"足以廉顽立懦"，而"在光明的大灯塔前，在道路的纪程碑前，我们真要像咆哮般大喊着鲁迅先生万岁了"。

这篇文章是洋溢着诗人的激情的，既表现了对鲁迅的十分敬仰，也表现了对某些人的厌恶以致禁不住骂出声来。在当时夜气如磐的重庆，他这种"善怒能狂"，敢赞敢骂的精神，真是使人肃然起敬的。而那一分公开承认自己"神经麻木"的坦率，也一样可敬。

我至今还有点不明白，这一篇文章和两首诗，怎么能先后在不同的日子里在《大公晚报》上刊登出来，而没有受到事前的制止。至于事后，柳亚子在给朋友的一封信中提到过，我曾为那两首诗的刊出受到过警告。记忆麻木的我，现在也是完全想不起来了，必有其事，那是不需怀疑的。

那以后，在鲁迅逝世九周年那一天，"十月十九日下午三时许，举行纪念大会于白象街西南实业大厦，集者许季茀、叶圣陶、郭沫若、曹靖华、冯雪峰、舒舍予、茅盾、胡风、徐迟、赵丹、周恩来、冯焕章、邵力子等五百余人，余与瘦石赴之"。这是柳亚子为这一忌辰"纪事"而作的古风前边所写的短序。

山颓木壤周年九，秫生忍忆黄垆酒。中华民国圣人徂，那比寻常折才秀。忆昔相逢海上时，天魁谬让吴江柳。论德论齿咸我先，怀惭我岂迅翁耦。两楹梦奠事堪悲，百身莫赎歼良又。此日招魂孰主盟，子将白发平生友。叶适陈词天水军，郭隗慕义燕台右。及门弟子曹与冯，何事无言述周史。举世滔滔尽阿Q，绘声绘影舒郎茂。茅盾沉潜席避人，胡风慷慨气冲斗。现实理想要两兼，岂容驽马贪羁豆。朗诵欢呼千掌雷，赵丹肥胖徐迟瘦。醇醪公瑾寓深心，折冲樽俎由来久。冯生诙谐邵生默，真怜病齿成牛后。老夫敢哭复敢笑，誓共青年斗身手。吾语何妨朗诵诗，土音忍割乡情厚。却愁顽钝百无成，此意悠悠莫终负。记取明年九二八，生辰还祝迅翁寿。纪念今朝盛英京，万头攒孔遮墙牖。归途却与尹生语，倘有英灵九天吼。

　　读完诗，就明白短序中到会的人为什么是那样列名的，主持会议的是鲁迅的"白发平生友"许寿裳，讲话的有叶圣陶、郭沫若，而曹靖华、冯雪峰没有开口，舒郎（老舍）绘声绘影描述了阿Q，茅盾没有说什么，胡风是慷慨陈词了，赵丹、徐迟都有朗诵，原来那时赵丹也算是胖的呢。柳亚子自己也起来朗诵了诗词。

　　周恩来那天参加了这个纪念会。这是我今天唯一记得的。冯玉祥和邵力子也到了，但我印象最深的还是周恩来在"万头攒孔"下手挥目送的潇洒风度。诗中把他比作周郎,那时也正是我们这位"醇醪公瑾"雄姿英发的盛年。因此记起,柳亚子那首九周年祭诗中,有"论定延京尊后圣,毛郎一语奠群哗",在《新文学史料》的《柳亚子与鲁迅》中,却成了"毛公",这是多此一改,"毛郎"何碍?那时候的毛泽东不也是雄姿英发的盛年吗?

五

我说柳亚子的《鲁迅先生九周年祭》这篇文章很可贵,因为那可能是他公开发表的唯一的纪念鲁迅的文章。在鲁迅生前,他倒是有过"一生低首拜斯人"和"能标叛帜即千秋"两首七绝,盛赞鲁迅,又在文章中大赞鲁迅的旧体诗是"不可多得的瑰宝"。

更为深刻的,是他一九四〇年给柳非杞的一封信。那封是三千多字的长信,一开头就谈鲁迅,谈他如何佩服鲁迅,谈他自己如何不如鲁迅。"……我和鲁迅只见过数面,也许他未必对我满意。不过我对于他,却是衷心地佩服的。我如何能够和他比呢?讲学问,第一他旧学比我好,他是实实在在读过许多古书的。我不过浮光掠影罢了。他通德文、英文、日文,我则任何外国文字都不懂。我认为现在要做一个学者,或甚而至于是一个'书呆子',也至少非通几国语言文字不行……讲人格和气节,他都比我伟大得多了。他从广州回上海,在太阳派创造派围剿攻击的时候,换一个不如他的人,是会迫而反动的。但,他反而前进了。后来，无论如何受压迫，他都没有改变过。联合战线论起，他又首先赞同，痛驳托派的高调。有人说他是高尔基，老毛说他是中国现代的圣人，我看他真是当之无愧色的。我自己，却拿什么来比他呢……我，真是应该惭愧死呢。你还要把我来比鲁迅先生，真是太恶作剧了。以后切勿如此为要！"

真是说得情词恳切！他还反问了收信人一句："你说我会客气吗？"马上接下去说："对于国民党的人物，要我批评起来，真是不客气呢！"他在信中，批评了吴稚晖，对蔡元培、陈树人、陈友仁也有微词，对自己的好朋友苏曼殊也说绝不能和廖仲恺相比，甚至说，"廖先生不死，也许中国历史不是这样写法"。

信中还有一段是说蒋、廖、陈、邵四公子的。"蒋、邵两公子，你不知道吗？蒋是大名鼎鼎的蒋经国先生，我诗中不是明明写出'棱棱经国露风骨，匡庐力战摧胡笳'吗？"

这里说的诗，是指《四公子歌，题陈复纪念册，十一月十四日作》（一九三九年）。诗是一首古风："蒋、廖、陈、邵四公子，羁囚我识何柳华（廖承志假名）。长征健翮归南海，奇才跨灶言非夸。棱棱经国露风骨，匡庐力战摧胡笳。参赞戎机佐名父，相期事业煊云霞。就中陈、邵独不幸，有才无命堪咨嗟。青门断脰海西土，元龙溅血羊城沙。呜呼二子死太早，鸾菹凤醢愁群鸦。神州抗建需英俊，谁令兰玉摧萌芽？琳琅满卷恣痛哭，愿呼屈宋歌楚些。"

四公子是蒋经国、廖承志、陈复、邵。陈复是陈树人的儿子。邵是邵力子的儿子。陈复是在广州以左倾被捕遇害的，邵在欧洲被人暗杀。《四公子歌》是为题陈复的纪念册而作的。作诗的时候柳亚子还"活埋"在上海租界，还没有到抗战的大后方。诗中对蒋经国的"匡庐力战"日军颇有赞词，而称蒋介石为"名父"，对他们父子还是寄以厚望的，"相期事业煊云霞"。现在柳亚子已经去世二十九周年，一个世代过去了，今年更是全面抗战开始的五十周年，半个世纪也过去了。时移世易，读《四公子歌》依然使人愿意大声朗诵："棱棱经国露风骨……相期事业煊云霞。"这首诗产生的年代，最大的事业是抗日战争胜利；今天，我们最光荣的事业之一是祖国的和平统一。希望当年棱棱者今天能重新一露风骨，云蒸霞蔚的统一大业将更放光彩！

一九八七年三月

楼适夷老人的鼓励

朋友夫妇春节来拜年，为我带来了一件可喜的礼物——《适夷散文选》的签名本。

楼适夷老人于一个多月前的一月三日，刚度过他的九十大寿。这本书等于是人民文学出版社送他的寿礼。人民文学出版社尽管也有滥出滥捧香港某一家水平不高的作品的缺点，却也不像一些偏激的说法所形容的，从来没有出过好书。

楼适夷是和香港有过关系的老作家。他两度到香港居住、工作，第一次是抗日战争当中，武汉、广州沦陷后他到了香港，刚好茅盾要远赴新疆，他就接替茅盾帮他编了十五期的《文艺阵地》，然后又去"孤岛"上海。第二次是抗战胜利后，内战紧张时，一大批文化人南来暂住，他就住在荔枝角的九华径，和黄永玉同住一屋。

解放后在北京，他在冯雪峰、王任叔先后在位时，以副社长的身份主持过人民文学出版社，是这个出版社的老领导。正是有这个渊源，他这带有纪念意义的散文选集才在人民文学出版社出版。同事们要为他祝寿，他坚决不肯，最后是出一书以为寿。

他有个弟弟楼子春，是香港有名的托派。对鲁迅研究很有心得，又是个摄影家。他是老党员，不但和自己的弟弟，也和上海有名的托派分子郑超麟一直保持着很好的情谊。他自己说我这个共产党员立场不稳，认为政治可以划界限，血缘是实事求是的东西，不能以人的意志为转移，香港（楼子春）、上海（楼炜春，资本家）和北京的他，还是三兄弟。他毫不避讳，也毫无问题，真是异数。

他是个倔强的老人，现在只能躺在床上度日了，祝他健康长寿！

在北京的时候，我因为原来和楼适夷老人不很熟，一直没有去看望他。是他写的一张笺纸才使我下定决心登门拜访的。

笺纸上写的是："天下有大勇者，猝然临之而不惊，无故加之而不怒。书东坡语以应承勋同志之嘱，适夷。"在那时候，依然用"同志"称呼我，这使我感动。他鼓励我做一个大勇者，尽管我连小勇也做不到，但还是感激的。

我不记得，是先去看他，还是先在一次宴集上见到他了。那是三联书店为叶灵凤的三册《读书随笔》出书，约了一些作家聚会。他也去了，果然感到他那长者般的亲切。

后来读到了他的《记胡风》，更使我感佩。他引用了一段《列子》的寓言，某人丢失了一把斧头，怀疑邻人偷了，暗中窥察，越看越觉得邻人像是偷斧的。胡风一出事，一下从"小宗派"变成了"明火执仗的反革命集团"，一时大轰大嗡，把

142

人的头脑都搞昏了，以为胡风真"偷了斧头"。在这样的情况下，不但怀疑别人，有时甚至怀疑自己，到底是好人还是坏人。于是在领导查他和胡风的关系时他也就跟着做检讨，批胡风。他和姜椿芳、水夫合写的文章发表后得到《文艺报》和《人民日报》的双重稿费，三人和陈冰夷、林淡秋一起去大吃了一顿，庆祝自己过了关，也就不管胡风的死活了。八十年代胡风平反后回到北京，他去医院看胡风，想到当年自己曾经随众人投石，深感无面目会见老友。

　　他这样的自我批评和自我责备是难得的，使人敬佩。他说一个人在运动中容易被弄得发昏以至于怀疑自己，这更是说得深刻的。

一九九五年二月

悼一丁先生

突然而又并不突然：一丁先生在"三八"那天去世了。

我还不认识他，又很想认识他，却又总是蹉跎了到新界乡下去访问他的约会，现在是永远地蹉跎了，既感突然，更感遗憾！

他已是九十高龄的人。近年卧病，前不久还住院。出院不久，就离开了人世。这对我应该不是突然的事情，我蹉跎了。

我不认识他，但很早就知道他，知道在香港有个托派头子楼子春，开设一家摄影店，有点名气，和他合作的是一位明星的丈夫，是有名气的摄影家。此外，我还知道，澳门是托派在中国南大门边上的一个据点，如此而已。

我对托派知道得很少，却对它"不敬而远之"，仿佛洪水猛兽，避之唯恐不及。

我只知道，托派就是苏共分裂出来的托洛茨基派。各国都有，是一群极"左"，主张"不断革命"的人。在中国，托派头子就是陈独秀。托派又被骂为"托匪"，有如杀人匪徒。托洛茨基却不见容于斯大林，被逐出苏联，远走美洲，还一直被人追逐到墨西哥，用斧头砍死……他哪里是杀人犯，实在是被杀的受迫害者！心头有怀疑，但总是不敢接近，却又不多作了解。

楼子春在我心目中,因此也是带着神秘色彩的人物。

他另有一层神秘性是:著名作家楼适夷是他的兄长,两兄弟却一直是有来往的。一个是中共的名作家,一个是多年的老托派。人保持来往,已经有点神秘;来往而长期无碍于楼适夷,组织容许这兄弟之情,这就更神秘了。

在北京十年中,我接近了楼适夷,却没有向他提出这个问题。

我只是通过另一位托派老人郑超麟的诗词而了解到老人的近况。知道内地的托派已经平反,他也从狱中放了出来,而且还安排做了上海市的政协委员,起码的生活无愁了。他的诗词《玉尹残集》也从手抄本成为可以公开上市的铅印本,是湖南人民出版社的"骆驼丛书"之一。

托派逐渐从我的思想中改观。

回香港后,由于我和楼子春的子侄辈有往来,就动了念头,想去认识这一位托派老人一丁先生。一丁是他的笔名。四十年代,有一位作家丁一(原名叶鼎彝)。他的笔名刚好倒了过来。

我一直拖延没有去。听说他前年回过上海一次,恐怕是他四十年代末离开上海后的第一次还乡。在上海,两位老人,也是两位托派——郑超麟和楼子春,有了欢晤。一丁老人好像并没有继续北上去会他的堂兄楼适夷。

他见我迟迟未去,就送了一些书给我,如《郑超麟回忆录》,王凡西的《双山回忆录》和则诚的《直言集》。

《直言集》多是写于"文革"期间的杂文,不少是针对《新

145

晚报》的报道。甚至是针对霜崖的文章而发，和他唱反调。我猜想他和霜崖（叶灵凤）是认识的。他送书时好像还带了这样的话给我，现在我们的调子不一定都相反了吧。

是的，可惜现在是不能当面交换意见了。从上海归来后不久他就中风了，行动不便，语言困难。这也是我蹉跎未去的一个原因。

伤哉！我们的岁月，我们的正言和反调！

一九九五年三月

碧空楼头的夸赞

舒芜原住在北京东城区的一个地库，四面无窗，不见天日，后来搬到现在住的皂君庙，窗明几净的一层楼中，自名碧空楼，显然是十分自喜。前些年他把与朋友的通信集成一书，名为《碧空楼书简》。他这书简，我早就有了，只是没有好好看过。番禺的何永沂医生是个诗人，几个月前忽然托人带了一本书给我，说是他最近在书店买的，发现"致程千帆"信中有提到我的地方，要我看看。于是我照他的指点翻看了那第十四封信。

舒芜的信说：

> 罗兄遭遇固奇，其人之平和戈旷尤奇，相交数年，从未见其愤激牢骚之色。京华十年，交游广，酬酢多，文酒之会频，凡有各家书画展览，不惜奔走参观，夜则操觚不辍，不以宠辱改度，真养性有方，学道有得也。每有怫郁，辄想其仪形以自解……

北京十年，我住在双榆树，舒芜已住进皂君庙碧空楼，都是同属海淀区的，中间隔了一大块田野。我住的双榆树南里是一个特别划出的小区。围墙中的院子前后有三排五层楼的楼房，是安排给一些由台湾和海外归来的人居住的，其中有达赖的代表、歌唱家侯德健、拍电视的黄阿原、画家孙瑛……也有北京本地的艺术家，如画家何海岳、秦岭云，女歌手毛阿敏，京剧名角王金璐、刘秀荣，北大教授张谷若，作家舒諲……其中有几层楼是属于某个机关的，我住的地方就是。

我是通过舒諲的介绍认识舒芜的。舒諲和舒芜都不姓舒，舒諲姓冒，是明末四大公子冒辟疆的后人；舒芜姓方，是桐城派名家方苞的后人。舒芜的表姐张漱菡是台湾的女作家、诗人，和舒諲是好朋友。

舒芜博学多才，记忆力很强，我在北京把他当成一部活词典，有什么问题查不到就去问他，他总是回答得有条有理。

惭愧！我没有想到他是这样看待我的，认为我"奇"。奇在不愤激不发牢骚，"不以宠辱改度，真养性有方、学道有得也"。其实我哪里是什么"养性有方"，哪里是"学道有得"，只不过是糊糊涂涂平平静静地过日子罢了。他真是过誉。他甚至说有时还要以我为榜样，自解他的"怫郁"，这就更是不敢当了。

舒芜还在另一封信中提到了我，那是第十封信。信中说："九月二十五日示悉，即与史复兄通电话，知集句小幅亦于今日收到，彼将函谢云。"史复就是我。这好像是说我委托舒芜向程千帆求赐书法，程以集句写成小幅给我，真是抱歉！这件事我一点也记不起了。那书法自然也已遗失。

我没有程千帆的任何书法，我很希望能得到他的墨宝倒是真的。我后来只是有一部程千帆夫人沈祖棻的"涉江"诗词集，是由程千帆托中文大学的一位朋友寄给我的，我似乎还没有来得及向他修函致谢，他就离开人世了。

　　程千帆是著名的文史专家，在武汉大学教书多年，后来被打成"右派"，免去教职，南京大学后来请他前往主持中文系，使中文系名声大振，成为与北京大学等齐名的文史重镇。他的夫人沈祖棻是有名的词人，抗战前夕曾有名句"有斜阳处有春愁"，以斜阳喻日军，以春愁喻日军的侵略，深为众赏，被人称为"沈斜阳"。

　　我当年之所以此心安稳，是因见朋友中许多人反右以迄"文革"，都不免大难，妻离子散，家破人亡，我的遭遇比他们实在算不了什么，也就"免开尊口"，不说什么了。

二○○七年五月

黄宗江是善本奇书

范用是著名的出版家，是人民出版社负责人之一，又兼任了三联书店的负责人。三联出版有《读书》月刊，也是他主持其事的，李洪林在上面提出了有名的"读书无禁区"论，也就是说什么书都可以自由阅读，大开了一时风气。

他在人民出版社，还负责出版了一些只供内部阅读的"禁书"，如一些著名托派分子的回忆录之类，那些"禁书"在他眼中自然是"禁无可禁"的了。

在范用眼中无"禁书"。

没有想到，在范用眼中，人也是书。这是最近才从黄宗江的《我的坦白书》中看到的。刚刚过去的二〇〇五年，是中国电影诞生的一百周年，今年是又一个一百周年，中国话剧诞生的一百周年。中国电影家协会出版了一套《中国电影家传记丛书》，黄宗江的《我的坦白书》就是其中的一本。

这本书的最后一卷有一个短短的附录："范用说书"。

先天职业病的我见人总要歪着脑袋琢磨，此人像本什么书？

有人如《圣经》，如马列，如语录；有人如《厚黑学》，如《增广贤文》，如《笑林广记》，有人如百科全书、笔记小说、英汉对照读物……

宗江算什么？多才多艺，能文能笔，亦中亦西（能演口吐英语的娄阿鼠），台上是名优，台下是作家，在家是好丈夫，出国是民间文化使者。自称"三栖动物"，不，是"多元化灵兽"。

是珍本书、善本书、绝版书，读不完的书。

娄阿鼠是昆曲《十五贯》的主角，说英语的娄阿鼠是黄宗江的绝艺。他是一九八四年在美国奥尼尔中心演出的，同去演出的还有英若诚。

范用说黄宗江是"珍本书、善本书、绝版书，读不完的书"，却没有说出到底是哪一本书的珍本、善本或绝版，我想来想去，认为只有宋版的《世说新语》有些相似。黄宗江令人想起的是魏晋时代的风流人物。

他的《我的坦白书》这本书又名《黄宗江自述》。他写了许多人，也让人写了他。这《坦白书》的序就是他的女儿阮丹娣写的。他为老伴阮若珊写了《悼亡》，却附录了阮若珊写他的《我的良人》。

书中有一张照片，"黄宗江阮若珊"的大字石碑旁，站着扶了手杖的黄宗江。这是怎么回事？原来那是北京万安公墓中他们夫妇的坟，他根本主张不要骨灰，连撒也费事；她却认为放在一块儿好，黄宗江从妻，营造了坟墓，墓碑是黄苗子写的。一个活人就站在自己坟前碑前。在那里定居的，还有李大钊、朱自清、萧军、董竹君、曹禺……那碑石上的"黄宗江"三个大字，就和扶杖而立的黄宗江本人的面孔一样大。

怀念秦似

和秦似既是老朋友，又是生朋友。我们相识在四十五年前，还不够老？但四十五年中相见恐怕只不过十几次，几乎平均三年或不止三年才见一次，而且三十多年中天各一方，基本上不通音讯，"相忘于江湖"，我对他的了解其实并不很多（他对我当然也一样）。

最初见到秦似是二十世纪四十年代之初，在抗战时期的文化城桂林，他的词句所说的"文场试马少年兵"的时候。那时候，他才是二十多岁的青年人，就在夏衍、宋云彬、聂绀弩、孟超的扶助和协同之下，主编名重一时的杂文刊物《野草》。他不仅在自己编辑的刊物上写文章，也把杂文投向报纸的副刊。先是《救亡日报》《广西日报》《力报》的副刊。《救亡日报》是夏衍在主持，《力报》的副刊《新垦地》的编者是聂绀弩，《广西日报》副刊《漓水》是洪遒编的。

一九四二年《大公晚报》创刊，副刊《小公园》先由邵飘萍的女婿郭根编，后来这副担子就落在我这个刚刚二十出头的毛头小子身上。当我在《小公园》里照料花花草草时，已是皖南事变以后，《救亡日报》也被迫停刊了。杂文的用武之地又少了一大片，《小公园》也就成了手持匕首投枪的斗士们垂青的所在，老作家、名作家到青年作家、无名作家都主动为我这个还不大懂得组织稿件的年轻人写稿，而不用我花什么力气，其中写得最多的是秦牧，其次就是秦似了。他们两人的文章像是两根台柱，支撑住我把这个副刊编了下去，赢得赞赏，也奠定了我几十年干新闻工作和文艺工作的基础。回想起来，就禁不住在心底感谢这些师辈友辈。

秦似虽然替我编的副刊写了不少杂文，但我当时和他见面并不多，恐怕顶多是三两次。那时候我还不习惯走出编辑部东奔西跑，许多作者都不认识，见过两三次的已经算得是熟人了。可以想见，如果不是得到师友们热情主动的支持，我的编辑工作是不可能继续下去的，直到一九四四年日军逼境，晚报停刊，我去重庆。

秦似却去了广西南部，他的家乡博白一带打游击去了。信息误传，说他夫妇不幸死于日军手中。在重庆《大公晚报》的《小公园》副刊上，据说还刊登过追悼他的文章，朋友们多年后谈起这事，我却记不清楚了。眼前只有翻出柳亚子的《磨剑室诗词集》，在《巴山集》中默默读这相隔半月写成的两首五言律诗。其中一首为："天涯惊噩耗，怀旧涕潸然。烽火怜非命，干戈损盛年。文章忧患始，伉俪死生缘。留取高名在，还凭野草传。"另一首为："横死怜秦似，乡亲忆绿珠。文章憎命运，怀旧共嗟吁。健硕犹堪想，尸骸奈早枯。李家村畔路，影事未模糊。"

使我有些不解的是，后来证实那死讯只是误传，却未见柳亚子再有新作；更后来他们又都在胜利后的香港重逢，也没有再见柳亚子有什么新的篇章。也许是那时候又是各有所忙，不及于此了。

我是一九四八年从重庆到香港的。秦似比我早去了一年多。他还是老样子，一边编《野草》（它已经在香港复刊），一边替报纸副刊写文章。先是替《华商报》写，后是替我编的《大公报·大公园》副刊写，更后又替迟了些才在港出版的《文汇报》写，最后在一九四九年他离开香港回广州以前，更参加了《文汇报》，编了几个月《彩色》副刊。

这两年，我们是见得比较多的，这是因为我已经比从前略为活跃一些，在编辑部外面跑得多了一些的缘故。但加起来，相见顶多恐怕也不过十次八次。

他回广州，后来更回了广西，我们多年不见，也基本上不通音讯了。只记得他出了一本《现代诗韵》，我在书店中买到以后，又收到他送来的一本。这使我开始知道，他已在子承父业地研究文字音韵之学。

这以后，不记得什么时候又收到他写的一个斗方，写的是他那首包含"千古马嵬遗恨长"一句的《过杨妃村》七律，因此又知道他也在写旧体诗了。

终于见到他的面已是二十世纪八十年代之初的事。那是在一个不幸的时刻里——大家都到广州参加周钢鸣的追悼仪式，就这样相逢在五羊城。

不久，他就寄了些诗话给我，在《新晚报》的副刊上刊出。这就是后来在四川出版的《两间居诗词丛话》的一部分。

一九八二年春天我在广州收到他一封信，告诉我三联书店出版了他的杂文集，前言中还提到了我，希望我能写一点向香港、海外读者介绍的文字。这在我是义不容辞的，但当我看到这一本《秦似杂文集》时，却已是两三年以后的事，早已不能完成他这一委托了。

我的记忆力真是衰退得惊人。他在前言中提到："解放的第一个年头，我得有机会到北京、东北去参观，当时觉得一切都充满新鲜的气息，我写了几篇通讯报道，急着要把我的所见所闻，一个崭新的中国巨大的变化，告诉我曾寄居的海外的人们。"他说我"总是收到稿后尽快刊出，好像桴鼓相应一般"。而我却完全记不得这件事了。翻翻杂文集，知道就是《法源寺内》《一个女人翻身的前后》《北京之今昔》《从城墙扯到琉璃厂》和《津京道上》这几篇。

读到前言和这些文章，心里不免感到歉然，想不到他当年是这么重视这些文章的刊出。他当然也不知道，在我来说，那时候却是在感谢他没有忘记我们，而远赐鸿文。

但当我们今年夏天在北京重逢时，彼此却忘记提起这件事了。

他到北京，一是为悼老友绀弩之丧，二是为探老父王力的病。我没有去参加绀弩的丧礼，没想到丧礼后却在一位朋友家中意外地相见。在座的还有一位诗人朋友，因此秦似兴致勃勃地在谈诗，谈旧体诗的格律，谈词，谈有读者写信给他，推崇他的词是"当代不作第二人想"……饭前酒后，他都是滔滔不绝地谈，旁若无人，我们只是偶然搭上一两句。但看得出，他虽然谈兴甚豪，身体却甚差，谈到后来，就显出了龙钟，也显出了病态。第二天他就进了医院。

那天晚上，他念出了哀悼绀弩的一首七律："一代风流未占春，癖王百事任天真。九年坎壈囚中日，十载支离劫后身。病榻晨昏挥彩笔，幽居寒影对浮云。从今便是音容绝，三月花时哭故人。"说是过几天就会在《光明日报》刊出，后来读到报纸，不是一首而是两首，另一首是："早岁从军黄埔港，壮年留学莫斯科。未凭履历要高爵，谩把文章降障魔。野草操矛风雨晦，北荒吟咏慨慷多。艳阳普照神州日，痛为先生谱挽歌。"

那天晚上当然也免不了谈到绀弩，谈到绀弩的诗。在座的诗人也是远道而来参加绀弩丧礼的，就是彭燕郊。秦似说，绀弩曾有一首送他的七绝，并未收入《散宜生诗》中，我要他写了下来："文艺君家久擅场，十年不见话连床。我诗臆造原无法，笑煞邕漓父子王。"由于是赞他父子能诗，他还怕我不信，说将来可以把绀弩那一篇手迹复印一份给我。我说，哪有不信之理呢。

第二次见到他却是十天半月以后在医院中了。我们都知道他患的是癌症，已到晚期，医生打开他腹部见已扩散，只得束手，手术未动就缝合了。但他却说自己绝不是癌症，谈兴还是很好，精神也显得不坏，他话越说越大声，比平日他的大声差不了多少。谈到诗，我问他，你是不是认为比你父亲的好？他笑了起来，说父亲有一次对他说："你的诗比我的好，更有诗味。"他又说，我当然不好有什么表示——他这样其实已经有所表示了。

但在我来说，他首先是杂文家。他不过大我几岁，当他在写《野草月刊发刊语》和别的一些有分量的杂文时，我才开始学写短短三五百字的杂文，心里对一两天就寄来一两篇千字以上杂文的秦牧，真是羡慕得很，秦似也是我羡慕的对象。

至于一般读者，要么就是不知道秦似，知道的就一定说他是杂文家、语文学家。很少人知道他能写作诗词，他的《两间居诗词》至今还没有正式出版，只在一九八〇年自行印了一些送人。

他和绀弩有些相似。早年写杂文，晚岁写诗。他说他其实写旧体诗早于写杂文，而且在开始写杂文以前就已经有几十首诗在报刊上发表过了。但他却是以杂文出现于文坛的。二十世纪五十年代以后，和许多人一样，他搁下了写杂文之笔，才又业余吟诗自娱，正业是研究和教授语文之学。论杂文和诗，和绀弩比虽然不免要有所逊色，却不失为第一流的杂文作者和有水平的旧体诗人。作家、诗人、学者，他是兼之而无愧的。

和许多知识分子一样，他受了多年的折磨，而且比许多人更早些。在《武训传》被批以后不久，他的桂剧《牛郎织女传》

158

也受到了批判，后来反右，他虽未被划为右派，待遇却比许多右派还惨。接下去的十年浩劫当然也是在劫难逃。"四人帮"粉碎后，他尽管恢复了工作，但一些问题直到去世后才得到彻底的平反。这一切，我都是后来许久甚至是这些日子才知道的。

因此在近年的几次相见中，完全没有接触到他的这些"伤痕"。也没有时间去谈这些。甚至我有意和他谈谈曹聚仁晚年在香港的情况，也没有来得及。他曾在一九七八年发表的文章中，还说曹聚仁是"反动文人"，引起曹家人的意见，希望我这个多少知情的人说几句话。我既没有当面对秦似说，也迟迟没有写答应要写的东西。直到前不久，还看到秦似一九八○年的诗中，有"骨埋梅岭汪精卫，传入儒林曹聚仁"的句子，觉得是太过了。可惜已经不可能和他面谈，引起争论或并不争论。但我想，夏衍在《懒寻旧梦录》中替曹聚仁说的公道话，他应该是看到了，而能接受的吧。

也是最近，才看到一九五九、一九六○年《广西日报》上批他的几篇文章。批的是他的短篇小说《偶遇》，旧体诗《吊屈原》和《咏古莲》。一派穿凿附会之词，那是当年流行的批判文风，不提出也罢。只是在《两间居诗词》中，找来找去都不见《吊屈原》，不知道他为什么把它放弃了。找到的是《咏古莲》的两首七绝。

地下深埋不记年，一朝偶露玉山前。伴煤无损苍葱色，

159

始信人间有古莲。

这是一九五八年为东北出土的两千年前的古代莲子发芽开花而作。作诗时他正被"深埋"，因此而更被批，但十八年后终于重见天日，不仅"偶露"而已，又现苍葱之色，红艳之色，开放花叶。也可能有什么尘土沾染在这花叶上，但却是不能大损月貌花容的。也就因此故人虽逝，却可以为他有所欣喜了。

一九八六年

想起秦牧和秦似

偶然在书店里发现一本朋友范用编的书《文人饮食谭》，连忙买回家翻看。范用在朋友中以精于饮食著名，不时要约三五位熟人，由他弄了小菜，在家中痛饮。近年他身体不好，已经戒酒，这饮食之事也就像他本人一样，告老退休了

书分五辑："饮食漫话""乡土风味""野味名品""对酒当歌"和"寻常茶话"。最后一篇是秦牧的《敝乡茶事甲天下》，这使我记起一句有些相似的老话——"桂林山水甲天下"来，也因此使我想起秦牧的一些往事。

我和秦牧是在桂林初识的。那时是抗日战争时期，桂林被称为"文化城"，许多文化人都因逃难聚集在那里。逃难，广东话叫"走难"。秦牧也是"走难"到桂林的。他在一家中学教书，常在我编的《大公晚报》副刊《小公园》上写些杂文，几乎每隔一天就有一篇。桂林的作家不少，但像秦牧那样写作很勤的却不多，只有一个秦似可以和他相比，也差不多是隔天就有一篇稿子交来。这样，《小公园》就几乎成了"秦家天下"了。

其实，两人都不姓秦。秦牧原名林觉夫，秦似原名王扬。秦牧的杂文、散文写得流畅，秦似的略带涩味。秦牧就这样一

路写杂文、散文，终于成了散文大家，一九四八年《大公报》在香港复刊，副刊《大公园》中的两支健笔，也就是这"二秦"的文章。

秦似一九四〇年在桂林和夏衍、聂绀弩、宋云彬、孟超等人组织了野草社，出版了杂文刊物《野草》，桂林沦陷后就停了。一九四六年在香港恢复了野草社，秦似主编《野草》丛刊。《野草》是很有名望和地位的杂文刊物。

秦似解放后长期在广西工作，他是广西博白人，父亲是著名古汉语学者王力（笔名王了一，北大教授，不是"文革"中那个王力）。秦似是一九八六年在广西南宁逝世的。抗战胜利，曾传出他已在国民党手中遇害，我在重庆还写过《援救千千万万的秦似》悼念他。

解放后秦牧一直在广州工作，写过一篇文章，称广州为"花城"，许多人跟着这样称呼广州，广州因此得"花城"之名。他于一九九二年逝世。他是潮州澄海人，因此才写了《敝乡茶事甲天下》。桂林，甲天下的是山水；潮州，甲天下的是喝茶。

在秦牧的笔下，潮州人冲茶是非常讲究的，有所谓冲茶十法，那就是后火、虾须水（刚开的水）、拣茶、装茶、烫杯、热罐（壶）、高冲、低斟、盖沫（用壶盖把浮于水面的杂质泡沫抹掉）、淋顶。斟茶时还有两句话，叫"关公巡城"和"韩信点兵"。"关公巡城"就是在三个杯子（标准的茶具是一个茶壶配三个小杯子）上斟茶的时候，要像关公巡城似的，把茶壶不断在杯上画圈，使三

162

个杯子所受的茶的浓度大体相同。所谓"韩信点兵"，就是茶壶里最后存下的几滴茶，因是精粹所在，不宜只洒在一个杯子里，而是要"机会均沾"地向每个杯子里分几滴。

据他说，像这样冲出来的一小杯茶，有些外地人只喝了两三杯，就彻夜难眠。传说当年非洲人见到吞食了咖啡果的羊群终夜亢奋不眠，于是跟踪寻找，终于发现了咖啡。这就信不信由你了。

二○○四年

柯灵的大著长篇

一

柯灵老人和夫人来港半月，我连尽一点地主之谊的机会也没有，他们就匆匆回上海去了。

我是应该尽一点地主之谊的。失去了这一资格十二年之久，现在恢复了，怎能有权不用？何况去年我去上海时，他是真正以"地主"的身份接待过我的。

去年秋天，为了看《聂绀弩诗全集》的校样，我去了上海。这书由上海学林出版社出版。我是自费坐飞机由北京去的，被人认为"豪华"。一到上海，到处找不到旅馆，都是客满，除非肯住五百元一天的房间，这是我"豪华"不起的，正在为难，忽然灵机一动，求助于柯灵老人，住进了他的秘密写作间里。由于怕受到干扰，因此那地方一般是不公开的。柯家本来不小，就是为了免于干扰的自由，才秘设一窟。他于是做了几天我的"地主"。

后来找到了一家新开的酒店，是我住得起的价钱，我才搬走，酒店的名字很好听，和李白《春夜宴桃李园序》中的桃李园同名，住进去了才知道，那里原来是汪伪时代有名的"七十六号"特务机关所在地，当年一提"七十六号"可是吓得人发抖的。

柯灵的写作间是一个大房，没有三百尺也总有两百尺以上。他每天坐在那里写他的大文章，这文章大到时间跨度超过一百年，他在写一个长篇，反映上海一百年的变迁。八十多岁的老人写上海一百多年的沧桑，真是文坛佳话。只是这气魄就不能不使人钦佩。

柯灵是一位很具正义感的长者。在内地一般人还不大了解张爱玲时，他第一个写文章替她说话；当他的同辈还在指摘梁实秋的"与抗战无关论"时，他写文章替梁实秋辩护，而不怕得罪相熟的友人。

他是受人尊敬的。

他住的地方在淮海路，离武康路很近，那里住有巴金老人。两颗文星灿然辉映。

二

邮局的人送来一包厚厚的书，打开来，是一本，厚厚的一本，看起来就像一本词典似的。细看之下，才知不是，封面上的大字书名《柯灵六十年文选1930—1992》。一翻，一千三百多页，怪不得这么厚了。

怪不得这么厚，这是超过半个世纪的著作了。

作者今年八十六岁。三十年以前，他当然已有作品；一九九六年以后，现在还不断有新作品。都没有选进去，进的只是散文、杂文和文艺散论。他的剧本就没有选。书分五卷：两卷散文、一卷杂文，加上序跋卷和品藻卷。

在自序中他谈到了香港。他说："我少无大志，老来颇以此欣欣自喜：既无力指点江山，也不至贻误苍生，却可以勉力做到俯仰无愧，内心安适。我也有愤怒和不平，向往和憧憬，这些粼粼的情知波动，都在文字里留下了烙印。四十余年前，我曾客居香港度岁，除夕在枕上整整听了一夜连续不息的鞭炮声，元旦上街，只见满街铺着厚厚的彩色鞭炮纸屑，有如落花三尺。童年在故乡，遇有庙会或社戏，常见乡下的壮汉攮着甘蔗，一路吃，一路吐，满地雪白的甘蔗渣，营造着欢乐的节日气氛。我这些作品，可以算是一种心灵闪烁的火星，生命磨跎的鳞片，希望能带给读者些许共鸣的愉悦。"

这本书的稿费也带给我们老作家些许愉悦，靠它，今年他装上了空调机，这个夏天可以免于如蒸似煎的炎热之苦了。这也使我们听了感到一点悲凉，名作家如他，要得到一点冷气也一难至此！

黄永玉和沈从文夫人

一

　　四十多年前，我和黄永玉在这里的一家报馆是同事。我是新闻工作者，他是新闻机构里的美术工作者。我记得最牢的是两件事。一件是他在报馆里曾经和一位同事打过架，那是一位"老表"，后来去北京再来港成了"表叔"，这以前和这以后他们都是朋友，打架归打架，也不过就打那么一次。另一件是他住的地方——狗爬径，他还写过报纸的连载专栏《狗爬径传奇》，那地方后来正名为九华径，雅得很！

　　我现在才清楚知道，他小时候是学过武的，师傅就是第一个打败到中国来耀武扬威的俄国大力士的宋国福。不过好像那一次打架他也没有显出多少惊人的武功，可能是深藏不露。为什么不索性打不还手呢？当然是年少气盛了，大家都是二十几岁。

　　他是湖南人。我只知道他在福建、江西流浪过，却不知道和我们崇敬的弘一法师打过交道，而且有过不敬。他十七岁那一年在泉州，到过弘一法师的庙里，上过树，摘过花，可能就

167

是法师圆寂前写过的"华枝春满，天心月圆"的玉兰花枝。法师见了，就问他摘花干什么，他的回答是"高兴摘就摘"，到后来才知道那是他所尊敬的李叔同先生。不久法师也就圆寂了，还送了他一幅书法："不为自己求安乐，但愿众生得离苦。"我猜想，这墨宝他很可能没有保留，由于那时还不一定知道它是"宝"。尽管他已经知道"长亭外，古道边"的歌是法师作的，依然在法师面前"老子"长，"老子"短。十七岁的人还像个野孩子！

现在知道这事还是对他羡慕不已。我虽然藏有弘一法师的两副对联，都是他早年的书法，晚年那种炉火纯青的墨宝我只得两个字："无上。"他的所得七倍于我，而且是法师圆寂前不久才写的，太可宝贵了。

二

黄永玉这人有时是有些别扭的。

他住在薄扶林道那一带，什么干德道尾、宝山道口。第一次去时还不知道这一尾一口（不是"宁为鸡口，不为牛后"的一口一尾），兜了好几个圈子才找到。第二次去先也没找到，终于抖出了这一尾一口，马上就找到了，的士司机还埋怨，"你早说早就到了"。我其实早就说了，他当我"冇到"，终于抖出是重申，再说才听到。

一尾一口按说就是他住的那幢大厦，不会错。

168

进了屋子，在他的自作书画上看见写有"山之半居"。旁人一定会写作"半山居"，他却要来个"山之半"，和"八百伴"一样别扭，但也别开生面。

大厅大房，屋子相当大。大厅却挂着谭延闿一副对联："喜无多屋宇，别有小江潭。"还说"小"，还说"无多"呢，你看！

"山之半"以上还有"山之半"。在"山之半"和山之巅的"之半"那里，有他的画室，大得像个室内运动场。里面挂着一张快要完成的大画，一张宣纸身宽六尺，身长丈六，他恐怕要站在凳子上来画了，要不，就得趴在地上画。大有大的乐处，当年他在北京的小小"罐斋"中，也是只能挂起纸来画的。"罐"中的挂和"场"上的挂，自然是大不相同。

不但画家大乐，看画人也大乐。

这是画的《楚辞》中的山鬼。记得那个范曾也画过，古之山鬼成了今之妖姬，一派妖媚。这个山鬼虽然也是裸体雪肩，却很神气，就像"场"和"罐"，不能比。

另一边墙上还挂了一幅大字，也几乎占了一面墙壁，好像要和这幅大画斗大似的。写字的人也姓黄，名苗子。字写的是一首七律，作诗的人就像前面提到的写对联的书法家，也姓谭，名嗣同，名气又大多了。

姓谭和姓谭的，姓黄和姓黄的，山之半和山之半，大和大，别扭不别扭？

169

三

还没欣赏到画展，先就在一张请帖上有了欣赏了。

黑底金字，不同一般。"请来欣赏我的新作。／照老习惯，不搞剪彩和演讲，以免影响细致。／艺术面前，人人平等。"这是"黄永玉、美术展一九九三"的请帖。

这立刻使人记起，新出版的《永玉五记》中最后一页上的句子："展览会请名人剪彩，有如吞下一枚点燃的焰火。"

吞火的滋味是怎样的？你我都没有欣赏的经验。只能用一句老话，"凭想象得之"；除非你精于魔术，我们是看过这样的吞火者的。想象中的吞火滋味和吞火姿态一样，很怪。

倒过来，如果是名人请求剪彩又如何？那一定更怪。

总之，我能接受这吞火的怪句子。

我不怎么能接受"艺术面前，人人平等"这一句。

我记得的只是"真理面前，人人平等"；"法律面前，人人平等"。这完全能接受，尽管事实上有的时候，有的地方完全做不到，或者不完全做得到，而多半是完全做不到，这就使得人间如吞火。

我还想增加一些：如"肤色面前，人人平等"；"机会面前，人人平等"……这些都很理想，一如真理和法律；做不做得到，也一如真理和法律。我想增加，自然能接受。

但我不能接受"艺术面前，人人平等"。你想想，你能和

170

发这张帖子的黄永玉一样平等吗？在艺术面前，你本来有这权利，争取平等，但是你能吗？这等于说"智商面前，人人平等"。

人间有许多事情是应该也可以平等的，有些却不能。一些参差总是存在的，而且不能说他不合理，艺术上从来就有参差。

至于说在艺术欣赏面前，人人平等，不要来打扰我，这当然是另一回事。

四

在黄永玉美术展的开幕酒会上，先是那许多花——花篮的花使我惊异。回家看请帖，才知道原因。请帖上只是说"不搞剪彩和演讲"，并没有说"敬辞花篮"，是我大意失礼了。

当我慢慢欣赏那些油画和雕塑，还没有欣赏到国画时，忽然眼前一亮，给了我一阵惊喜，那不是沈从文夫人张兆和先生吗？已经听说她要来，没有想到她已来，而且已经来到这花和画云集之地了。

按照北京人的习惯，是应该叫"师母"的，我连这也忘了，就只是赶着上前问候。又是失礼了。

老人家精神很好。风度也很好。她当年是有名的美人，现在也还是使人想到花，黄永玉笔下楚泽的兰芷，或者他早年流浪过的地方——福建——的水仙。取一个"清"字，这该不会亵渎老人，又是失礼吧？

我谢谢她在北京时送我的《湘行集》，也向她表示我虽拖延却仍是匆匆离京，没有向她辞行的失礼。

我告诉她，以《湘行集》为首的一套二十本的《沈从文别集》已经到了香港，只得五十套，不够卖呢，还未正式上市就没有了。她告诉我，北京也是很难买，买不到。

"沈从文当年远别新婚妻子，返乡途中写出大量家信，画了许多速写，靠这些素材创作出散记。幸存至今的部分信和书，编成《湘行书简》，首次与《湘行散记》合集献给读者。"就是这一袖珍本的《湘行记》，《别集》的第一本书。

《别集》的特色是：在已出版的集子上，加上没有刊行过的文字和图画。岂不更好？这一集的《湘行记》的插画全出于沈从文之手，有几个人以前见过他的画呢？更是好极了。

二十册书每一册的封面速写都是黄永玉的手笔。看完黄永玉的展览回家，再一册一册细看这些封面画，就又有一番情趣了。

五

来也匆匆，去也匆匆，张兆和师母只是做了香港十日游，就回北京了。原以为有机会再去看她，谈得多些的。

她此来当然是为看黄永玉的美术展。她的十日游就是为了旅行社办的十日游的方便。

尽管匆匆，对于这里认识她的人来说，却是一个意外的欢喜。对于不认识而仰慕她的人来说，也一样。

可惜错过了美术展的开幕日。如果事先透露了她老人家会在场，那一定更要挤得水泄不通。

她不仅是名作家的夫人，本身也是作家，又是编辑，她在人民文学出版社做过编辑。

新到的《沈从文别集》就是在她的主持之下问世的。这包括《湘行集》到《抽象的抒情》二十种书的别集，总序的作者就是她。编选者之一沈虎雏是她儿子。封面的题字人是她妹妹张充和。封面速写是她的表侄黄永玉——一门都是文艺！

书是去年出的。有趣的是：沈夫人送我的一册《湘行集》，"沈从文别集"这五个字是绿底白字。而新到的却只是黑的黑体字，位置也不对。绿字本写明"一九九二年五月第一版第一次印刷"，而黑字本是"一九九二年十二月第一版第一次印刷"，字数、印张、印数、定价全不对。书都是岳麓书社出的，不知什么道理。

二十种中也包括《记丁玲》。这本书绝版近六十年（海外的翻印、盗印不算），现在增补了部分被删的文字，是最完备的一个本子。它的重新面世，是许多人翘首以待的。

第一本的《湘行集》前半是全新的《湘行书简》，后半是《湘行散记》。书简三十七，除了三封是张兆和致沈从文，其余全是沈从文写给三三的，三三是张兆和的媛称。她在四姐妹中，是三姑娘，说书简全新，那是指公开发表，它们写于一九三四年，可以提前一年，做花甲大寿了，像黄永玉提前一年庆七十一样。

荃麟、葛琴百年祭

今年（二〇〇六年——编按）是著名作家邵荃麟诞辰一百周年，明年是他夫人、著名作家葛琴诞辰一百周年。今年十月北京将有纪念他们双百诞辰的活动。

荃麟是著名文艺理论家，浙江慈溪人，和徐讦是同乡。一九二七年参加了周恩来领导的上海三次武装暴动。一九三四年到一九三七年被捕坐牢三年，其后担任过中共东南局文委书记，后来又到桂林主编《文化杂志》，领导文化工作。抗日战争胜利后，周恩来又派他到香港，担任南方局文委书记、香港工委副书记，主编《大众文艺丛刊》，参加了香港以至整个国民党统治区的文艺运动和文艺界的统战工作。《大众文艺丛刊》主要是介绍中共的文艺理论、政策和解放区的文艺活动，一些重要的问题，如批评沈从文等人的文章带有奇异的颜色（似说是桃红色），最终使沈从文放弃生命不成却被迫放弃了文艺创作。这篇要命的文章好像就是发表在《大众文艺丛刊》上的。

荃麟在香港除从事文艺活动，还担任了香港工委副书记。当时香港工委书记似是夏衍。荃麟住在北角马宝道，靠近海边，可以眺望维多利亚港的波光帆影。

荃麟当时有个女儿，面孔长得胖胖的长脸，有些像美国总统老罗斯福的脸型，大家就叫她"罗斯福"。我至今没见过这个"罗斯福"，尽管我见过荃麟和葛琴，虽然不很熟，没有深交，但我的诨名也叫"罗斯福"，因谐音而成了"罗孚"，我这个"罗斯福"只是姓罗而已。

在桂林，荃麟也有一个诨名，叫"塞拉西"。"塞拉西"是谁？现在恐怕没有什么人知道了。他是非洲一个国家埃塞俄比亚的国王（Haile Selassie）。埃塞俄比亚当时还叫阿比西尼亚。第二次世界大战时，德国的希特勒还没有在欧洲大动干戈前，意大利的墨索里尼就在非洲先动手，并吞了阿比西尼亚。塞拉西国王英勇抵抗，并不屈服，后来尽管还是失败亡国，但塞拉西却英名远播。塞拉西生得瘦瘦黑黑，而荃麟也是瘦长的个子，满脸胡须，人们因此叫他"塞拉西"，他知道这样叫并无恶意，也就欣然受之。

也是在桂林，荃麟、葛琴夫妇在《力报》工作，荃麟写社论，葛琴编副刊。《力报》的排字工人多是湖南人，多在背地里叫葛琴为"上海婆"而不名，这也可以算是她的一个诨名吧。

在桂林时，荃麟还翻译出版了陀思妥耶夫斯基的名作《被侮辱与被损害的》等书。

解放后，荃麟领导了中国作家协会，在大连召开的关于农村题材的短篇小说创作座谈会上，荃麟作了多次总结发言，提出了被极左分子抨击的"中间人物论"。他强调写英雄人物、先进人物的同时，也可以写中间状态的人物，使题材多样化、人物多样化，这是他针对文艺创作中题材单调、人物概念化的倾向而提出的，他因此受到了无情的批评和打击。"文革"后，人们才知道原来这是触犯了江青的"三突出论"。江青提倡一要突出写正面人物，二要突出写英雄人物，三要突出写主要英雄人物，你荃麟却提倡写什么"中间人物"，这还得了！

从此，荃麟、葛琴夫妇就被批斗，"文革"一来，荃麟更被迫害致死，尸骨无存；葛琴也被折磨得中风致残，半身不遂，多年来失去语言能力，郁郁而终。

《明报月刊》二〇〇六年七月号

金克木"挂剑空垄"

金克木先生八月五日以八十八岁高龄在北京逝世了。眼前出现的是一个小老头的身影，一个人老而头并不老的学者，一个二十世纪三十年代就活跃在诗坛上的新诗人。

当年在戴望舒主编的《诗刊》上，就常常可以看到金克木的名字，由于这个名字有点怪，又金又木，颇有点金木水火土"五行"的味道，因此记得它。

近年他的名字常常出现在北京的《读书》月刊上。年纪那么大的人，表现出来的却很有新思想，写的往往是欧美流行的新思潮。老而弥新，这是我对他的新印象。

那次见到他，也是因为《读书》。似乎是一九八八年，《读书》出版一百期，开茶会座谈，去北大接他这位老先生的车子，顺路也去双榆树接我进城，这样我就认识了他，而且知道他年轻时还做过记者，在中印边境替《大公报》写过通讯文章。我们因此而感到亲切。

金克木做过报纸编辑。他抗战期间到过香港，不知这是不是参加了香港《大公报》的工作。他后来到印度去，是去编《印度日报》。这份报纸是中文的还是外文的，我就不知道了。

他到印度去学了梵文，也学了佛典。他在抗战胜利后回国，先在武汉大学哲学系，后到北京大学东方语言系教书，就和佛学、梵文有关。

前几天偶然在书店买到了一本《挂剑空垄》，是他的新旧诗集，去年五月才出版的。他的新诗，基本上是旧作，只有《有所思二首》（为纪念诗人戴望舒逝世三十周年）、《晚霞》、《情诗再拟作》和《不是情诗》是二十世纪八九十年代的新作品。他在以新诗露头角的青少年时代，已写旧诗，旧诗集《拙庵诗拾》成了《挂剑空垄》的下半部，最后的作品写于一九八二年，是一首读陈寅恪《柳如是别传》的《鹧鸪天》词："寒柳金明俱已休，哪堪回首旧风流。纵横盲左凌云笔，寂寞人间白玉楼。　　情脉脉，意悠悠。空怀家国古今愁。何须更说前朝事，待唱新词对晚秋。"

他从印度回国后，是八十年代才开始恢复写旧诗的，是谢端木蕻良赠所著《曹雪芹》上册，诗三首，第一首是："一枚顽石坠情天，参透宫中无字禅。掩卷怃然头自点，红楼梦是镜花缘。"

书名《挂剑空垄》，金克木说他用了春秋时代的一个典故。吴国的贵族季札出访各国，路过徐国，受到徐国国君的招待。回程徐君已经死了，季札到他的墓前，和他告别，临走把自己的佩剑挂在坟边树上。随从问他是什么意思，他说，上次路过时，看到徐君很喜欢自己的佩剑，但出访不能无剑，心想，他虽未开口要，回来时我一定送剑给他，虽未明言，但已心许，不能失信。心心相语，两人之间是有了无形的对话。金克木认为，"读书，特别是读诗，就是现在对过去的以心传心的无言的对话"。而"我的诗，无论新旧都是对过去的人和事和时代说话的。而别人读我的诗也是现在读过去"。他说，但愿诗集出版时他人还在，不是对于他也成了"挂剑空垄"。诗集出版后的一年多，他自己就成为过去的人了，不免使人依然有"挂剑空垄"之感。

《明报月刊》二〇〇〇年十月号

"二八佳人"程千帆

在金克木逝世之前大约两个月，南京大学教授程千帆比他更早离开这个世界了。金、程加上周煦良、唐长孺，有"珞珈四友"之称，他们当年都在武汉大学教书，武大在武昌东湖珞珈山，四人每天傍晚都在珞珈山下散步、闲聊，古今中外，文史诗词，无所不谈，金克木后来写了一篇名为《珞珈山下四人行》的文章记其事。周煦良教的是外文系、唐长孺历史系、金克木哲学系、程千帆中文系，都是名家。周、唐已逝世多年，现在程、金又已逝世，"四人行"成了一个都不"行"了。

金、程同年生，同年死。金生在前，却死在后，两人都是八十八岁。程千帆今年新刻了一个闲章，"二八佳人"，就是八十八岁之意。这使人记起，刘海粟晚年作画，有题"年方二八"的，那是他八十八岁的作品。

和金克木一样，程千帆早年也是写新诗的，他在大学读书时，和朋友们在南京组织了土星笔会，出版《诗帆》月刊，写的是现代派的诗。和金克木不一样，金克木晚年还写过几首新诗，程千帆后来却一心一意，只写旧体诗词，著有《闲堂诗存》和《词存》。

程千帆的夫人沈祖棻，是他的"土星诗友""诗帆诗友"，

180

也写新诗，同时还写旧体诗词，大学读书时以《浣溪沙》名句"有斜阳处有春愁"而传诵一时，被称为"沈斜阳"。她后来也不写新诗，专写旧体诗词了，程千帆的弃新写旧，是不是妇不唱，夫不随呢？

程千帆是一九四六年去武汉大学当教授的。这以前，抗战期间他曾在四川乐山的武大教过书。一九五七年被打成"右派"，直到一九七五年才摘掉"右派"帽子。在被打成"右派"后，他被赶出武大的教授宿舍，赶进了东湖边上的一个荒僻的角落，以前给苏联专家的司机住的破烂的棚屋。摘帽后，一九七七年在复查后认为划"右派"是错了，给予改正，但却要他"自动退休，安度晚年"，要他安心做一个普通的"街道居民"。如果不是殷孟伦、徐复和洪诚三位教授联名向新任南京大学校长的匡亚明推荐，如果不是匡亚明立刻决定请他到南大教书，程千帆就从此被赶出学术界了。后来在匡亚明弥留之际，程千帆写了一篇《匡老，是您，给了我二十年的学术生命》，表示感激之情。这二十多年，程千帆替南大培养了多少名博士研究生和硕士研究生？替中国学术界撰写了多少本掷地有声的文史著作？俗语有"糟蹋圣贤"的说法，糊涂的武大当局，怎么可以干出这样"糟蹋圣贤"的事？在他主持下，南大中文系和北大中文系一起，被教育部列为全国仅有的两个重点系，武大是"自毁长城"了。

程千帆在古典文学的研究上，一直主张将考证和批评密切结合，二十世纪五十年代以后更主张采用新文艺的理论和思维方式做学问。"旧学商量加邃密，新知培养转深沉"，不要看他后来只写旧体，不作新诗，就以为他守旧。他研究杜诗很有功夫，曾用《一个醒的和八个醉的》做题目，分析杜甫的《饮中八仙歌》，乍看这题目，还使人以为这是谈新文艺的作品。

程千帆曾以集杜甫句为联，赠聂绀弩："忍能对面作盗贼，但觉高歌有鬼神。"盛赞"宋雅唐风而外，三草挺生"，《三草》是聂的旧体诗集。刘君惠则集赵瓯北句为联赠程："生面果然开一代，古人何必占千秋。"盛赞程的学术成就，别开生面。

《明报月刊》二○○○年十一月号

千年一见"沈斜阳"

　　"二八佳人"程千帆的夫人沈祖棻当年曾经是真正的二八佳人。台湾的任卓宣（叶青）夫人尉素秋是她在中央大学文学系的同学，和她一样，能词，但不及她有名、有成就。尉素秋在一篇记她们同学的名为《词林旧侣》的文章中，说她们组织的词社，大家用词牌做笔名，沈祖棻的笔名是"点绛唇"。尉素秋说："她是苏州美人，明眸皓齿，服饰入时，当时在校女同学很少使用口红化妆，祖棻唇上胭脂，显示她的特色。"因此叫她"点绛唇"。程千帆和她在一九三七年抗日战争逃难途中，在安徽屯溪结婚，那时她正是二十八岁的佳人。

　　她在中央大学读书时，功课作业有一首习作《浣溪沙》："芳草年年记胜游，江山依旧豁吟眸。鼓鼙声里思悠悠。　　三月莺花谁作赋？一天风絮独登楼。有斜阳处有春愁。"著名的词学家汪东这时担任中央大学文学院院长兼中文系主任，教她们词学，见了大为欣赏。评为"后半绝佳，遂近少游"。传开来后，称赞的人更多，有人因此叫她做"沈斜阳"。她只用了"有斜阳处有春愁"一句，就把无限忧国之情写出来了。"斜阳"指日寇。这首词作于一九三二年。头一年"九一八"，日寇占领了东北，这一年"一·二八"，日寇又发动了淞沪之战，"鼓鼙声里思悠悠"，就是这一些"鼓鼙"，这样的"春愁"。古人的习惯，遇见诗人、词人有什么特别使人欣赏的句子，就用它来做作者的外号，如清初王渔洋有"妾是桐花，郎是桐花凤"之句，有人就叫他"王桐花"。"沈斜阳"也就是"王桐花"之类了。

沈祖棻和程千帆在屯溪结婚后，两人逃难经过湖南，而入四川，她在逃难途中的一些词，汪东评为"风格高华，声韵沉咽"，"一千年无此作矣"。她先后在成都的金陵大学、华西大学任教，抗战胜利后又先后在江苏师范学院、南京师范学院和武汉大学教了二十多年书。一九五七年程千帆被打成"右派"，沈祖棻虽然幸免于右，但作为一个"右派"的妻子，其苦可知。程千帆成为"右派"后，一家人被逐出教授宿舍，迁于东湖一个偏僻角落的破陋棚屋，那原是给苏联专家的司机住的。陋屋不仅漏雨，山水发时，水冲进屋，沈祖棻有诗，有"忽闻山泻瀑，顿讶榻如舟"之句，狼狈可想。

当沈祖棻一九七七年因车祸横死，那时程千帆摘去"右派"帽子已经两年了，"武大中文系领导当时就知道了这个不幸的消息，但一直过了近两天，三位负责人才到她家里坐了一会，对死者没有一句哀悼的话，对生者没有一句安慰的话。至于校领导，当然更是不予理会。其后，也没有为她开追悼会。她在武汉大学二十年，竟落得如此下场，是无法不使人感到寒心的"！

程千帆一九七八年得南京大学校长匡亚明的邀请前往任教，做出了成绩，出版了著作多部，这些沈祖棻就看不到了。她生前，程千帆从被放逐的"五七"干校所在地沙洋给在武昌的她写信，有"四十年文章知己，患难夫妻，未能共度晚年"之叹。她感而赋诗："合卺苍黄值乱离，经筵转徙际明时。廿年分受流人谤，八口曾为巧妇炊。历尽新婚垂老别，未成白首碧山期。文章知己虽堪许，患难夫妻自可悲。"受了那么多年苦，还要说那是"明时"，这是温柔敦厚的诗教吧，真是"自可悲"了。

《明报月刊》二〇〇一年一月号

用水写诗的诗人

《智慧是用水写成的——辛笛传》出版不久（二〇〇三年八月出版），诗人辛笛就在"挽歌"声中和我们永别了。他是今年（二〇〇四年——编按）一月八日在上海逝世的。

《智慧是用水写成的——辛笛传》是辛笛女儿王圣思替父亲写的传记。《挽歌》是辛笛在六十八年前写的一首诗："船横在河上／无人问超度者／天上的灯火／河上的寥阔／风吹草绿／吹动智慧的影子／智慧是用水写成的／声音自草中来／怀取你的名字／前程是忘水／相送且兼以相娱——看一支芦苇。"

辛笛是诗坛上"九叶诗人"之首。他的《手掌集》被列为"中国新诗经典"，在一九九六年出版。上世纪六七十年代以前，他多写新体诗。这以后，他多写旧体诗。他的旧体诗集《听水吟集》前年由香港翰墨轩出版。

无论新旧，都是水，早年有"智慧是用水写成的"，晚年又有《听水吟集》，水哉水哉，智者乐水！

他的一首诗《祖国，我是永远属于你的》，宣布他是一个"百分之百的中国人"，他大声地说："祖国，你是属于我的，／同样，我是永远属于你的——一个忠诚的儿子。"

他早年在清华大学读书，后来到英国爱丁堡大学读英国文学，回国后在金城银行工作多年。抗日战争期间，郑振铎在上海搜集、保存名贵版本的古代图书，一大箱一大箱地寄存在他家里，又通过他说动了金城银行的董事长周作民，收购了八九百种名贵的清代文集，以免流失。他在保护文物上立了大功。

　　解放以后，他多次向国家表示，要把他们家存在美国的美金捐献给国家，有人冷言冷语，嘲笑这是他想用美金换党票。二十世纪七十年代末，国家终于接受了他的捐献。八十年代中，党组织向他暗示，可以再写入党申请书了，但他却已经失去了入党的兴趣。

　　辛笛之于诗，新旧都写，旧体诗早年只是偶尔写一二首，六十年代以后才渐渐多起来。"他对新诗的感情始终更深切一些。他一直认为新诗易写难工，旧诗难写易工。"他认为，"尤其在时代处于不太正常之际，用旧诗写作就恰好可以隐晦委婉地表达心绪"。

　　他的旧体诗多为七绝，也有一些律诗，又多是与他人唱和之作，其中和钱锺书的唱和最多。钱锺书寄他一诗："异乡他县惠好音，诗盟卅载许遥寻。若将叹逝士衡意，并入伤春子美吟。似雪千茎搔短发，如灰一寸觅初心。来游期汝能成兴，灯火青荧话夜深。"

　　他和的一首是："朱弦未绝叹知音，橄味诗情正耐寻。句拟缕冰真胜论，汲因乏绠每沉吟。鸡鸣商略平生志，鹤舞调停去日心。多谢长安灯下约，待来城曲赏春深。"

辛笛来过香港多次，八十年代末写过《香港圣诞前夜灯景》一诗："一街灯火一街人，到处楼台到处新。不许夜深花睡去，故来高地赏良辰。"

有一位女士，多年前从别人那里借得《手掌集》，用了几个晚上，把诗一首首抄下，装订成册，细细欣赏，这抄本一直保存了几十年。她的一位熟人劝她不如到上海拜见辛笛，她以相见争如不见而没有接受这个建议。到了八十年代，辛笛到了香港，这位当年的少女已是白发上头，终于还是去见了辛笛夫妇。辛笛于是写了《香港小品》这首新体诗。这位女士是香港人，她的那位熟人是已故名作家高伯雨。

辛笛有一个笔名：心笛。他曾收藏有一个闲章："文心共赏。""文心"刚好是他夫妇名字各取一字，他是心笛，夫人是文绮。这个闲章盖在他们收藏的书画上最好不过了。辛笛原有此章，其后失去，他请篆刻名家钱君匋再刻了这样一枚，边款上还刻了一首辛笛的诗："已恨语言多凿枘，且欣诗句与推排。惊鸿掠影难为水，幸得相从是布钗。"

诗人公刘和香港的缘分

去年十二月底，在沈从文诞辰一百周年的一个纪念讲座上，见到了从北京来的邓友梅。闲谈中，他说："公刘病了，躺在合肥的医院里，情况很严重。"顿时使我记起了十几年前在北京见到他和他那相依为命的女儿小麦的情景。因为挂念他，想写封信问候，不料一个月后，在《大公报》上就看到邵燕祥《忆公刘》的文章，才知道他已经在去年年底去世了。

公刘是著名的诗人，但他是以杂文家的姿态出现在文坛上的。最早看到他的名字，是在香港的《野草》这本杂文刊物上。他原在上海领导学生运动，任全国学联地下机关刊物《中国学生》的编辑，后来遭到国民党的追捕，站不住脚了，从上海来到香港，初时就是投奔《野草》的秦似。后来，《文汇报》在港创刊，他负责编副刊彩色版。一九四九年全国解放后，他回去参军，随二野到了云南，成了解放军中的文艺工作者。

云南有名的《阿诗玛》，是他和几位朋友一起整理成长诗而扬名于世的，他还写了电影剧本《阿诗玛》。此外，他又创作了长诗《望夫云》。阿诗玛是云南撒尼族的传说人物，一位聪明美丽的姑娘，反抗统治阶级，追求幸福生活，争取婚姻自由，最终不幸牺牲。公刘他们创作的长诗清新优美，实为名篇。

二十世纪五十年代初，公刘因牵涉到胡风案件受审查。后来的反右，他也未能幸免于难。又过了十几二十年，"文革"结束。七十年代末期，他的长诗《尹灵芝》才得以出版，他也被调到安徽作家协会去了，这可能因为他是临近安徽的江西南昌人的缘故。

公刘，这名字有点怪，莫非是刘公被颠倒了？

不，这名字来源甚古，古得和《诗经》有关。《诗经·大雅》里就有《公刘》篇。

公刘是古时候周代始祖后稷的曾孙。在夏代，后稷的儿子不幸被免掉了农官的职务，逃到戎狄，传至公刘，迁居到邠，大兴农事。周室因此兴盛。夏商之后，于是有周，也就有了《诗经》中的《公刘》篇，歌颂这位英明能干的祖先。

公刘回内地后，我们就一直没有联系，是后来我去北京幽居时才见到他的，那已是一九八七年的事。一天，忽然有一位颔下有须的人，带了一个女孩子来看我。乍看，那人似乎有点像柳亚子，但不可能是他，柳亚子总是穿着一袭长衫的，那人穿的却是军服。多看了几眼，才发觉原来他是公刘，那胡子几乎使我不认得他了。那女孩子就是他的女儿小麦。公刘被打成"右派"后，妻子离他而去，把女儿推给了他，父女两人于是相依为命。小麦也是个作家，在合肥的《安徽文艺》任编辑工作。

我当时有个习惯，专门收藏作家的书法。我把一张朵云轩出的萝轩变古笺交与他并请他写上几个字，后来他送还给我时，上面写了七个字，"南海自有观世音"，另有两行小字："以此聊慰老友史林安。"史林安是官方赐给我的名字。我不知道这话是什么意思，也不好意思问他，现在当然是欲问无从，此意永难解了。

二〇〇三年三月

一位女诗人的远去

"女诗人""赵先生"或"赵小姐"三月底以九十岁高龄去世了。

这位"先生"或"小姐"其实是夫人,已故名作家叶灵凤的夫人赵克臻。

我们是从叶灵凤口中得知她"女诗人"之名的。有时闲谈,叶公不经意说"女诗人"如何如何,谈的就是他自己的太太。

她原来是写诗的,写的是旧体诗词。据说当年上海的一张小报《大报》的主编看了她的四首五言绝句后,赞之为"诗在李杜之间"。叶灵凤倒不这么认为,他说跟李杜还差得远,尽管如此,叶赵之间终于成了秦晋之好,结为夫妇。这"女诗人"的外号就是这样来的。我是直到最近才知道这件事,已经距离叶灵凤去世二十八个年头了。

"女诗人"出过一本薄薄的小册子诗集,其中的篇章记不得了,这两首绝句是从梁羽生的《笔剑书》中看到的,是挽洪膺的两首七绝:"万里长空怅望中,此行总觉太匆匆。诗魂今夜归何处?月冷风凄泣断鸿。""旧知新雨笔留痕,笑语樽前意尚温。云海茫茫尘梦断,却从何处赋招魂?"洪

192

膺是刘芃如，英文杂志《东方地平线》的主编，一九六二年因飞机失事在曼谷附近遇难。这些诗尽管不能在李杜之间，但比起当前不少自命为是诗的时人篇章来，却真是诗人的作品了。

她的诗集我已经找不到，但有人却找出了其中的断句："杜鹃花是啼鹃血，叶叶枝枝总可怜"，也还是自有诗味的。

她的朋友之中，有个人诗名很大，这就是上海的女画家周练霞，诗好词好，被传诵一时的是这样两句："但使两心相照，无灯无月何妨"，真是千古名句。周在"文革"中被打瞎了一只眼，"文革"后到洛杉矶依女而住。我就是通过赵克臻，求得她的一幅花卉的。她去世也快十年了。

赵克臻生前不止一次表示，她当年在上海的居处是可以写成一本书的。叶家住在大陆新村兴民里，那一带住了不少作家，鲁迅、郁达夫都住过那里。其中只有两位作家的夫人不让女佣叫她们"太太"，一位是许广平，要女佣叫她"许先生"，另一位就是她这位叶太太了。她怎么知道呢？因为两家的女佣是姊妹，两家虽然没有来往，但这两姊妹却是来往如常，互通消息的。你知道我这一家是鲁迅，我知道你那一家是叶灵凤。因此也就知道，你那里只有"许先生"，我这里并没有"叶太太"。不仅这样，两家还通过女佣，互相问好。那当然是太太们之间，而不是先生们之间的事。没想到，两位在文坛上彼此相骂过的人，会在私底下辗转互相问好。

赵克臻说是可以写书，但却迟迟没有动笔。要不然，人们就可以看到好些作家不为人知的故事了。

　　赵克臻是吴兴人，祖先应是有名的大画家赵子昂。

忆孙毓棠和几位老师

去年是我读过的一间学校——桂林中学建校一百周年。我自己不知老之已至，其实当学校一百岁时，我也已经八十四岁，早就是七老八十的人了。"人生七十古来稀"，今天人活到七八十岁已经不稀奇。能活到九十、一百，那才较为少见。

回想在桂林中学的日子，那已是六七十年前的事。我只是记得，先前学校是在桂林城西的丽君路，后来才搬到城南六七十里外良丰的雁山。

丽君路的学校在我记忆中，就只有一座亭子，叫作郑公亭，那是纪念象县的学者郑小谷的。我藏有一幅他的画像，上面有广东学者陈沣的题字，至今还保留着。我只记得，桂中的一位国文老师周叔雨为郑公亭写过一首诗，有"文章造化云舒卷，此事还应属郑公"之句。

那时候，是抗日战争时期，为了避开日本飞机的空袭轰炸，桂中迁到了桂林郊外雁山的西林公园。园名西林，那是因为它的主人岑西林就是做过两广总督的岑春煊，他看上了那里的山水，就在那里修建起私人的园林来。后来捐献了出来，就改名为雁山公园。

雁山公园在雁山脚下，桂林多石山，雁山却是一座土山。做过广西省长、广西大学校长的马君武的坟墓就在那里。

在雁山的脚下，有一个良丰墟，是一个小小的墟场。

春天来时，雁山上的野花纷纷开放，最多的是杜鹃花。它还结小小的果实，大小如葡萄，我们叫它作"桃金娘"。因为音相近，又叫它桃舅娘，暮春时节，花开过了，我们就一颗一颗去摘桃金娘来吃。不同于葡萄，别有一番滋味。

良丰墟上，有三十几间茅草盖的房子，那是墟集的商店，有几家卖小吃、卖茶、卖酒。记得有一位年轻的老师，是外省来的难民，爱好吟诗，曾有雁山一绝："雁山流水杂青莎，三两茅扉是酒家。每欲狂歌终未得，伤春心事杜鹃花。"这位诗人老师叫什么名字，我就再也记不起来了。

同是外省来的老师，我一直记得他的名字，至今还不曾忘记的，是崔真吾。他个子瘦小，应该是江南人。为什么记得他的名字呢？因为有人说，他认识鲁迅，还和鲁迅通过信。《鲁迅书简》中就有给他的三封信，看来是和鲁迅相当熟的。一知道他是鲁迅的朋友，就更加肃然起敬了。后来不知怎么，他离开了学校，到广西南部去了。更后来，听说他被捕坐牢。再后来，更听说他被牵涉到王公度的托派案中，给枪毙了。

崔真吾没有教过我。我的国文老师叫冯培澜，笔名是陈闲。他是和文艺界有来往的，也是桂林文协的负责人。他还热心地把他几个认为得意的弟子介绍成为文协的会员。我们几个同学，只是十几岁的少年，也被他介绍和作家们在一起了。

我们的老师中，也有真正的大作家，那就是"宝马"诗人孙毓棠。他本来是清华大学历史系的教授，对汉史很有研究。但他爱写新体诗，出了一本诗集《海盗船》，使他诗名大振的更是长篇历史叙事诗《宝马》。宝马又称天马，是汉朝西域大宛国的一种骏马，据说日行千里，其快如飞，汗从前肩膀出，颜色红得像血，称为汗血马，将军李广利灭了大宛国，斩了大宛王的首级，把汗血马献给汉武帝，还作了一首《西极天马之歌》。《宝马》就是写李广利如何远征西域、夺得汗血马的故事。诗长五六百行，是我国前所未有的长篇史诗。

孙毓棠在桂中教的是历史，但我没有上过他的课，只是见他在校园中来去匆匆，风度翩翩，很令人仰慕。

他虽然没有教过我，我却总是记得他，因为他在桂林城中的下榻之处，是我姐夫的住所。那是大姐夫妇所买下的房子，楼上有空，就租了给他，位置在王城边上的中华路。虽是木楼，但在当时已是不错的房子了。

孙毓棠夫妇住在那里。他的夫人是一位名演员。舞台上演的是曹禺《日出》中的陈白露。她名叫封禾子，后来改名为封凤子。人们就叫她凤子。她是复旦大学的校花，不知在哪里当上了孙毓棠导演的《日出》的主角。两人因舞台结缘而结为夫妇。原来孙毓棠不仅是学者、诗人，还是一位戏剧家——导演。

凤子呢，当时还是叫禾子，是一位名门之女。父亲名封祝祁，号鹤居，是广西的一位名士，担任过广西通志馆的馆长。凤子之所以名为禾子，是因为她原名封季壬，季一拆开，不就是禾子了吗？

这两位戏剧家后来是怎么分手的，我不知道。只知道在日军进攻，湘桂大撤退时，他们去了昆明，两人就分道扬镳了，孙毓棠留在昆明，到西南联大教他的历史，而凤子却去了重庆，继续她的戏剧生涯。她其后和一位叫作沙博理的美国人结了婚，沙博理后来成了新中国的专家，《新民晚报》在报道这个消息时，标题是"佳人已属沙博理"，这样的标题是有典故的。唐肃宗时，韩翊美丽的姬妾柳氏被蕃将沙吒利所劫，后得虞候许俊之助，与韩复合，后人因以沙吒利代指强夺人妻的权贵。宋朝王诜的歌姬为有权势之家所夺，王因而赋诗："佳人已属沙吒利，义士今无古押衙。"《新民晚报》的标题用的就是这样的典故。沙博理和沙吒利，音相近也。

凤子后来去了北京，多年主编《剧本》月刊，前两年在北京病逝。孙毓棠却是早些年的一九八五年就病逝了。

二〇〇四年九月八日

丹青是灿然的，不朽的

——怀念林风眠老人

一

在离别了快十年的人当中，最希望再见到的人之一，就是林风眠老人了。这希望如今已是破灭。

风眠老人离我们而去，是出人意料的，是使人伤心的。

九十多岁的人了，他的大去为什么还会出人意料呢？也许和他的形象有关，他虽然清瘦，却颇为轻健，一点也没有龙钟的老态，说话清爽，行动利落，并不使人感到是一支风中的残烛。

也许又和他的作品有关，他的画从二十世纪二十年代到八十年代（九十年代的还没有见过），总是保持着喜人的清新，虽然晚年所作的风景人物明显带着苍劲。苍劲，而依然不失清新。至于那些仕女以及裸女，就更是青春与清新了，使人想不到那是八九十岁的人画出来的。

他是二十世纪的同龄人，我们曾经希望他至少能活一百岁、一百零一岁，能够跨过整个旧世纪，进入新世纪，那多好！我们又不是没有百岁或百岁以上的老寿星，就是这样的老

199

画家，也有。我们因此伤心了。何况他又是那么好，对我们那么好的人。

认识他的人都知道他是一位大画家，能够真正称得上大师的大画家。不认识他的人恐怕很难相信他具有大师的大，因为一点也不像，一点没有什么大架子。他是平易近人的，平易得就像一个普通的老头，他是朴素的，朴素得就像一个土老头，光秃的脑袋，没有什么洋味的衣衫，真有点土。除非你细细领会了他的一言一行的精神风貌，才会有不平常的感受。由这而有了这一步的认识，就会懂得这是人们爱说的平凡的伟大。

平易近人是那么好，他对我们一家也是好得出乎意料。一家三代人，两代人都出了事故，他总是很关心，像关心自己的子侄、自己的孙辈。总是一次又一次地慰问：身体好的时候，亲自上高台到我们家里来；如在病中，不是自己亲自打电话来就是要冯叶（他的义女）打电话来。逢年过节，总是少不了好些礼物。如果去探望他，请他出去吃一顿饭，他也是"认真俾面"，欣然命驾，而且还由他付钱。许多人都知道，他在香港这十多年，有如隐居闹市，一般应酬往往是婉谢的。说他到老也不失赤子之心，见了带去的不到十岁的小孩特别高兴，这也许是一点点原因，却绝不是全部。他对我们的好处，真是"最难消受老人恩"！又要想到他的平易近人，正是这样，我们不到十岁的孙女也敢班门弄斧，敢在他面前画起"给林公公拜年"的画来了。

二

"林公公"真是好脾气的人。好脾气却不是没有犟脾气，有些事情他不愿去做，你再求他勉强他，他也决不会做。这里就不想举什么例子来证明他的有所不为了。

有可不为而后有所为。

倒想举一个有可为的例子。"文化大革命"开始后，他把自己几十件精心的作品浸在浴缸中捣成纸浆，倒在抽水马桶里把它冲掉。但"文革"过去后，他说起这件事时显得并不平静，有一点轻微的激动。听的人有更大的激动。这也显出他的犟脾气，一个石匠子孙坚如铁石的脾气。他的祖父是雕刻墓碑的石匠，父亲是画师兼这样的石匠。

还是看看他的《自述》："我出生于广东梅江边上的一个山村里，当我六岁开始学画后，就有热烈的愿望，想将我看到的、感受到的东西表达出来。后来在欧洲留学的年代里，在四处奔波的战乱中，仍不时回忆起家的片片的浮云，清清的小溪，远远的松林和屋旁的翠竹。我感到万物在生长、在颤动。当然，我一生所追求的不单单是童年的梦想，不单是青年时代理想的实现。记得很久以前，傅雷先生说我对艺术的追求有如当年我祖父雕刻石头的精神。现在，我已经活到我祖父的年岁了，虽不敢说是像他一样的勤劳，但也从未无故放下画笔，经过丰富的人生经历后，希望能以我的真诚，用我的画笔，永远描写出我的感受。"

这不是《自述》中的一段文字，是它的全文，还不到三百字的全文。简单明了，清爽利落，却又有诗意。文风也有林风——林风眠风格。

三

林风眠风格是包含着整个林风眠的人格、文格和画格的。作为画家，主要是画格，当然，画家也是人，首先是人格。

画家黄永玉说："林风眠为后人留下了宝贵的财富，包括他的艺术，他的人格。"又说他是一个"真正的人"。

美术评论家黄蒙田提出了"林风眠风格"。

作家黄俊东还强调过："林风眠就是林风眠。"

是的，林风眠就是林风眠。

就是林风眠。看他的画看得多了的人，一画当前，一看，就知道那是林风眠的，不可能是别人的作品。如属伪作，那是看画的人眼力不高，是另一回事。

林风眠的风格是突出的。他早已形成了自己的特色。我是外行，不能清清楚楚说出什么中国传统、西洋表现主义、后印象派以至野兽主义……我只知道，这是林风眠。

"这到底是中国画还是西洋画？"我不管，就知道这是林风眠。一定要说，我还是要说，是中国画，吸收了西方精华的中国画。

"好像西洋画的味道重。"你看那他很爱画的仕女,是中国的还是西方的?他也爱画的戏剧人物,是中国风味还是西洋风味?那风景中的山峦,是不是可以读出一些黄宾虹的味道来?那几头白鹭的两只双翅,是不是中国式的气韵生动、飘然有力?

当然,那些"此中有真趣"的静物,那些饱满得要溢出画面的花朵,那些绿满池塘的白莲,那些红得像在燃烧的秋林,那些"枝头亦朋友"的小鸟⋯⋯都是传统中国画里看不到的。看不到却应该知道,那是林风眠在中国的宣纸上,用中国的笔墨和颜色画出来的水墨画。尽管有些看起来有点像油画,却不是油画。

这许许多多,既有旧的传统,也有新的技巧,浑然一体,而成新趣。这就是林风眠之所以为林风眠。这就是林风眠就是林风眠。

四

没有见到风眠老人以前,早就见过他的画,早就喜爱了。在认识他以后,就逐渐有了几张他的画。有些是买的,有些是送的。

有一次他要送画给我,拿出一些画来让我自己选。我想要却不好意思要,他一定要我挑选,我最终选了一张小幅的风景,他却又硬塞了一幅白莲给我。我在半推半就下又喜不自胜地收下了。这礼不轻,老人的情意真厚!

我喜欢他的莲塘，也喜欢他的杨柳岸。我喜欢绿，它们都绿得化不开，尤其是莲叶的绿意。杨柳的绿是杂有深深浅浅的黄的。

柳岸清新，暮天下的海岸却是浓重的灰色，灰得近黑，黑得引人走入了一个风雨欲来的境界，使人想去迎接那风雨。

江头白鹭，那是"俊逸鲍参军"（杨柳岸因此是"清新庾开府"了），大有"平生飞动"意。

枝头小鸟，有时鸟如叶（当然也可以说叶如鸟），像是在迎接满带露水的朝阳，也迎接小朋友或大朋友来做检阅。

小鸟有稚趣，画家有童心。那些娴静的仕女有青春之美，画家把她们画得更美。古典的味道很重。衣衫上着的粉总使人要想起曼殊的诗句："蝉翼轻纱束细腰。"裸女是现代的。那丰满的线条使人感到画家在巴黎学艺术的日子所取得的高成就，也使人想起中国古代的诗教"乐而不淫"，只是美。

舞台人物有中国古典，有西洋技法，是很好的中西结合吧？如果不说它"洋为中用"。

还有那《痛苦》中的人物、《噩梦》中的人物、那些人生舞台上的人物，也是用西方的艺术方法来表现的。也表现了画家并不在象牙塔中，而在十字街头。

当然，他也流连风景写山川，有一幅风景在错落的山峦中，处处鲜红如火一般的渲染，应该是秋林红叶吧。那流火似的红，红得叫人心动，血脉偾张，留下了使人久久不能忘却的鲜明的印象。

那些静，室中桌上的静物，那绿色的鲜果，是绿色的引诱。

那些花，瓶中盆里散开如团的花，是生命的开放，使人心花也开放。

......

数说了这许许多多，原是想说出我特别喜爱的一些画幅，谁知一下笔，就禁不住把风眠老人多种多样的画都罗列出来了，很难说出最喜欢什么，它们使我无法偏爱。算了，只好这样了。

五

虽曾打算有机会去听老人谈他的人生经验，他的艺术经验。也许可以记录下来，把他的艺术世界的精髓留给后人看。他对我谈过三原则，作画一定要有民族的精神、现代的风貌和个人的风格。

本来以为他活到百岁也不难。日子还有的是。

现在，他是溘然，我们是黯然。

丹青是灿然的，不朽的。我又想起他那《风景》中群山间如火的鲜红，那是灿然的。

一九九一年八月十六日于北京

张大千大画庐山图

一

张大千爱写大画，他最后的一件巨制是高六尺、宽三尺的《庐山图》。这画在他去世十年后的今年四月一日送给了台北故宫博物院，这不是愚人节新闻。

张大千游遍天下名山大川，却没有去过一次庐山，这是事实，也不是愚人节新闻。"不识庐山真面目"，他却偏要写庐山，这当然也不是愚人节新闻了，这有大画为证。

《庐山图》是一九八〇年应侨居日本的李海天之请而画的。画了三年，还未画完，他就撒手长逝。说没画完，其实是完了的，所差不过几只船和题款而已。诗都题了，就只欠上下款。如果题了款，这画就可能属于李海天，而不归于故宫博物院了。

一幅没有画完的画，去年却已在美国华盛顿等好几个博物馆展出，今年六月又将在台北故宫博物院举行的南张北溥诗书画国际学术研讨会上展出。这也不是愚人节新闻。从这上面也可以看出，的确画完了，差那一点点已不重要。

但这对于李海天却是重要的。差了"海天"两个字的上款，他就失去了这一巨制。张大千的遗嘱对于自己的作品如何处理，都交代得清清楚楚，就是没提到《庐山图》，终于由张群代作决定：画送故宫博物院，订金退给李海天。

为画这大画，张大千打通摩耶精舍的画室和客厅，还锯掉了两根柱子。

传说李海天准备付出一两千万台币买下这画。不过他的朋友就说，这个数目太大，不会出这个价的。但李海天曾以一百多万台币买过张大千的《黄山前后澥图》。那么这幅画也总要值几百万、近千万了。

这一切当然都是佳话。不过也不必太强调价值，艺术是无价的，尽管画到市场自有价。

二

张大千在他的巨制伟构、大画《庐山图》上题了诗而没有题款，不但没有上款，连下款也没有题。当然，不题也可以一看就知道：那是张大千。

题的诗据说是："从君侧看与横看，叠壑层峦杳霭间。仿佛坡仙开笑口，汝真胸次有庐山。远山已远无莲社，陶令肩舆去不还。待洗瘴烟横雾尽，过溪亭前我看山。"报道没有再说什么，但这样的标点却使人看了以为是一首七律。

左看右看，总觉得有点不妥，怎么中间两联都不对呢？难道大千老人年纪太大，精力不足，不能细做推敲了？几次研究，恍然有悟：这其实是两首七绝，不应该不加说明，只是用上下引号把它们引在一起的。这是引一首律诗的标点。

两首诗两个故事，前一首有关苏东坡，后一首有关陶渊明。

苏东坡的"横看成岭侧成峰，远近高低各不同。不识庐山真面目，只缘身在此山中"，引来了张大千侧看、横看和他的联想，想到苏东坡拍他的肩膀，笑着对他说："你真行！没有到过庐山也画得出庐山，你真是胸中自有丘壑，胸次有庐山。"这是张大千的自鸣得意。

陶渊明和庐山西林寺高僧慧远交往，慧远组织了白莲社。两人十分谈得来，一次谈得忘形，慧远居然忘了自己订下的送客不过虎溪的规矩，走过了溪。我也没去过庐山，大约当年在溪边是有过过溪亭的。

我为什么要把这抄在一起的诗这样一分为二呢？由于近年内地许多报刊，包括第一大报之类，都一再出现过，将一首律诗当成两首绝句，或把两首绝句当成一首律诗的笑话。聂绀弩在北大荒"劳改"时，一天晚上人人奉命作诗上缴，他写了一首古风，一百二十八行，第二天领导当众宣布嘉奖一番，夸他惊人高产，缴诗三十二首。

三

不是古德明先生说出来，我还不知道张大千画庐山有过高阳批评，大千改诗的趣事。

原来张大千在《庐山图》上题的诗是："不服董巨不荆关，泼墨翻盆自笑顽。欲起坡翁横侧看，信知胸次有庐山。"后来高阳指出，中国画缺乏立体感，张大千画的庐山是不可能像东坡眼中那样，"横看成岭侧成峰"的。张大千因此把诗一改，改成现在这个样子："从君侧看与横看，叠壑层峦杳霭间。仿佛坡仙开笑口，汝真胸次有庐山。"这就避开了成峰、成岭的难题。

我不知道高阳具体是怎么说的。要说中国画立体感不足，当然是的，不过并非毫无。李可染画的桂林山水，就不止一次题过，他是用"以大观小"法，俯瞰式地写景，人在漓江边上是看不见那景色的。我后来坐飞机去桂林就看到了。这就是立体感。

而人在庐山，也不一定都可以"横看成岭侧成峰"。这是观点与角度不同，不仅仅是一个立体的问题吧，至于西洋画，也很少可以横看成岭侧成峰的。

高阳又说，"泼墨翻盆自笑顽"，显得画来轻易，其实张大千画那《庐山图》是费了九牛二虎之力的。张大千也接受而把"泼墨翻盆"泼掉不要了。我想有这一句也并不一定显得画来容易，一幅巨制，笔墨很多，泼墨不过是其中的一种而已，看《庐山图》就可明白。只提泼墨，不及其他，不见得就不艰辛，是可以不必苛刻求全的。

在北京期间，香港的朋友托人带了张大千另一幅《庐山图》

给我，是印的精美的复制品，我高兴地还他一首七律："大千绝艺壮骚坛，不识匡庐自写山；丘壑在胸成巨幛，烟云满纸出层峦；故人遥寄丹青美，旧梦浑忘雨雪寒；白首都门思奋起，刑天干戚舞衣宽。"我以被砍了头的刑天自况，但仍乐观，奋起只是说说而已，感念故人没有忘我倒是真的。可惜我回来时故人已经成为古人了，哀哉！

黄般若的画

一

我刚把那一幅黄般若画的《八仙岭》拿去加上镜框，免它日久积尘污损，就又在儿子家中为我这些年保存的书画和书籍里，找到了一本《黄般若画集》，真是可喜！

黄般若是谁？可能许多人已经不知道了。他是香港一位杰出的画家，四分之一世纪前去世，九十三年前诞生。他的原籍是东莞。

说杰出也许还不够，应该说伟大。被许多人推为香港现代水墨画大家的吕寿琨，是这样称赞他的："黄般若先生不独是南中国传统山水画主要代表之一，亦是近世纪中国主要代表画家之一，足与黄宾虹、傅抱石、李可染等并肩媲美。"能和黄、傅、李媲美的，在现代中国画坛上能有几人？

黄般若不仅能画山水，花鸟也画得好。他仿陈老莲的花鸟就几可乱真，他用石涛的笔意写的山水就使人疑是苦瓜和尚的笔墨。他的传统的根底很厚，但他的香港山水却和石涛、黄宾虹、傅抱石、李可染不同，完全是香港的，是黄般若的。

灯下翻看《黄般若画集》，如逢故人，而有白头如新之感。这新，是说感到一种新的面貌，是以往体会得并不够深的。许多画的构图都很创新，很大胆。我首先翻看的是吐露港的《八仙岭》，画集中是纵向的俯览，我拥有的一幅是横向的扫描，一个八仙岭，真有"横看成岭侧成峰"的情趣。画集中的两幅《香港仔》也是如此，面貌各自不同。

集中的画，主要是香港的山水和渔村。笔墨简而意趣深。但画到帆樯，那就千帆云集，万樯林立的多。

他的山水画真是"师造化"。香港的山水他几乎跑遍。跑遍人不难找，难得的是没有人能像他这样——为港岛、半岛、离岛的处处山水写真，又写得那么好，那么笔墨有新意。

作为写香港的香港画家，他真是香港的功臣，以他自己的作品雄辩而又无可辩驳地证明了香港有文化。

二

眼前的木屋之火，使人惊心动魄。

黑云遮蔽了半空，和黑云做鲜明对称的是红红的火舌，成堆成束地向上烧红了空际，近山远岭有木屋如阵如长蛇，在山边从近处向远处蜿蜒。火色如云，照出了山下的丧家之人和丧家的鸡犬在逃跑。这是一幅惊心动魄的图画。

眼前是画，是黄般若的巨制《木屋之火》。

画作于二十世纪六十年代的第一年。从七十年代以后，现实生活中这样的景象就渐渐少见了。现在火灾虽然没有绝迹，也不可能绝迹，但到底少得多，就是有了，灾情也小得多。像五十年代之初，东头村大火之类的巨型木屋火灾，数以千计的木屋化为灰烬，数以万计的木屋居民成为灾民的事，今后是不可能再有了，由于木屋渐渐被淘汰，总有一天要成陈迹。

由东头村大火我想到了一九五三年的"三一"事件和三报被控。东头村大火后，广东派团前来慰问灾民，临行又止，香港有群众在九龙街头迎亲人，听说慰问团不来了，怒烧警车，有了小小的暴动。然后是《大公》《文汇》《新晚》三报被控煽动群众，我也忝为被告之一……后来是劳动到北京外交部发出声明，三报的官司已判的和未审的才都撤销了事。

俱往矣！四十一年过去了。

俱往矣！木屋成区的风景也快要成为过去了。

黄般若《木屋之火》这样的纪实之作，香港艺术馆实在应该收藏，作为这个城市艺术性的纪实。木屋火灾，不是没有人画，但像黄般若这样富于传统技巧，又能变化运用的高水平画家，就几乎没有人画过了，难得！就是黄般若，也只是画了这么一幅，十分成功的一幅，红火黑云，占了大画几乎三分之二的画面，压得人透不过气来。

弘一法师的字

一

托朋友向上海的丰子恺先生要来了一本《弘一大师遗墨》，在灯下细细欣赏。这是前年出版，纪念大师生西二十周年的，只印了三百部，非卖品，买不到，就只有去要了。

"生西"是佛家语，重生于西天，那就是逝世。弘一法师是一九四二年六十三岁时在福建泉州圆寂的，离开现在已经整整二十二年了。

他圆寂之日是阴历九月初四。遗墨中有一封给夏丏尊的信：

丏尊居士文席：朽人已于九月初四日迁化，会赋二偈，附录于后。

君子之交，其淡如水，执象而求，咫尺千里。

问余何适，廓尔亡言，华枝春满，天心月圆。

谨达不宣。音启。

前所记月日系依农历，又白。

214

信中的"九"和"初四"这些字墨色较淡，是别人在他圆寂之后填上去的。虽然如此，还是自己报死讯，生前就说自己"已于"某月某日没有了，这倒是别开生面的。

附录的二偈可做四言诗读。诗人，又是佛教居士的赵朴初，就很欣赏后一首诗的最末两句："华枝春满，天心月圆。"去年在北京广济寺，就听见他再三称道：这的确是写出了一种境界的好诗。圆月在天心普照，春光洋溢在百花枝头，和平宁静，充满生机，一个快要离开世界的人写这样的境界，可见他的心情也是一片宁静，他此去也是安详的，没有什么纷扰。

但在另一本"年谱"中，却有他最后遗墨"悲欣交集"四字。虽"悲"，却还是有"欣"，有"欣然而去"之意，只是不知他所悲的是什么。

许多人都知道，弘一大师就是李叔同，是一个多方面的艺术家，戏剧、音乐、金石、书法，无所不能。二十二岁时演过京戏的黄天霸，二十七岁时演过话剧的茶花女——自然是男扮女装。他是中国最早的话剧团体春柳社的创办之一，"茶花女"是春柳社在东京演出的。三十九岁时，他在西湖虎跑寺出家为僧，法名演音，号弘一，有做泓一。这书中因此署了一个"音"字。晚年他又常常爱用"晚晴老人"这个别号，偶然又署名"晨晖老人"。晨晖固然富有希望，晚晴也不是萧条，这和"华枝春满，天心月圆"的夜色正是和谐、统一的。

这部遗墨是新加坡的广洽法师等集款付印的，香港也有人捐了款。主持其事的是丰子恺,这自然因为他是弘一大师最亲近的俗家弟子的缘故。

二

年前曾得到弘一大师写的一副对联,这两天不免找了出来,挂起欣赏。字写魏碑,联语:"拔剑砍地,投石冲天。"一片豪气,是他出家之前所作;下款"息翁武林",是在杭州写的。有趣的是"息翁"二字,这不必费力考证,那上面的一个"三十称翁"的图章已经说明了一切,原来他在东京一边扮茶花女,一边就以"翁"自称了。

他不但自己称翁,也把同学少年称之为"翁"。"遗墨"中有一页长寿钩钩铭题记,是一九一三年送给夏丏尊的,那一年夏丏尊二十八岁,这位"当湖老人息翁"就摹了这钩铭,"以祝丏尊长寿"了。

这出家之前不久写的联语,所表现的豪气和他出家的消极是距离颇大的。就在他出家那年的冬天,还替夏丏尊写过"勇猛精进"四字横幅,在他,也许是向佛教教义勇猛精进之意吧,我却喜欢将它作为在人世间勇猛精进解。

他在东京倡办话剧团体春柳社,回国后又参加文艺团体南社。与苏曼殊同为南社的两个名僧,虽然一个出家在入社前,而一个出家在入社后。曼殊为僧后行径如常人,又异于常人,不似佛徒;弘一则谨守戒律,渐成高僧。他六十岁时,柳亚子会从香港寄诗祝贺：

> 弘一大师俗名李息霜，与苏曼殊称南社两畸人。自披
> 鬄大慈山以来，阔别二十余年。顷闭关闽海，其弟子李芳
> 远来书，以俗寿周甲纪念索诗。为赋二截。
>
> 君礼释迦佛，我拜马克斯，
> 大雄大无畏，救世心无歧。
> 关闭谢尘网，我意嫌消极，
> 愿执铁禅杖，打杀卖国贼。

读罢这两首诗，不由得又向那"拔剑砍地，投石冲天"的
联语多看了几眼。柳亚子先生的诗写于抗日战争中，那种执铁
禅杖，打杀卖国贼的气概，是说到做到，人们都看到了的。他
的弃消极而积极，也是有目共睹的。弘一大师一九三七年北上
青岛湛山讲经，不久"七七"卢沟桥事变发生，曾写了"殉教"
二字横幅以明志，缀语说："今居东齐湛山，复值倭寇之警，
为护法门，而舍身命，大义所在，何可辞耶。"虽然也表现了
护法、爱国的精神，却总还是嫌他消极了一些。时至今日，世
局大变，有卖国贼，虽然还是应该以铁禅杖打之，而主要的工
作更是以"大雄大无畏"的精神去"救世"吧，救整个世界，
以澄清天下为己任，而不是鼠目寸光的只看到身边和当前的一
己之私。

217

丰子恺先生在"遗墨"的序言中说："出家后诸艺俱疏，独书法不废。"弘一大师的书法前期写魏碑，晚年自成一格，别有真趣。叶圣陶说他早年各体碑刻都摹，下过苦功，才能"始于摹仿终于独创"，不是轻易得来的。又有人说他晚年书法似晋人，这就更不是我这门外汉能随便说的了。

曼殊上人的画

"艺林丛录"已经出到第五编了。这是由一个有分量的报纸副刊上的文章结集出版的，很有可观之处。这一编里有"记曼殊上人诗册"的文章，当我看到这一件东西时，诗册已是诗卷，据说是因为章行严先生的题诗之句称它为卷因而改装的，这也更易于保存。

我也颇为欢喜曼殊的书画作品，可惜不易得。《广东名家书画选集》里有他的一幅《茅庵谐隐图》，颇有风致。又曾经看到他的《吴门道中闻笛图》，也是复印品。原作不可见，因为都已经落入星洲一位藏家的手中，远远地到南洲去了。这书册原来是在香港的。

偶然看到《南洋商报》元旦特刊的一篇文章，才知道这一书册共有二十二图之多：第一是《一顾楼图》，第二是《华严瀑布图》，第三是《白马寺图》，第四是《拿舟金牛湖图》，第五是《天津桥听鹃声图》，第六是《独鹤听琴图》，第七是《写赠君墨》，第八是《丙午元旦与申叔过马关作》，第九是《登祝融峰图》，第十是《写增邓绳侯》，第十一是《写赠钵罗罕归印度》，第十二是《写秦嘉水龙吟词意》，第十三是《登鸡鸣寺图》，第十四是《万梅图》，第十五是《茅庵谐隐图》，第十六是《写亿翁诗意》，第十七是《江干萧寺图》，第十八是《写赠金凤》，第十九是《吴门道中闻笛图》，第二十是《莫愁湖图》，第二十一是《白马投荒图》，第二十二是《写增水野氏南归》。曼殊的画传世极少，二十二图聚于一册，真是大有可光了。

不过，那篇文章的作者却怀疑它的真实性，理由是二十二图是曼殊分别写赠海内外友人的，其中二叶送给印度僧人钵罗罕，一叶送日本人水野，就更不容易集中于一人之手，装成一册。因此怀疑这是伪作，"或系上人左右之好事者于上人生时所留存之副本"，——仿照画下来的。

这怀疑不能说没有见地。尤其因为这一画册从蔡哲夫手中流出的，而蔡哲夫正是"好事者"，以欢喜仿古出名，曼殊既是名僧，在他身后也制造一些假托的东西出来，就并非完全不可能了。我手头就有一个小小横幅，画的是仕女，画中有美数人，柳下待船，画得很清雅，也颇精。但有人指出，唯其画得精，就更可能不是曼殊所作，曼殊只是偶然作画消遣的，他画得秀，但不会画得精的。既静，就不大真了。这分析也颇能使人信服。这一横幅有画外题字，就正是蔡哲夫的手笔。

这自然也不能一概而论。《艺林丛录》提到的《曼殊上人诗册》也藏于蔡哲夫家，那就可以断定真而不假，不像他的画，那样的诗叶是不会有人去做假的。蔡哲夫生前也并不珍视它们，根本就没有装裱，几乎要散失掉。

曼殊画册的画外题词不少，其中有一则使我一看就忍不住发笑，那是"戴和尚"戴季陶题的：

"此画宜作一代之东方文化史结论看。民国十七年六月得观曼殊上人遗墨，抚今追昔，百感以之。传贤。"

册中的画虽然我只见过两三幅复印出来的，但从目录看来，就实在想不出和"一代之东方文化史结论"有什么关系。"和尚"而有此言，大约也算是他的"妙悟"吧。

另外诗人也觉得有些好笑的，是张继所题：

"前无古人，后无来者，此创造之极品也。民国二十五年十月二十八日张继再题。"

曼殊的画自有它的特色和可喜之处，但捧为"前无"而又"后无"的"极品"，就是爱好曼殊作品如我也不怎么能同意的。

这两位"大员"都显得如此可笑，使人们只能从这些题词中嗅到官僚气，而没有什么文化气息。

《南洋商报》的文章引了张继这一"再题"，附注说"初题不见此册"。这就是说，这一册已经不是那么完整无缺的了。

《曼殊大师全集》所载的传记，曾经提到这一画册是以"曼殊上人妙墨"之名出版过的。但那里面有两幅画是现在册中所无，一是《释迦佛像》，一是《耶马谿夕照图》，这图是寄给日本人西村澄的，而现在册中所有的《白马寺图》和写赠君墨的却又是那本"妙墨"所没有的。两者同是一物，同是二十二图，却有两图有异。这也可以做并非完整无缺的说明。

第十八图是写赠金凤的。图上题着："乙巳与季平行脚秣陵，金凤出素娟索画，未成而金凤他适。及后过湘水，作此寄之，宁使殷洪乔投向石头城下耳。"这几句题得很有情致。答应过的，一定做到，又使人想起他为赵伯先烈士写的《荒城饮马图》来，这幅画是赵死后才完成的，托人代焚于墓前，一英雄一美人，一欲付之火一投于水，倒是相映成趣的。不过，据说《荒城饮马图》并没有火化，受托者见而爱之，保存了下来，这也不坏，不过却辜负曼殊的一片心意了。

　　对于金凤，曼殊汇集过玉溪生的诗句怀念她：

　　　　敢将凤纸写相思，莫道人间总不知！
　　　　尽日伤心人不见，莫愁还自有愁时。

　　曼殊上人离我们已远，他若在，去年已是八十老翁了。前年冬天游西湖，曾到孤山他的墓前凭吊过。据说他的墓是受到保护的，他算是辛亥革命时代的志士。"壮士横刀看草檄，美人挟瑟请题诗"，这当年的断句虽然浪漫气息极浓，却也还是表达了一点点革命者的情怀。

半山一条文学径

原来在香港岛的半山，还可以串起一条弯弯曲曲的文学径，从文武庙附近开始，辗转反折，而到太平山另一面的浅水湾。

离文武庙不远就是红砖屋的基督教青年会，在那看来不大的建筑里，却有可容几百人的礼堂，在那里，鲁迅曾经做过两次演讲。

然后在坚道，罗便臣道宛转迂回，在奥卑利街，可以看到域多利监狱，日军占领香港时，戴望舒在那里面写下《狱中题壁》。

再从这一带往西，可以转到薄扶林道，那边半山上，在林风泉响中，曾经有过他的林泉居。

未到薄扶林，罗便臣道有叶灵凤住了几十年的旧宅，戴望舒也寄居过短时期。现在能看到的，只是高楼大厦的新建筑。

罗便臣道上，也曾有过许地山的面壁斋。从那里再去薄扶林，在般咸道上就还可以看到他在港大文学院任院长时的办公室，藏在绿荫里。到了薄扶林基督教坟场，看到的就是他长眠之地，"香港大学教授许公地山之墓"了。

墓地遥望墓地，再到香港仔，那里的华人坟场中有"蔡孑民先生之墓"。墨绿色的云石碑上，闪着金字，出自叶遐庵的手笔。

墓地望不见墓地，从香港仔到浅水湾，曾经有过一株红影树守护着"萧红之墓"的木碑。现在是一点遗迹也看不到，只剩下"浅水湾头浪未平"了。人们只能回味，先前徘徊在列提顿道圣士提反女校校园中想象当年萧红最后卧病的日子，议论是不是还有一部分她的骨灰隐藏在绿树下的黄土中——这是端木蕻良告诉小思的。

愿这红砖屋百年不变

五十年不变？不，最好是一百年也不变，一百五十年也不变，以至更久远。

面对着这座红砖的房子，我这样想。这是荷里活道必列啫士街五十一号。

必列啫士街，多别扭的名字！这译名反映了当年香港文化风貌小小的尖尖的一角。

我来到这里，是为了鲁迅，我面对这座红砖的建筑，是为了鲁迅。

鲁迅六十年前来到这里，是为了一次演讲、两次演讲，讲《无声的中国》《老调子已经唱完》。就凭这一点，这座建筑就应该成为"永远的"了。永远的基督教青年会！永远的青年！

这才想到，九七就正是这两次演讲的七十周年。这是一个很有意义的巧合。

这些年来，这座城市是拆了又拆，建了又建。我不禁为这座红砖的建筑物担忧。

它应当作为这座城市的文化古迹保留下来。二十世纪五十年代初看它时，就这样想；四十多年过去了，更加这样想。

我想找古迹办事处，想找文化艺术发展局。我想找也斯先生，想找李默女士：你们在一边发展文化艺术时，也分一点小小的精力，做一点文化艺术的保护工作吧。请你们！

现在，地皮很值钱，拆建很赚钱。但鲁迅先生遗留在香港的文化历史陈迹是无法用钱来计算的，是用再多的钱也买不回的。

彭定康先生，彭制军阁下（仿当年金制军金文泰的称呼）：你想九七光荣、体面撤回，最好在过渡期完成这件保护现代古物的工作。

鲁迅当年演讲的地方

我在半山文学径的起点处徘徊，禁不住要多看红砖屋几眼。眼看它被高高的竹架包围着，显然还在维修。

朋友后来告诉我，这维修已经进行了好些日子，红砖屋有些地方已经被"修"掉，不过，那只是很小很小的部分，无损于原来的面貌。这就更加显得它有必要正式加以保护，作为文物保存下来。

朋友进一步说，有人告诉他，屋子里面有一个房间，是鲁迅当年演讲时的休息室，已经被"修"掉了。好在礼堂还没有变动，还来得及保护。

225

这红砖屋是应该受到关注的，它不似文物又是文物，不是古物却比一般古物更有一段值得记忆的"古"。

在小思的《香港文学散步》中，附录有列随的《鲁迅赴港演讲琐记》。原来作者是当年鲁迅演讲的记录者，两次演讲《无声的中国》和《老调子已经唱完》，都是他做的记录，鲁迅看过，只改动了很少几个字，就成为定稿。原件送给北京鲁迅博物馆了。将来有机会，至少要存一份复印件在香港永久展出，最好当然是放在这红砖屋里，我想。

从这篇《琐记》中，我才知道当年邀请鲁迅来香港演讲的，是黄新彦博士。这位老先生是英文《东方》（东方地平线）月刊的发行人。当年常有机会见到他，却不知道是他使香港接近鲁迅的。真是失敬！

《东方》的主编洪膺，曾是我多年的同事，是很令人怀念的香港作家——也埋骨在香港的作家！

何人觅得萧红影？

"何人觅得萧红影？望断西天一缕霞。"

记得在聂绀弩的一篇文章的前面引用了《西青散记》中这两句诗句。总觉得有些奇怪，怎会有"萧红"这名字嵌在诗中呢？

我们就正是要寻找一点遗留下来的萧红影。

先到圣士提反女校的校园。园中有好些大树，据说其中的一株树下，埋葬有萧红的骨灰瓶。这是端木蕻良亲口对小思说的。当年萧红生病，曾在圣士提反的临时医院中住过，她死后，端木就把骨灰的一半葬在园中。为什么要一分为二，分葬两地？另一半葬于浅水湾是什么人经手的？

小思从北京回来后，动过尝试发掘的念头。校方似乎试过，但一直没有下文。

校园幽静，高树萧森。能找到什么影子？

我们只有到浅水湾去。那里的确曾经埋葬过萧红。在一株红影树下，竖立过"萧红之墓"的木碑。红影树的正名是凤凰木。这里不宜用正名，最好就是红影树——萧红的影子，多好！

但我们看不到萧红的影子。红影树倒是有一些，只是那依稀就是墓穴所在的地方，却失去了红影树，只有别的杂树。

"浅水湾头浪未平，独柯树上鸟嘤鸣，海涯时有缕云生。欲织繁花为锦绣，已伤冻雨过清明，琴台曲老不堪听。"聂绀弩的词句使人有轻微的伤感。

我们找不到十分准确的墓地，但又何必十分准确？只要萧红确确实实在那一带长眠了十五个年头就行了。骨灰是一九五七年迁去广州的。

"何人觅得萧红影？望断西天一缕霞。"

留还是不留

我希望鲁迅演讲的旧址能够保留，为香港留下一件值得纪念的文物。

我却又曾经希望蔡元培的坟墓不要保留，把它迁回北大去。

很多人不知道，蔡元培的坟墓在香港；更不知道，就在香港的华人永远坟场。

在两个"萧红"之间——圣士提反校园的"疑冢"和浅水湾的遗迹之间，有两座文化名人的坟墓，一是薄扶林基督教坟场的许地山墓，另一座就是蔡元培墓。

蔡元培墓挤在华人坟场里，记忆中有点挤得透不过气来。在内地，看惯了平地的坟墓，一见这山坡上的坟场，大大小小的坟重重叠叠，依山而建，就有些像看到活人住的山边木屋区，有挤得透不过气来的感受。第一次看到它，心里就想：为什么不把它迁回去，迁回北大呢？蔡元培一生是和北大分不开的，北大校园之大，已经容得下好几座坟墓，包括一些外国教授的，让这位老校长回去长眠，岂不甚好？

因此再三呼吁，还在《人民日报》副刊上写过短文，编者说这回一定有回应了，是《人民日报》登的啊！谁知就是这样近在咫尺的声音，也还是得不到理睬。

这回重到墓地，由于先去的是许地山墓，似乎还要拥挤，一到蔡元培墓，就觉得松了一口气，没有记忆中木屋的挤迫感。心想：不迁也罢！反正香港也要重新成为中华土。

小思是唱反调的，她说不迁最好！她总是为香港着想。

薄林有幸护落华

在薄扶林的基督教坟场里，有一座并不起眼的坟，"没有一朵花，没有一炷香，寂寂的在那里……"已经五十二年，"里面埋着一个为香港做过许多事的有用的人，一个著名作家，许多香港人不知道"！

我也多少年都不知道，直到近年。

直到今天，我才站在他坟前。

他就是"香港大学教授许公地山"，墓碑上这样写着。从墓碑上知道，他只活了四十九岁，虽然从照片上总是可以看到他的那一把胡子。

我们知道他的笔名叫"落华生"，多半读过他写的"落花生"。但半个世纪来，很少人知道他长眠在这个岛城，这个半山上，忍受了几十年的寂寞。直到有一天，有一位有心人根据坟场的编号，在一片坟头中找到了这一块青石碑。碑上字迹模糊，有心人叫她的弟子们来剔去苔藓，填上金色，碑文才清晰可见，这坟墓才算真正回到了人间。

这有心人就是小思。现在她又引领着我们来扫墓。

她发现这坟墓时已经荒芜了几十年，没有祭扫过，由于家人在遥远的北方，由于兵荒马乱和别的种种原因。现在它重回人间，总算可以让知道他、尊敬他的人有可能到坟前献一束鲜花了。献给这香港文学的先行者。

比起来，它不如蔡元培坟显赫。那也是一大块青色的云石碑，加上同样大小三块的墓表。一比，就使我不那么认为蔡墓非迁走不可了。这边似乎还挤迫一些。

几十年来，到过香港的著名作家不少，但能长留岛城，为海山生色的，就只有许公等二三人了。

绀弩端木香港一段缘

朋友借了我的文章给我看，如果不是有着我的名字，我还未必看得出来那是自己写的东西。

署名是"封建余"，这曾是我的笔名。它来自鲁迅杂文，常常提到的封建余孽。我写杂文就用了三个字，把那个"孽"去掉了。没有这一条尾巴，却还是看得出这一点意思。尽管原意是讽刺那些封建余孽的人和物，却总有时感到是在讽刺自己，承认自己就是这种余孽。这也是事实，谁能脱胎换骨，洗毛伐髓，把自己改造成一个彻底的新人呢？身上总不免要有点余有点孽吧。但把它挂在名字上，似乎有点不知丑恶，而且也逃不脱朋友的嘲笑。于是后来就改了两个字，成为"丰剑余"，像是一把出自丰城的宝剑，不是龙泉，就是太阿，这是小时候读古文《滕王阁序》知道的，"物华天宝，龙光射牛斗之墟"就是，想到这里，似乎又有点飘飘然神气起来了。

这是四十多年快五十年前的事，那时我在香港《大公报》工作，编辑副刊。朋友送给我的，就是这个《大公报》副刊上的一些剪报，他把一九四九年到一九五〇年的一些剪报按作者分类，剪贴装订起来，像一本薄薄的书。一本是《马桶间寄居者文录》，

231

一本是《真自由书》，一本是《每日杂文》。还有两本《讽刺诗专页》，那是分别来自《大公报》的《文艺》和《文汇报》的《彩色版》的作品。

《马桶间寄居者文录》的作者是绀弩，《真自由书》的作者是蒙田，《每日杂文》的作者就是封建余了。本本小小书的封面上都题写上书名和作者名，还盖上了藏章："冷眼向洋楼"。这个章来自毛泽东的诗句"冷眼向洋看世界"。篆刻的作者不用问就知道是作家卓琳清。几本小书都是他珍藏了几乎半个世纪的他的"作品"，每一本都是他精心的"创作"，剪贴装订得就像当年的杂文刊物《野草》那样大小，只是比《野草》薄些罢了。

我已经不记得自己写过这些文字，或编发过别人这些文章。灯下翻阅，当年的往事才一一重上心头，依稀出现，已不是那么清晰。

香港《大公报》是一九四八年春天在香港复刊的。这以前，抗日战争期间的一九三八到一九四一年，它也曾经在香港出版过。我是从重庆《大公报》调来参加这复刊工作的。当时有一个传说，说《大公报》的老板胡政之拿了蒋介石的二十万美元，在香港办报，实际上是批了这样一笔美元外汇，外汇和黑市美元价之间，差距极大，要说这是一个极大的赠送也可以。于是左派之间就有这么一个说法，说香港《大公报》是为蒋办的，因此左派作家要"杯葛"，不替《大公报》写稿。我当年从桂林而到重庆《大公报》，也被认为是一个小小的左派，这就被

232

选中了来港编辑副刊，希望能突破传说中的"封锁"。

谁知到了以后．不是原来的传说不准确，就是形势有变，左派的"封锁"并不存在，要不然我就恐怕要难为无米之炊了。事实上，报纸的新闻到副刊的版面，主要都掌握在左派的年轻同事手中，领导也是态度开朗的，基本上没有把报纸办得跟着国民党走。后来的事实更是相反。一开始，左派就不是"杯葛"，而是支持，左翼作家纷纷替《大公报》写稿。有些作家的写稿还成了生活上的需要，他们从内地南来，多数人经济上都很困窘。

绀弩就是一例。重庆官方包围《新民报》，要逮捕他，他匆匆逃来香港，住在九龙何文田梭标道一个劳工团体的厕所改成的住房里，那个团体是朱学范领导的，绀弩的妻子周颖在那里工作。绀弩因此才有了那《马桶间寄居者文录》的专栏名字，不是他有古人文章成于三上（马上、枕上、厕上）的传统，实际上他可以说就是睡在抽水马桶（屎塔）上，而且还是个打单的"寄居者"，作为家眷，夫凭妻睡，连式房家也不是。

至于蒙田，当然不是法国作家蒙田，也不是香港作家黄蒙田。我想了一阵，才想起好像是端木蕻良的笔名。后来从文章带有东北味，以及绀弩的揭发中，又得到了证实，就是他。

对于端木蕻良，绀弩好像一直有些情绪。这情绪来自萧红。绀弩二十世纪三十年代在西安，和萧红有过感情。就是那一回在西安，萧红最后决定跟着端木走。后来和端木到了香港，有

233

些人认为端木在萧红最后的日子里对她不够好，因此对端木颇有意见，绀弩就是其中之一。两人和陈迩冬都是好朋友，晚年在北京，两人有约到陈家，往往是一个去了一个就先走，避免同时在一起的不愉快。

端木的《真自由书》显然是从鲁迅的《伪自由书》而来，剪贴本的小书中有这样几篇：《拟冈村宁次致何应钦书》、《拟莫德惠致张学良书》、《第五度空间——拟鸡蛋致爱因斯坦书》、《拟萧伯纳致中国人民书》、《拟毕加索致×××书》（从文字看来×××可能是张大千）、《拟毕加索宣言》、《拟毕加索给蒙田先生一点更正》。一共是七篇。

但从绀弩的《马桶间寄居者文录》中却可以知道还有一篇《拟端木蕻良与蒋介石论红楼梦书》不知道为什么遗漏了，没有剪贴进去。此刻我只能从绀弩的文章看到一句，蒙田先生（也就是端木蕻良）说："蒋介石是贾政和王熙凤的私生子。"

绀弩又是怎么说起的呢？

绀弩的《马桶间寄居者文录》中还有几篇文章：《人与非人》《音乐牛谈》《三人坐》《迎骆宾基》《鱼水篇》《由萧军想起的几件事》《谈"拟致"》。和《文录》一样，也是七篇。我怀疑实际不止，没贴全。

《谈"拟致"》就是对端木放的冷箭。"拟致"就是有些文章的题目，"拟……致……书"。绀弩说：他自己也写过一篇"拟致"，是《拟聂绀弩先生向……书》，还注明了，这是"仿蒙田先生《拟端木蕻良与蒋介石论红楼梦书》"。他的文章作者署名就是绀弩，这就是绀弩拟"绀弩先生"，这就无异于揭发出，蒙田先生拟端木其实就是端木拟端木，自己拟自己。

绀弩实际上是在反对端木这些"拟致"体的文章，认为没有意思，其实不做过高的要求，也就不必反对。有些趣味，没有什么意思，但也没有什么恶劣的意识，也未尝不可以；能有一些意思更好，却也不必要求过多。不过，当年大家思想都过"左"，这样严格要求，也不足为奇；本来就对那个人有些情绪，因此容易流于严、流于苛，就更不足为奇了。

绀弩的箭是这样射出的。他说："'拟致'用得最多的，恐怕是蒙田先生了。比之于题目，我觉得他的文章倒是值得谈谈的。那些文章可以使读者震惊于他的机智、渊博、才气、勤快，以及一百种同类的好东西，可是缺乏一种更重要的对于文章则是生命的见解，也就是意见、意思。鲁迅先生嘲笑过做古文的秘诀，即说了一大阵，等于什么都没有说。以《萧伯纳致中国人民书》为例，蒙田先生的文章，不幸而类是。也许没有意思，正是文章的难能可贵处。赵元任的《阿丽丝漫游奇境记》的序文里，你看曾有这样的名句：'谁不能把文章写得有意思呢？但是你能写得没有意思吗？'诚然，我们不能写得没有意思；但是有人能的，例如蒙田先生。蒙田先生的文章也有点意思，可惜比起文章来，却少得出奇。以《论红楼梦书》为例，意思只有一句：'蒋介石是贾政和王熙凤的私生子。'凡此往往，如果有人愿意谈谈，至少，要比写俏皮题目有意义些。"

这几本小书只剪贴了两个月左右每周一篇的文字，我已经不记得他们到底写了多久，也不记得另外还有哪几个人在写什么专栏。我自己写那些杂文，既不是每日杂文，也不是固定专栏，它没有挂任何招牌，只是想到就写。也不太多，顶多每周两篇。算是我的那本小书中，有的是这些题目：《穷追与穷死》《爱敌如己·放走冈村》《且思索那死》《曲线获伪片》《吴裕后愤怒声明书后》《他们和她正像美国》《耳朵在美国》《谈代圣人立言》，也是七篇。

这最后一篇是谈一本书和一篇文章的，从《陈布雷回忆录》谈到徐道邻的《敌乎？友乎？》。徐道邻这篇长文又是名文，在抗日战争前夕发表，十分引人注目，人们多半认为那是向日本军国主义送秋波，侵略事实已经斑斑在目，还谈什么"友"呢？《回忆录》自我揭露，原来那是陈布雷"代圣人立言"的文章（"圣人"自然是蒋介石），用徐道邻的名义发表罢了。

我的这些文字当然不足道。绀弩的杂文自然是大手笔。端木蕻良这蒙田，这些"拟致"体的《真自由书》似乎并没有收进他后来出版的集子中，也许认为那是一时的游戏文章吧。其中的《拟莫德惠致张学良书》，是一篇骈文，在端木的文章中，这恐怕是空前绝后之作了。莫德惠是东北元老，是张学良被幽禁以后，少数还被允许去探望他的人。端木这个东北作家写这样的题目真是大有文章可做。不过，当时有当时的说法和看法，今天事过境迁，许多事情真相已露，对一些人和事的说法和看法可能要有所不同，就不必照旧认真，不妨只做谈助了。

国家大事，固然如此，个人感情，也可能有些谈不清的地方。就只能大处着眼，宜粗不宜细。

绀弩一九八六年在北京老病长逝。端木蕻良自己也在病中，送去一诗为悼："以诗作诔已寻常，未吊遗容欲断肠。天殒繁星空月冷，缁衣绀裹大弩殇。"绀裹大弩，正是绀弩的本色。

绀弩的逝去，至今已是十周年了。他是一九五三年离香港回北京的。二十世纪二十年代，他还往返经过香港，去过南洋，办过侨报。四十年代末五十年代初，他在香港工作、生活过好几年。后来以旧体诗名满全国的他，在香港却只留下了一诗一词，词是《浣溪沙·扫萧红墓》："浅水湾头浪未平，独柯树上鸟嘤鸣。海涯时有缕云生。欲织繁花为锦绣，已伤冻雨过清明。琴台曲老不堪听。"一往情深，柔情可见。

萧红墓在浅水湾，一九五七年骨灰内迁，原意以为会迁葬故山，回黑龙江，不料却被葬在和她毫无瓜葛的广州银河公墓。一九六四年绀弩以戴了"右派"帽子的北大荒劳改者劫余之身，南下广东，为她扫墓，一口气作了六首律诗，有"悠悠此恨诚终古，渺渺予怀忽廿冬""恨君生死太匆匆""乱搔华发向空濛"之语。

这一切，都只是为香港的文坛留下一段掌故了。

一九九六年七月

两次武侠的因缘

我和梁羽生有过两次的武侠因缘：一次是催生他的武侠小说，也就催生了新派武侠小说；一次是催生他对新派武侠小说的评论，也就是把新派武侠小说开山祖师金庸、梁羽生双双推上了评论的坛坫。前一件事许多人知道，后一件事知道的人就较少了。

三十年前的一九五四年，香港有两派的武术掌门人到澳门去比武打擂台，几分钟的拳打脚踢，就打出了几十年流行不绝的新派武侠小说龙争虎斗的世界。香港禁武术，要比武，得到澳门去开台。这一场太极派和白鹤派的比武虽然只打了几个回合，却造成了很大的轰动。有家报纸是把它当作头版头条新闻刊登的。我当时在《新晚报》负责主编的工作，在那一天的擂台热中，突然心血来潮，想到何不在报上连载一篇武侠小说，来满足这许多好勇斗狠的读者？编辑部几个人一谈，都认为打铁趁热，事不宜迟，第二天发预告，第三天就开始连载了。

我们是有这个条件的。《新晚报》其实就是《大公报》的晚报，日报和晚报是一家，两个编辑部在同一层楼里。梁羽生当时是《大公报》的副刊编辑，是一位能文之士，平日好读武侠小说；金庸当时是《新晚报》的副刊编辑，也是能文之士和武侠小说的爱读者。两人平日谈《十二金钱镖》《蜀山剑侠传》……经常是眉飞色舞的。这时候，这样一个临时紧急任务就落到了梁羽生的头上。他也就义不容辞地接受了下来。

说时迟，那时快，说干就干。当天的晚报已经出版，登载了比武的头条新闻；第二天头条新闻前的预告，就是梁羽生的处女作《龙虎斗京华》次日和读者见面。梁羽生是个快手，长篇的连载小说这就如期无痛分娩出来了。

这件事在当时真是易如反掌的，就和平常的约稿、写稿一样，不算怎样一回事。谁也没有料到，它居然成了武侠小说史上的一件大事：新派武侠小说从此诞生了。

后来的传说对于我们就真是新闻。说什么这是经过香港当地的党委郑重讨论过的，同意左派报纸也可以刊登武侠小说，还决定了由《新晚报》发表，作为尝试。更有传说，说决定这事的是北京，决定者是廖承志。越说越神了，其实事情哪有这么复杂呢。不过，廖承志倒是欢喜看武侠小说的。据说更高层领导人中也有同好者。

有人曾说，这以前香港并没有武侠小说，这以后才展开了武侠的境界。这也是一种可笑的想当然。香港报刊上是一直有武侠小说刊登的，不过故事和写作都很老套，老套到没有什么人要看。到梁羽生，才开了用新文艺手法写武侠小说的新境界，使武侠小说改观；金庸继起，又引进了电影手法，变得更有新意。

239

这就形成了新派武侠小说。顾名思义，可以想见在他们这些新派以前，已经有了旧派的存在，要不然，又怎么会有新派之名呢？

金庸的继起，是因为《大公报》见梁羽生的武侠小说很受读者欢迎，要他写稿；他一时难写两篇，他是《大公》的人，自然只能写《大公》而舍《新晚》。《新晚》怎么办？好在还有一个金庸，也是快手、能文。他早就见猎心喜，跃跃欲试，这就正好。他的处女作《书剑恩仇录》就以更成熟的魅力吸引读者了。

梁羽生初出，有些势孤；金庸后起，两人以双剑合璧之姿，大大地壮大了武侠小说的声势，奠定了新派武侠小说的基础。

梁羽生、金庸写作新派武侠小说，纯粹是一个偶然；新派武侠小说在左派报纸首先诞生，也纯粹是一个偶然。左派而影响扩大到香港许多报刊，更扩大及于台湾、南洋、欧美的华人社会，那就不是偶然了，它证明武侠小说还是很有生命力的。最后更在中国大陆上也大为风行，甚至有正统的文艺理论家奉之为"革命文学"，就实在出人意料，如果不是对自己的脑袋先做一番"革命"，恐怕就无法接受这文学上的"革命"论。

无论如何，旧派的、陈腐的、奄奄一息的武侠小说，由金、梁创新成为新派的武侠小说后，已经历三十年而不衰，而且产生了国际性的大影响。这固然和第二次世界大战后的世界形势与华人流布有关，但也表现了它自身的生命力。它的化腐朽为神奇，征服了许多高级知识分子和海峡两岸高级的领导人，是

240

文学史上一件大事，也是它本身多少带有革命意义的一件大事。

新派武侠小说诞生大约十年后，内地上开始了史无前例的十年，就在那一个开始之年，我们在香港带着一点不知不觉的懵懂，办了一个"形右实左"的文艺月刊《海光文艺》。说"形右实左"，是指它的支持力量而言，内容其实是不"左"的，它兼容并包，愿意不分左右刊登各种流派的文学作品，这兼这并，也包括了严肃文学和通俗文学。在当时，我们是把武侠小说常做通俗文学看待的，不像今天一些学者提得那么高，但把它们置于文学之林，也已经算是对武侠小说不歧视，够大胆的了。武侠而流于旧派的穷途末路，已经不登文学的殿堂。为了适应读者的兴趣，引起大家的重视，我们决定发表一篇金庸、梁羽生合论的文章，谈论新派武侠小说在他们勇往直前下的发扬光大。

作者找谁呢？首先想到的很自然就是梁羽生。当时金庸已经脱离了左派的新闻和电影的阵营，办自己的《明报》，而且和左派报纸在核子和裤子的问题上打过半场笔战了。把核子和裤子扯在一起，是因为陈毅当年针对苏联和赫鲁晓夫对中国的暗算，撤退专家，收回核弹样品，嘲讽中国妄想造原子弹一事，说了一句"宁可不要裤子，也要核子"的愤慨话。《明报》和《大公》《文汇》《新晚》"三赤报"——三家左派报纸展开了笔战。刚展开不久，"三赤报"就受到来自北京的制止，笔战"无疾而终"，一场笔战只能算是半场。左派和金庸以及他的《明报》，彼此俨如敌国，一般不相来往了。

《海光文艺》形式上不属于左派，可以例外，还能刊登些金庸的文章和谈论金庸作品的文章，因此准备在合论以后，继续发表不同意见的议论，包括金庸的议论。

梁羽生很爽快就接受了我的写稿的邀请，但却提出了一个条件：发表时不用真名，在有人问起来时，要我出面冒名顶替，冒认是作者。我当然一口答应了。

这就是《海光文艺》上，从创刊号开始，连载了三期的那篇两万多字的《金庸梁羽生合论》。为了故布疑阵，文中有些地方有意写来像是出自我的手笔，有些地方还加上些似乎委屈了梁羽生的文字。有人问是不是我写的，我也不怕掠美，承认了是文章的作者。一直到二十二年以后，我在为北京的《读书》月刊写一系列的香港作家，一九八八年写到《侠影下的梁羽生》时，才揭开了这个小小的秘密。

我以为在这样长时间以后，对这样一件小事说说真话，是对谁都不会有伤害的事。谁知道却伤了原作者梁羽生。海外居然有人做文章，说梁羽生化名为文，借金庸抬高自己。这一回，倒真是委屈了梁羽生。

事实上，我已经交代过，要写这样一篇文章的是我，不是梁羽生，梁羽生在听到我的邀请时并不是面无难色的。他有顾虑，怕受到责备。他倒不是怕有人指责他用金庸来标榜自己。那时候，他以新派武侠小说开山鼻祖的身份，声震江湖，以至南洋，金庸后起，名声更传台湾、海外，正是一时瑜亮，后来的发展是另一回事。梁羽生当时完全用不着借金庸抬高自己。

由于文章是他写的，他很自然地表现了谦虚，以"金梁"称而不称"梁金"。他说，论出道的先后，尽管应是梁、金，但仍称金梁，一是念起来顺一点，二是曾经有过一位清朝的末代进士、《清史稿》的"校刊总阅"名叫金梁（字息侯）。还有一个原因是他没有说的，那就是他自己的谦虚。在私下，他们两人开玩笑时是以师兄弟相称的。梁自然是师兄，因为他不仅写武侠在先，也比金庸要大两岁。

在合论的文章中，梁羽生实事求是地分析了各自作品的特色和优缺点，如金庸是"洋才子"，他自己有中国名士味；金庸小说情节变化多，出人意料，他自己则在文史诗词上显功夫。这里面没有对金庸的故意贬抑，更没有对自己的不实的吹嘘。

他把自己和金庸连在一起做合论，首先受到的指责是来自左派的高层。报馆的领导有人认为他是在为金庸做了吹捧。当年笔战不了了之，左派中人对金庸敌意方深，不骂他已经算是客气，去肯定他那是期期不可的。曾经不止一位领导在看了合论之后严厉批评梁羽生，有人甚至警告他，这样称赞金庸，当心将来"死无葬身之地"。他受了这样大的委屈，直到二十九年后的今天，才向我透露。比起来，今天那些飞短流长说他借金庸捧自己的说三道四，就只是以小人之心度君子之腹了。

梁羽生在那篇合论中，对自己也对金庸做了褒贬。既有对金庸的批评，也有自我批评。文章还在，找出来重读，就不难明白，那的确是实事求是的。

合论发表后，我请金庸写一篇回应的文章，也希望他能长枪大战，长篇大论。他婉转拒绝了，但还是写了一篇两千字左右的文章，名为《一个"讲故事人"的自白》，登在第四期的《海光文艺》上。我是有些失望了，当时的一个主意，是想借他的大文，为刊物打开销路。梁羽生并没有要借金庸抬高自己，我们的《海光文艺》倒是有这个"阴谋"的。那些嘲骂梁羽生的人，其实应该掉过头来，骂《海光文艺》才是。

金庸在他的文章中，谦称自己只是一个"讲故事人"，如古代的"说书先生"，把写武侠小说"当作种娱乐，自娱之余，复以娱人"，不像梁羽生那样，是严肃的"文艺工作者"。"'梁金'不能相提并论。"他带着讽意地说："要古代的英雄侠女、才子佳人来配合当前形势、来喊今日的口号，那不是太委屈了他们吗？"

但是不久以后，"文化大革命"来了，金庸却以他的《鹿鼎记》中的"英雄侠女、才子佳人来配合当前形势、来喊今日的口号"了，尽管他的"配合"只是反其道而行地讽刺"文革"，却也成了一点点自我嘲讽了。

这已经是距今将近三十年的往事了。世易时移，发生了许多变化，这许许多多的变化不见得比金庸、梁羽生小说中的情节更不离奇，更不使人惊叹或慨叹。

这些年来，遇见一些对新派武侠小说感兴趣的人，总爱半开玩笑半当真地说："没有你，就不会有新派武侠小说了。"哪有这回事！当今之世，人们有这方面的阅读兴趣，这就注定了新派武侠小说发展的必然性，我当时不过适逢其会，尽一个编辑人约稿的责任而已。我约稿，梁羽生、金庸写稿，这一切都是偶然。但他们两人终于成为新派武侠小说的大师，却是必然的，他们有这身手，必然要在雕龙、屠龙上显现出来。我只不过是可以被拿来开玩笑的材料罢了。

我还要说一点小小的秘密。不要以为我和新派武侠小说有过这种可笑可喜的关系，就一定有密密切切的关系。新派武侠小说我其实读得并不多，梁羽生、金庸都著作等身，我至今读过的也不过各三二部而已，不读则已，但一读就津津有味，废寝忘餐。这是我的又一个小小的秘密。

一九九五年十二月

侠影下的梁羽生

在中国香港、台湾，南洋，北美，西欧的华人社会中，有着两位"大侠"，一位是"金大侠"金庸，一位是"梁大侠"梁羽生，尽管他们都是西装革履之士，一点也不像人们想象中短衣长剑的英雄人物。

他们之有"侠"名，不在于剑，只在于书，在于那一部又一部的"新派武侠小说"。他们都是各有等身著作的作者。金庸大约有十五部四十册，而梁羽生却有接近四十部之多。一个是"金庸作品集"，一个是"梁羽生系列"——取名"系列"，真够新派！

谈新派武侠小说，如果不提梁羽生，那就真是数典忘祖了。金、梁并称，一时瑜亮，也有人认为金庸是后来居上。这就说明了，梁羽生是先行一步的人，这一步，大约是两年。

梁羽生的第一部武侠小说是《龙虎斗京华》，金庸的第一部武侠小说是《书剑恩仇录》，都是连载于香港《新晚报》的。一九五四年，香港有一场著名的拳师比武，擂台却设在澳门，由于香港禁止打擂而澳门不禁。这一场比武虽然在澳门举行，却轰动了香港，尽管只不过打了几分钟，就以太极拳掌门人一

246

拳打得白鹤派掌门人鼻子流血而告终，街谈巷议却延续了许多日子。这一打，也就打出了从二十世纪五十年代开风气，直到八十年代依然流风余韵不绝的海外新派武侠小说的天下。《新晚报》在比武的第二天，就预告要刊登武侠小说以满足"好斗"的读者，第三天，《龙虎斗京华》就开始连载了。梁羽生真行！平时口沫横飞坐而谈武侠小说，这时就应报纸负责人灵机一动的要求起而行了——只酝酿一天就奋笔在纸上行走。套用旧派武侠小说上的话，真是"说时迟，那时快"！

梁羽生能如此之快，一个原因是平日爱读武侠小说，而且爱和人交流读武侠小说的心得。这些人当中，彼此谈得最起劲的，就是金庸。两人是同事，在同一报纸工作天天都要见面的同事；两人有同好，爱读武侠，爱读白羽的《十二金钱镖》、还珠楼主的《蜀山剑侠传》……很有共同语言。两人的共同兴趣不仅在读，也在写，当梁羽生写完《龙虎斗京华》时，金庸也就见猎心喜地写起《书剑恩仇录》来了。时在一九五五年，晚了梁羽生一两年。

颇有人问：他们会武功吗？梁羽生的答复是：他只是翻翻拳经，看看穴道经络图，就写出自己的武功了。这样的问题其实多余。有谁听说过施耐庵精于武功？又有谁听说过罗贯中是大军事学家的？

正像有了《书剑恩仇录》才有金庸，梁羽生也是随着《龙虎斗京华》而诞生的，他的本名是陈文统。金庸的本名是查良镛，金庸是"镛"的一分为二。梁羽生呢？一个"羽"字，也许因为《十二金钱镖》的作者是宫白羽吧。至于"梁"，这以前，他就用过梁慧如的笔名写文史随笔，还有一个笔名是冯瑜宁，冯文而梁史。

梁羽生在岭南大学念的却是经济学。金庸在大学读国际法，梁羽生读的是国际经济。但他的真正兴趣是文史，是武侠。他们两人恐怕都没有料到，后来会成为武侠名家，而且是开一代风气的新派武侠小说的鼻祖。

新派，是他们自命，也是读者承认的。平江不肖生《江湖奇侠传》之类的老一派武侠小说，末流所及，到四十年代已经难于登大雅之报了，或者不说雅就说大吧，自命为大报的报纸，是不屑刊登的，他们就像流落江湖卖武的人，不太被人瞧得起。直到梁羽生、金庸的新派问世，才改变了这个局面，港、台、星、马的报纸，包括大报，特别是大报，都以重金做稿费，争取刊登，因为读者要看。南洋的报纸先是转载香港报纸的，由于你也转载，我也转载，不够号召力，有钱的大报就和香港的作者协议，一稿两登，港报哪一天登，它们也同一天登出，这样就使那些不付稿费只凭剪刀转载的报纸措手不及，而它却可以独家垄断，出的稿费往往比香港报纸的稿费还高。

新派，新在用新文艺手法，塑造人物，刻画心理，描绘环境，渲染气氛……而不仅仅依靠情节的陈述。文字讲究，去掉陈腐的语言。有时西学为用，从西洋小说中汲取表现的技巧以至情节。使原来已经走到山穷水尽的武侠小说进入了一个被提高了的新境界，而呈现出新气象，变得雅俗共赏。连"大雅君子"的学者也会对它手不释卷。

港台地区和美国的那些华人学者就不多说了。这里只举著名数学家华罗庚为例，他就是武侠小说的爱好者，一九七九年到英国伯明翰大学讲学时，在天天去吃饭的中国餐馆碰见了正在英国旅游的梁羽生，演出了"他乡遇故知"的一幕，使两位素昧平生的人一见如故的，就是武侠小说，华罗庚刚刚看完了梁羽生的《云海玉弓缘》。而华罗庚的武侠小说无非是"成人童话"的论点，也是这时候当面告诉梁羽生的。

"成人童话"，用这来破反武侠小说论者，真是不失为一记新招，尽管它有其片面性，因为不仅成人，年长一点的儿童也未尝不爱武侠如童话。

华罗庚当然是大雅君子了。还可以再提供例子，廖承志对这"成人童话"很有同嗜，这已不是什么秘密。秘密也许在于，比他更忙或更"要"的要人，也有"不失其赤子之心"的——对"成人童话"感兴趣的"童心"。这就无可避免地也就成了金、梁的读者。

比起既写武侠，又搞电影，又办报，又写政论，进一步还搞政治的金庸来，梁羽生显得对武侠小说更为专心致志。他动笔早，封笔迟（两人都已对武侠小说的写作宣告"闭门封刀"），完成的作品也较多。武侠以外，只写了少量的文史随笔和棋话。

梁羽生爱下棋，象棋、围棋都下。金庸是他的棋友，已故的作家聂绀弩更是他的棋友。说"更"，是他们因下棋而有更多佳话。聂绀弩在香港时，虽有过和他下得难分难解而不想回报馆上晚班写时论的事；梁羽生到北京，也有过和聂绀弩下棋把同度蜜月的新婚夫人丢在旅馆里弃之如遗的事。香港象棋之风很盛，一场棋赛梁羽生爱口沫横飞地谈棋，也爱信笔纵横地论棋，他用陈鲁的笔名发表在《新晚报》上的棋话，被认为是一绝，没有人写得那样富有吸引力的，使不看棋的人也看他的棋话，如临现场，比现场更有味。

当然，棋话只是梁羽生的"侠之余"，正像文史随笔也是他的"侠之余"。他主要的精力和成就不可避免地只能是在武侠小说上。从《龙虎斗京华》《白发魔女传》《七剑下天山》《江湖三女侠》《还剑奇情录》《联剑风云录》《萍踪侠影录》《冰川天女传》《云海玉弓缘》《狂侠·天骄·魔女》《武林三绝》《武当一剑》……以部头论，他的作品是金庸的两倍多以至三倍。

说"侠之余"，是因为梁羽生有这样的议论：武侠小说，有武有侠。武是一种手段，侠是一个目的。通过武术的手段去达到侠义的目的。所以，侠是最重要的，武是次要的。一个人可以完全没有武功，但是不可以没有侠义。侠就是正义的行为。对大多数人有利的就是正义的行为。

不可无侠，这是梁羽生所强调的。就一般为人来说，他的话是对的，可以没有武，不可没有侠——正义。但在武侠小说中，没有武是不成的，不但读者读不下去，作者先就写不下去了，或写成了也不成其武侠小说了。他之所以如此说，有些矫枉过正。因为有些武侠小说，不但武功写得怪异，人物也写得怪异，不像正常的人，尤其不像一般钦佩的好人，怪而坏，武艺非凡，行为也非凡，暴戾乖张，无恶不作，却又似乎是受到肯定，至少未被完全否定。这样一来，人物是突出了，性格是复杂了，却邪正难分了。这也是新派武侠小说中的一派。当然，从梁羽生的议论看得出来，他是属于正统派的。而金庸的作品却突出了许多邪派高手。

梁羽生还写过一篇《金庸梁羽生合论》，分析两人的异同。其中说："梁羽生是名士气味甚浓（中国式）的，而金庸则是现代的'洋才子'。梁羽生受中国传统文化（包括诗词、小说、历史等）的影响较深，而金庸接受西方文艺（包括电影）的影响则较重。"这篇文章用佟硕之的笔名，发表在一九六六年的香港《海光文艺》上。当时罗孚和黄蒙田合作办这个月刊，梁羽生因为是当事人，不愿意人家知道文章是他写的，就要约稿的罗孚出面认账，承认是作者。罗孚其后也约金庸写一篇，金庸婉却了。去年十二月，香港中文大学举行了一个"国际中国武侠小说研讨会"（主持其会的是著名学者刘殿爵），任教美国威斯康星大学的刘绍铭在参加会议后发表专文，还把这篇《合论》一再说是罗孚所作，又说极有参考价值。二十多年过去了，这个不成秘密的秘密也应该揭开了。

梁羽生这《合论》可以说是实事求是的，褒贬都不是没有根据。他说自己受中国传统文化如诗词等影响较深，这在他的作品中也是充分显示了的。他的回目，对仗工整而有韵味；开篇和终篇的诗词，差不多总是作而不述。信手拈来，这些是从《七剑下天山》抄下的几个回目："剑气珠光，不觉坐行皆梦梦；琴声笛韵，无端啼笑尽非非。""剑胆琴心，似喜似嗔同命鸟；雪泥鸿爪，亦真亦幻异乡人。""生死茫茫，侠骨柔情埋瀚海；恩仇了了，英雄儿女隐天山。"还有："牧野飞霜，碧血金戈千古恨；冰河洗剑，青蓑铁马一生愁。"可能是他自己很欢喜这一回目的境界，后来写的两部小说，一部取名《牧野流星》，一部就取名《冰河洗剑录》。

"笑江湖浪迹十年游，空负少年头。对铜驼巷陌，吟情渺渺，心事悠悠！酒冷诗残梦断，南国正清秋。把剑凄然望，无人招归舟。明日天涯路远，问谁留楚佩，弄影中州？数英雄儿女，俯仰古今愁。难消受灯昏罗帐，怅昙花一现恨难休！飘零惯，金戈铁马，拼葬荒丘！"这一首《八声甘州》是《七剑下天山》的开场词。收场词是一首《浣溪沙》："已惯江湖作浪游，且将恩怨说从头，如潮爱恨总难休。湖海云烟迷望眼，天山剑气荡寒秋，蛾眉绝塞有人愁。"他的诗词都有功夫，词比诗更好。

他在少年时就得过名师指点。抗日战争期间，有些学者从广东走避到广西。梁羽生是广西蒙山人，家里有些产业，算得上富户，家在乡下，地近瑶山，是游历的好地方。太平天国史专家简又文（二十世纪三十年代在《论语》写文章，办《逸经》

杂志的大华烈士）、敦煌学及诗书画名家饶宗颐，都到梁羽生家寄居过，梁羽生也就因此得到高人的教诲。简又文那时已是名家，饶宗颐还未成名，和梁羽生的关系多少有点在师友之间的味道。

简又文和梁羽生之间，后来有一段事是不可不记的。抗日战争胜利后，梁羽生到广州岭南大学读书，简又文在岭南教书，师生关系更密切了。一九四九年，简又文定居香港，梁羽生也到香港参加了《大公报》的工作，一右一左，多少年中断了往来。"文革"后期这往来终于恢复，梁羽生还动员身为台湾方面"立法委员"的简又文，献出了一件在广东很受珍视的古文物给广东省政府。一向有"天南金石贫"的说法，隋代的碑石在广东是珍品，多年来流传下来的只有四块，其中的猛进碑由简又文收藏，他因此把寓所称为"猛进书屋"。广州解放前夕他离穗到港时，说是把那块很有分量也很有重量的碑石带到香港了。台湾在注视这碑石。大约是七十年代初期，他终于向梁羽生说了真话：碑石埋在广州地下。梁羽生劝他献给国家。他同意了，一边要广州的家人献碑，一边送了一个拓本向台湾应付。"中央社"居然发出报道，说他向台湾献出了原碑。当时梁羽生还不知情，以为他言而无信，后来弄清楚真相，才知道是"中央社"故弄玄虚，也许他们想使广州方面相信简家献出的只是一面假碑石。但有碑为证，有人鉴定，假不了。这件事当时认为不必急于拆穿，对简又文会更好些。现在他已去世多年，这个真算得上秘密中的秘密，就不妨把它揭开了吧。

老师是太平天国史的专家，家又离太平天国首先举起义旗的地方很近——蒙山西南是桂平，金田起义的金田村就在桂平。蒙山有金秀瑶，容易使人想到金田村，朋友们或真以为或误以为梁羽生就是金田村的人。因此有人送他这样一首诗：

> 金田有奇士，侠影说梁生；
> 南国棋中意，东坡竹外情；
> 横刀百岳峙，还剑一身轻；
> 别有千秋业，文星料更明。

这里需要加一点注解。"侠影"和"还剑"是因为梁羽生著有《萍踪侠影录》和《还剑奇情录》。"棋中意"说他的棋话是一绝。"竹外情"就有趣了。苏东坡"宁可居无竹，不可食无肉"，其实是既爱竹又爱肉的，竹肉并重，但梁羽生爱的就只是肉。他已长得过度地丰满，却还是欢喜肉食如故，在家里受到干涉，每天到报馆上班时，在路上往往要买一包烧乳猪或肥叉烧带去，一边工作或写作，一边就把乳猪、叉烧塞进口里，以助文思。这似乎不像一边为文一边喝酒的雅，但他这个肉食者也就顾不得这许多。这还不算，有时他饥不能等，在路上一边走就一边吃起来，也许这就是他自己所说的"名士气味甚浓"吧。

"横刀百岳峙"，说他写出了几十部武侠小说；"还剑一身轻"，说他终于"闭门封刀"，封笔不写了。这就可以有工夫去从事能够流传得更加久远的写作事业，写朋友们期待他写的以太平天国为题材的历史小说了。这是千秋业，而他是可以优为之的。他应该写，谁叫他既是"金田人"，又是搞历史的呢？他应该写得好，经过几十部小说磨炼的笔，还愁写不好吗？

梁羽生是中国作家协会的会员。他出席过作协第四次代表大会。在会上，他为武侠小说应在文学创作中占有一席地位，慷慨陈词。这在港、台、南洋一带，早已不成问题。不少学者看武侠小说，有的学者更是作古正经地在研究、讨论武侠小说。一九七七年，新加坡的写作人协会还邀请梁羽生去演讲《从文艺观点看武侠小说》呢。写了几十年武侠小说的他（当然也还有金庸），是不会对武侠小说妄自菲薄的。不知道他们同意不同意，武侠小说在许多人看来，只能是通俗文学，尽管有了他们以新派开新境，似乎还没有为它争取到严肃文学的地位。历史小说就比较不同了，它像是"跨国"的，跨越于通俗文学和严肃文学之间，可以是通俗，也可以是严肃，严肃到能够成为千秋业。劝梁羽生写太平天国的朋友，大约是出于不薄通俗爱严肃的心情吧。

增订本的《散宜生诗》有《赠梁羽生》一律："武侠传奇本禁区，梁兄酒后又茶余。昆仑泰岱山高矮，红线黄衫事有无？酒不醉人人怎醉，书诚愚我我原愚。尊书只许真人赏，机器人前莫出书。"对最后两句作者自注："少年中有因读此等小说而赴武当少林学道者，作此语防之。"要防，其实"此语"也防不了。而事实上，世间虽有"机器人"，到底是少而又少的，多的总是"真人"，不会自愚，不会自醉。聂绀弩虽然在打油赠友，却未免有些严肃有余了。

一九八八年一月

话说金庸

香江有个查大侠

香港有一种特产，既是许多人熟悉的，又是许多人说不出来的。如果考考他们或她们，十有八九要答不出正确的答案，一定要追问："说吧，你说出来吧！"

我说，那是侠客。

你会说，这是瞎扯。侠客是古代的事物，说得准确一点，是古代的人物。不是一两千年前，也至少是一两百年前的了，怎么可能是香港这个现代国际大都市的产物，而且是特产？

是特产，因为只是香港才有，而香港也只有一两名。还能不特？

一名是金大侠，或查大侠；一名是梁大侠（没有陈大侠）。金大侠是金庸，也就是查大侠查良镛；梁大侠是梁羽生，没有人叫他陈大侠，尽管梁羽生原名陈文统，正如金庸原名查良镛。

他们之所以成为"大侠"，只因为他们有大著，写了大量的武侠小说。并不是因为他们"以武犯禁"，有一身武功，人在江湖，到处行侠仗义，路见不平，就拔刀相助。他们其实都不会弄刀舞剑，只懂得舞文弄墨，这一点是许多人都知道的。

明知道他们不会武功，但他们写出来的武功却是人人爱看，而且看得入迷，废寝忘食。明知道那是假的，看得比真的还要认真。

他们就是这样以假哄人，编造假的武功，加上形形色色的包装，骗了许多读者，或骗了许多人成为读者。

他们不仅骗孩子，厉害之处更在于骗大人（武侠小说被大数学家华罗庚称为"成人童话"，他老先生就是这样的"成人"）。最厉害的是能骗那些身居高峰以至巅峰的大人。华罗庚就是学术高峰上的大人，类似而更高更大的，到美国去问一下就知道。邓小平就是政治巅峰上的大人，他也是金庸的读者。廖承志这一级的就不用说了。查良镛这一生的命是够好的，就是没有得到毛泽东的青睐，要不然，能被请入中南海深宫里作客，和毛主席大谈韦小宝，岂非人间佳话？这样，他就是会遍了三代元首——毛泽东、邓小平、江泽民的三朝元老了。

这就十拿九稳，可以当上香港的特首了吧，专门导演武侠片的张彻，列举了查良镛的八大优点，可任特区行政长官。其实，八德怎及这三朝（朝见）？

而三朝的要害又在一侠。尽管人人都知道武侠小说是以假骗人的，但人人甘心受骗，还要夸他们骗得好，骗得妙，更希望他们多多益善地善哄善骗。不知道现在江泽民对武侠的兴趣如何？没有听见在他看到查良镛时，曾经念"吟到恩仇心事涌，江湖侠骨已无多",或者念"亦狂亦侠亦温文",这些龚定庵的诗句他总记得,龚定庵是和他们扬州打过交道的人啊!

查良镛不见得狂,也不见得侠,但是温文。他虽不侠,却是造侠者。怪就怪在香港的人,把造侠者就直截了当地当作"侠",称为"大侠",而对之膜拜了。查良镛和梁羽生就是这样坐上大侠的大位的,颇有点人在江湖,黄袍加身,身不由己的味道,真是强加!

还有更怪的,是香港人谈到正事,谈到政事,也往往要引用金庸武侠小说中的人和事来做教训,仿佛那些武侠小说,都是现代社会的《资治通鉴》。不是开玩笑,他们是谈得很正经的。这使人想到,查大侠真是治港的"真命天子"。这使人不敢去想《红楼梦》里的那两句话:"假作真时真亦假,无为有处有还无。"

难道我们的时代,我们的社会都是"假作真"的?

愿查大侠、梁大侠有以教我!

一九九六年

如果没有香港,没有金庸

女作家李黎新近写了一篇文章——《如果没有香港》,是因为香港回归有感而发。这样的题目可以触发出许多文章,我倒是为其中的一句话吓了一跳。

那不是她的话,是她引用别人的话。有人十分瞧不起香港

259

地说，香港没有什么，"除了金庸，只有平庸"。这话说得俏皮，只是太轻薄了，戴着多少顶国际中心帽子的这个大都市，却居然不在说话的人的眼里。

"除了金庸，只有平庸"这是一个矛盾的统一，相反而相成的合成体。平庸是庸，金庸不庸。金庸是"镛"的一分为二，金庸有金，金庸不庸是尽人皆知的。说话的人把金庸和香港分裂开来，把一个金庸和整个香港相比。这一比，显然是在李黎的文章以前，否则就不会被李黎引用。当她听到而想到如果没有香港这个命题时，她还能说出，香港，除了金庸，只有平庸吗？如果没有香港，世上还有没有金庸？

如果没有香港，金庸就只有在上海度过四十年代的末日而进入五十年代的日子，当他写他的处女作第一部新派武侠小说《书剑恩仇录》时，正好是大陆大鸣大放时期，他这部书还未写完，就进入大反右了。他有可能完成这样的作品吗？甚至他有可能开始写作这样的作品吗？

如果没有香港，世上就没有金庸。不夸张吧。颠倒过来，如果没有金庸，是不是就没有眼前这繁华的大都市香港呢？未必。

如果没有金庸，是不是就没有新派武侠小说？这话该请金庸自己回答，或梁羽生、或古龙（可惜死了）、或别的名家来回答。

如果没有新派武侠小说，香港就没有别的小说了吗？香港就没有文学了吗？甚至就没有革命文学了吗？正统的北京大学的正统学者，是奉金庸的小说为革命文学的。我不薄金庸的小说，我不能不薄这样的学者了。革命乎？真要命！

"平庸"的香港还出过容国团呢，中国的第一个世界冠军。也出了丘成桐，世界数学高峰的峰顶人。谁知道将来还要出什么杰出之士？

如果没有不平庸的香港！

一九九七年

万古云霄一羽毛

百年一金庸。

千古文人侠客梦。

万古云霄一羽毛。

百、千、万，百是广告文章，千是研究武侠小说的书名，万是赞颂金庸的成就。金庸之为金庸，他的成就就是武侠小说，金庸之外，他还有别的文章，别的成就，那是查良镛名下的成就了，不在金庸之内，也就不在我们的谈论之内。

"百年一金庸"，百年难遇，不世之才也。

"千古文人侠客梦"，是谈武侠小说的古与今，也谈了金庸，更以金庸为主探讨了武侠小说，但不全是金庸。

"万古云霄一羽毛"，这和金庸有什么关系呢？不明明是杜甫出名的一句诗吗？正是，杜甫用这句诗赞颂"诸葛大名垂宇宙"的诸葛亮，现在，我们的文艺理论家用它来赞颂金庸。

　　万古，是时间的永恒；云霄，是空间的无限；一羽毛，是唯它独尊。总之，是无以上之的崇高吧。

　　千百年来，人们对杜甫这句诗似乎并没有什么异议。那是因为诸葛亮的形象实在够大，人们没有想到要提什么异议。而诸葛亮之所以有如此大名，当然和他所建立的德、言、功三不朽有关。这些之所以不朽，之所以深入人心，至少在最近几百年来，靠了罗贯中的一部《三国演义》吧，人们主要是从这部通俗小说里认识诸葛亮的，当然也还有许多野老的传说，特别在四川、云南一带；也还有他的遗文，尤其是前后《出师表》。此外也要算上《三国志》，但那是远远比不上《三国演义》的。从这里可以看到通俗的力量。

　　从这里也可以使我们去想通俗和高雅的问题。《三国志》是不是比《三国演义》高雅呢？《三国演义》是不是就不高雅了呢？《三国演义》是不是反过来比《三国志》高雅呢？

　　如果在古人，如果就文字来说，当然要认为《三国演义》只是俗文学，《三国志》才是能登大雅之堂的作品。演义云云，是说故事人口中的东西，也流传于贩夫走卒的众口。但现代人的观念改变了。人们从《三国演义》中接触到许多英雄的形象和生动的故事，所能得到的远比读《三国志》为多，就在知识分子当中，也是如此。我们因此还能瞧不起《三国演义》，认为它水平不高？它的生动活泼，实在要高过《三国志》（其实不该把历史记载和小说著作相比，体裁不同也）。同时也不会由于它是白话（其实也不是今天的白话），而觉得它不雅。看到动人处，也要赞它雅，也就是精彩！

我们也知道，当三国的故事还没有正式成为《演义》这书，当它还是话本，或者还不是完整的话本，只是在民间各地，流传众口时夹杂着许多口语，也实在雅不起来。从俗到雅，就有这不断提高的过程。这当中，会不断摆脱俗。但故事的开始，也一定就包含着雅，生活中的雅，历史中的雅。在脱俗的过程中，雅由最初的粗糙最后变得精致、精彩！

我说《三国》，我想，《水浒》也是一样，水泊梁山的故事也是一样。

我这样想过《三国》，也这样想过《水浒》。想过罗贯中，也想过施耐庵。不到近现代，他们在文坛上是不会有越来越高的地位的。

这些早就想过了，但直到近年，才去想金庸，想梁羽生，如把金、梁和罗、施相比，他们不就是当代的罗、施吗？

我想，武侠小说不也是文学吗？由于多年积习，由于早些武侠小说的粗制滥造，我是曾经摇头的。正像初读侦探小说时，我曾经不认为它是文学。到了推理小说时，观感就渐渐不同了。这有些类似于读新派武侠小说的经验。我是从新派武侠小说开

263

始，才承认它是通俗文学的。然后，再逐渐看到了金、梁这些大家的精致和精彩。

这当然是我的认识落后于现实。

我发现甚至于在逐渐赶上现实时，今天我依然落后。我有过两次真正的大吃一惊。

第一次大吃一惊，是北京有北大的教授、正牌的文艺理论家赞扬金庸的武侠小说是一场文学革命，这赞扬是北大隆重颁发荣誉学位给金庸时的正式赞词，赞得十分认真。

武侠小说能够踏进北大的文学殿堂，进而高踞革命文学的大位，我实在是吃惊。这以前，北师大有教授把金庸推上大师的宝座，而且位列第四座，把茅盾、老舍都压下来了，那已使人吃惊。北师大又加上北大，大上加大了。

第二次大吃一惊，是看到这"万古云霄一羽毛"的盛赞而圣赞。这不是一时的第四，而是万古的唯一，就更加是我的思想所追不上的了。"万古"云云，是著名文艺理论家轻薄万古，直上云霄的议论。

我在追赶。我已经从通俗文学的层次又追而上之，认同金、梁他们的新派武侠小说，并不比严肃文学为差，有些成就更在一些严肃文学之上，而更加深刻、精彩。但我又记得北大教授、《千古文人侠客梦》作者陈平原的看法。他说，他从不看武侠小说而看新派武侠小说，以至于写书研究武侠小说，就写出了他这本《侠客梦》，但他还不能认同，武侠小说是比高雅文学更高雅的文学。我也如此，不知道这是不是不够长进。

我曾经劝梁羽生写太平天国作为名山事业，听说金庸也有过不写武侠写历史小说的念头。这多多少少都有写实在的历史高于虚构的侠客的味道吧。金庸还办过《武侠与历史》杂志呢，我认为历史比武侠正经，读者认为武侠比历史有味，已是"名山"。不知道侠不如史是不是错误的想法。

在"万古云霄"之下，我也许要急起直追，赶一赶时髦了。

一九九八年四月

刘以鬯和香港文学

如果你知道刘以鬯，你就可以多认识一个字了："鬯"。

鬯字怎么读？畅。什么意思？一是古时的香酒，二是古时的祭器，三是古时的供酒官，四是郁金香草，五是和"畅"字通，鬯茂、鬯遂就是畅茂、畅遂。

不过，虽然知道刘以鬯许多年，认识他又许多年，我还是在此刻动笔之前，才从《辞源》中翻查出这许多来的，这以前我只是知道"鬯"读畅，是酒器而已（这并不对）。

不过，不认识这个"鬯"字没有多大关系，重要的是认识刘以鬯这个人，如果你对香港文学有兴趣的话。

刘以鬯，原名刘同绎，字昌年，是香港真正的作家，真正的著名作家，不仅有名，而且有作品。这样说，是因为香港颇有一些虽有名气却没有什么算得上文艺作品的作家。

和叶灵凤、曹聚仁、徐讦一样，刘以鬯也是属于上海—香港作家之列。他们都是江浙人（在香港就是广义的"上海人"），都在香港生活工作了几十年，尽管刘以鬯比他们出生得晚些，登上文坛也晚些。但他今年也已有七十，可以称得上老作家了，虽然他看起来要年轻十岁或不止。多少年操纵着香港金融命脉的汇丰银行，它的中文全名是香港上海汇丰银行，它的英文名字却是香港上海银行。香港—上海，上海—香港，我有时想，像叶灵凤、曹聚仁、徐讦、刘以鬯……他们是不是也可以叫作"汇丰作家"呢？他们的作品都是丰可等身的。

以刘以鬯来说，他已经写作而且发表了六七千万字了。用七十之年来平均，连娃娃时节也算进去，平均每年要写一百万字，每月要写九万字，每天要写两三千字。一天两三千字不算多，七十年七千万字就不能算少了。

他说过，每天经常要写六七千字，多的时候要写一万二三千字。在香港作家中，这已是多产的。

作品虽多，出书却不多，只有十本左右，两个长篇：《酒徒》和《陶瓷》；四个中短篇集：《天堂与地狱》《寺内》《一九九七》和《春雨》；三个文学评论集：《端木蕻良论》《看树看林》和《短绠集》；以及一本《刘以鬯选集》。此外，还有几本翻译小说。

大量作品到哪里去了呢？作者自我淘汰了。

刘以鬯自称是个"写稿匠"，又自称是个"流行小说作家"。为了取得稿酬，维持生活，他写了大量流行小说给报纸副刊连载，只有极少数后来才出版成书。连载小说一般都是长篇，刘以鬯在出书时不惜大刀阔斧，把它们改写为中篇甚至短篇，大量文字被精简掉，更多的是被他称为"垃圾"而整个地丢掉。不像另一些作者，写一部出一本，每写必书，从不割爱。刘以鬯真是舍得自我割弃的。如中篇小说《对倒》、短篇小说《珍品》，都是由长篇连载改成中、短篇的。

从这里可以看到他的认真严肃。也可以看到，他自称的"流行小说"的"流行性"有一定的限度，不全是"行货"，删节改写以后，文艺性就突出了。

他认为写作是一种"娱乐"。这"娱乐"可以一分为二：一是"娱乐他人"，像那些"行货"；一是"娱乐自己"，就是那些可以成书的真正文艺作品。

虽然也写文学评论和研究文章，他主要写作的是小说。在小说的写作上，他主张"探求内在的真实"，也就是"捕捉物象的内心"，不要过时了的写实主义。他还主张创新，不断地创新，不要墨守传统的写法。这也是他的作品突出的特色。

他是最早采用意识流手法的中国作家之一，他的《酒徒》被称为"中国第一部意识流小说"（大体写作于一九六二年）。内地多年来存在着文化上的关闭和禁制，近年才随着经济开放而开放，也有用意识流写小说的了，但比起《酒徒》来，迟了二十年！《酒徒》可以说是首开风气之作。香港有人说，《酒徒》另有值得注视的地方，意识流不过其次而已，这恐怕是没有从港、台以至内地，全面地观察文艺发展的形势。尽管作者借小说主角的口发表了对一般文艺问题和香港文学现状比较深刻的看法，也比较生动地揭露了香港社会某些角落的阴暗面，但正像有人指出，辐射面是不够广的，发掘度也是不够深的，不如意识流的运用那么显得突出。

小说是用第一人称来写的，主角酒徒是一位作家。做过文艺副刊编辑，办过专业文艺书籍的出版社，到过南洋办报，回香港后为稻粱谋，写起流行小说，写起武侠小说，写起黄色小说来。这样的经历使人似乎看到了刘以鬯自己的影子。抗日战争期间，他先后在重庆编过《国民公报》和《扫荡报》的副刊；随了《扫荡报》的后身《和平日报》复员回上海，不久离开，自办怀正文化社，出版了姚雪垠、熊佛西、李健吾、戴望舒等人的作品。一九四八年到香港，进过《星岛日报》《香港时报》。以后去过新加坡，编过《益世报》，去过吉隆坡，主编过《联邦日报》。一九五七年回香港，重新进国民党的《香港时报》。一九六三年《快报》创刊，他转到《快报》编副刊直到现在，已经二十五年了。

但生活中的刘以鬯并不是酒徒，他不喝酒。有人问过他《酒徒》是不是写他自己，他说他只是把自己"借"给了《酒徒》。一个作者把自己"借"给自己所写的人物是并不值得奇怪的事，作者自借，这是他的文艺观。他不仅不喝酒，也没有写过拳头上的动作，更没有写过枕头上的动作，尽管他写了大量的流行小说。"酒徒"既是刘以鬯，又不是刘以鬯。

刘以鬯说他把自己"借"给了《酒徒》，其实，他也是有所借于《酒徒》的，借那个酒徒之口，发挥了他的文学见解。

回顾过去，"五四"以来的过去，几十年中，他推崇曹禺、鲁迅、李劼人、沈从文、痖弦……（事实上，他还推崇端木蕻良、

269

姚雪垠……）这里面戏剧、小说、诗歌都有了，但是散文呢？

展望未来，他认为，今后的文艺工作者应该：首先，要用新技巧来表现现代社会的错综复杂；其次，有系统地译介近代域外优秀作品；第三，探求内在真实，描绘"自我"与客观世界的斗争；第四，鼓励独创的、摒弃传统文体和规则的新锐作品；第五，吸收传统精髓，然后跳出传统；第六，取人之长，消化域外文学果实，建立合乎现代要求，保持民族气派的新文学。总的来说，"这样的'转变'，旨在捕捉物象的内心。从某一种观点来看，探求内在真实不仅是'写实'的，而且是真正的'写实'"。但是，只重内而忽略外，所写的也就可能是不足够的真实。以《酒徒》而言，内心的意识流从头到尾都是，淋漓尽致，作为外在背景的香港社会，虽然呈现，却不深刻。

尽管如此，《酒徒》依然是十分有特色的香港文学作品，既是香港的，又是有特色的。香港一九六二年就有了《酒徒》和别的创作，二十年后还要说香港没有真正的文学，那就实在太可笑了。

意识流是《酒徒》主要的特色，诗化的语言是它的另一特色。小说也能用诗化的语言来写吗？《酒徒》证明：可以——

金色的星星。蓝色的星星。紫色的星星。成千成万的星星。万花筒里的变化。希望给十指勒死。谁轻轻掩上记忆之门。HD的意象最难捕捉。抽象画家爱上了善舞的颜

270

色。潘金莲最喜欢斜雨叩窗。一条线。十条线。一百条线。一千条线。一万条线。疯狂的汗珠正在怀念遥远的白雪。米罗将双重幻觉画在你的心上。岳飞背上的四个字。"王洽能以醉笔作泼墨，遂为古今逸品之祖。"一切都是苍白的。香港一九六二年。福克纳在第一回合就击倒了辛克莱·刘易士。解剖刀下的自傲。蚝油牛肉与野兽主义。嫦娥在月中嘲笑原子弹。思想形态与意象活动。星星。金色的星星。蓝色的星星。紫色的星星。黄色的星星。思想再一次"淡入"。魔鬼笑得十分歇斯底里。年轻人千万不要忘记过去的教训。苏武并未娶猩猩为妻。王昭君也没有吞药而死。想象在痉挛。有一盏昏黄不明的灯出现在我的脑海里。

这不是很像现代诗的句子吗？它显得荒诞，不过，一个酒徒醉后的意识流动的就是荒诞。

还有大量的这样写景物的语言——

屋角空间，放着一瓶忧郁和一方块空气。

风拂过，海水作永久重逢的寒暄。

理想在酒杯里游泳。希望在酒杯里游泳。雄心在酒杯里游泳。悲哀在酒杯里游泳。警惕在酒杯里游泳。

烟囱里喷出死亡的语言。那是有毒的。风在窗外对白。月光给剑兰以慈善家的慷慨。

音符以步的姿态进入耳朵。固体的笑，在昨天的黄昏出现，以及现在。

雨仍未停。玻璃管劈刺士敏土，透过水晶帘，想着远方之酒窝。万马奔腾于椭圆形中脊对街的屋脊上，有北风频打呵欠。

不抄了，反正都是现代诗的语言，不是旧体诗，也不是一般的新体，而是现代诗。

刘以鬯还用他创新的，现代的手法，去写古代中国的故事。《寺内》是写莺莺、张君瑞（《西厢记》），《蛇》是写白素贞、许仙（《白蛇传》），《蜘蛛精》是写蜘蛛精和唐僧（《西游记》）。这是鲁迅的《故事新编》以后"现代"的故事新编。从古老的传说中变化出来，"探求内在真实"。

当然，他写得多的还是变化中今天的香港。《一九九七》写今天香港一些人的"九七"心态，忧心于"九七"之来，神经紧张中死于车祸。《犹豫》写来自上海的少妇，寄居姐姐家中的种种感情波折，折射出香港社会的形形色色。《不，不能再分开了！》写一对被海峡长期分隔的夫妇，重逢，再分别，终于再相聚。这一切，都是香港人，还有内地人，台湾人所关心的问题。刘以鬯显得比许多作者都更敏锐地抓住了它们。他虽然提倡"现代"，却并不回避现实。

在《不，不能再分开了！》中，他为自己的理论，"探求内在真实不仅也是'写实'的，而且是真正的'写实'"，做了一个自我证明。重逢的唐隆和燕花，"尤其是唐隆，几乎每说一句话都要叫一次姑妈的名字：'燕花，你听我讲'，或者，'燕花，千万别担忧'，或者'燕花，你知道吗'，或者'燕花，事情不是这样的'……开口'燕花'闭口'燕花'，他都因为三十年没有唤叫燕花，有意趁此补偿过去的'损失'"。这不是很深刻地写出了那种复杂的内心吗？

在刘以鬯的短篇中，有些是根本没有人物的。《春雨》没有人物，只写雨势的变化，思绪的流动，让读者从而感到混乱世界的动荡。《吵架》没有人物，只写吵架过后的场景，让读者从而得知人物的个性和事件的始末。

没有人物，没有主角之外，更有以物为主角的。《动乱》甚至有着十四个这样的主角：吃角子老虎、石头、汽水瓶、垃圾箱、计程车、报纸、电车、邮筒、水喉铁、催泪弹、炸弹、街灯、刀、尸体（尸体已是物，不是人）。刘以鬯让它们一个个出来，从十四个不同的角度，来观察一九六七年香港"五月风暴"时的动乱。作者在最后一句话中说出了他用十四个没有生命的东西做小说主角的用意："这是一个混乱的世界。这个世界的将来，会不会全部被没有生命的东西占领？"这样的《动乱》又一次证明，刘以鬯并不是回避现实的。

从已经提到的这些长篇、中篇、短篇来看，可以看到他在不断创新，几乎每一篇都有着不同的新手法。

还可以看看《链》和《对倒》。

和《动乱》的十四个物相反，《链》有着十个人，由第一个人带出第二个，第二个带出第三个，一直到最后带出的第十个，一个人一个故事。每个人之间，有如连环串着一般，就是这样的链！

《对倒》又是另一种情景。一男一女，一个是逐渐衰下去的老头，一个是青春骄人的少女，两人并不相识，只不过在故事发展的中间阶段，凑巧地坐在电影院中相邻的座位，彼此转过脸望望而已。散戏后各自东西，各自回家做好梦，老头在梦中和赤裸的少女在一起，当然，两人都是赤裸的。在两人到戏院以前和回家的路上，彼此交叉出现，各占一节，一节又一节地轮流出现，带出了好些香港的都市风暴：打劫金铺，车祸，二十年的变化……在两位主角之间、戏院的座位算是一个链吧。没有这连环转折，只有不断交叉，但也还是连上了。

还可以从《打错了》看到刘以鬯的刻意求新。同一个故事，不同的结尾。前边大半的故事相同，文字也完全相同，到了后边，一个打错了的电话改变了故事的结尾。一个结尾是：没有听到那个电话，主角出了门，到了"巴士站"，被失事的车子撞死了；一个是听到了电话，延误了出门的时间，挽救了一条性命。如此而已，并没有什么稀奇。但刘以鬯把它写成一头两尾，在《打错了》的题目下，就显得有些新鲜了。尽管没有多大意思，却可以看出刘以鬯一意追求创新。

在不断创新上，在严肃对待自己的作品（表现在大量割弃），刘以鬯都和西西相似。不，应该说西西和刘以鬯相似。从年龄和交往上，应该是西西师法刘以鬯。西西在出书时大量删削的《我城》，就是在刘以鬯编的副刊上连载的。

刘以鬯不仅是一位勤恳的写作者，还是一位出色的编辑人。他在重庆时为《国民公报》编的副刊，就以版面美而著称。后来在香港编《香港时报》的文艺副刊《浅水湾》时，也以版面的形式变化引人注意。更加引起文艺爱好者的兴趣的，是他为现代主义所做的大量介绍，据说，这早于台湾，尽管台湾后来兴起的现代主义热潮高于香港。这是一九六〇年左右的事。

他虽然也干过报馆的电讯主任、主笔以至总编辑，但主要还是编副刊。他从事文艺工作四五十年，和副刊结不解之缘至少有四十年。很少有这样长时期坚持的报纸副刊编辑呢。

他现在是《快报》的副刊编辑，又兼了《星岛晚报》文艺周刊《大会堂》的编辑。

近几年，他又是《香港文学》月刊的主编。这份立足香港，面向台湾和海外的文艺刊物，在华人的文学世界中，起着越来越大的作用。以往，他也和朋友合办过文学杂志《四季》，好像只出了一期。而现在，《香港文学》已经出了四十几期，生命力显得极旺盛，是一棵常青树的风姿。

他年来又担任了香港作家联谊会的领导人，埋头写作不喜应酬的他肯出来这样做，显示了他推动香港文学的热心。

他还不时应邀，担任一些文学评选活动的委员。有时还做文学专题的演讲。

他说过，香港有的是作家，少的是坚强的文艺工作者，他是可以当得上"坚强的文艺工作者"之名而无愧的。也许有人不一定对他所有的作品都给予很高的评价，但对他为文学工作所做的努力和坚持，却不能不有很高的评价的吧！

邑乎？邑乎？畅也！茂也！

一九八八年十月

徐訏的女儿和文章

半年以前，是徐訏先生逝世的十五周年。我想写点什么，终于未写。那也是叶灵凤先生逝世十周年的日子，我也有写点什么的想法。因此而又想到逝世已经二十三年的曹聚仁先生。

想到他们，是因为我仿佛记得，我第一次和徐訏见面，好像就是曹聚仁邀请我们几人小酌。他们三人是二十世纪三四十年代在上海就相熟的朋友了。

我们叫曹聚仁作"曹公"，我和他一见面，就爱说笑，"欲破曹公，须用火攻"。我们叫叶灵凤作"叶公"，免不了要笑他"叶公好龙"。只有徐訏，并不熟，没有叫他"徐公"，徐公在历史上也找得出，那就是有美男子之名的"城北徐公"。徐訏也可以算是美男子吧，有人说他长得像周恩来，他自己也爱说"同遮不同柄"，同相不同命的笑话，自叹是远不如"周公"了。

他们三人都是从上海来的。叶灵凤来时是抗战之初，时间最长。曹、徐两位都是解放之初来，谁早些谁迟些，我也不清楚。只记得曹聚仁来得喧哗，徐訏却是来得沉默的。曹聚仁以他公开发表的"南行篇"在报上开路，对中共有议论和批评，

277

事情本来平常，却引起了左派的声讨，我也是参加声讨的一人，直到多年以后，才悟昔日之非。

曹聚仁和徐讦后来合作办过《创垦》《热风》，似乎还有《笔端》这些杂志。但两人都是常怀异见，时有讥评，见面时也还是不免有顶撞的，印象中以徐对曹的批评为多。但两人还是不失为朋友。

我和徐讦认识以后，有时也就在朋友的宴集之中和他相见。我倒没有他往往显得神情落寞的印象，见他还是有说有笑的，最爱说的是他长得和周恩来有些相似，而命却大不相同，他说的是古代一个当朝宰相和寻常百姓的故事，两人都有一把大胡子，那做百姓的常常被人笑骂，就只得一把胡子还像个样子。他说时往往自己先就笑了起来。

他这个大作家并不是我约稿的对象。"文革"开始之年，我们办《海光文艺》这个刊物，当时还不怎么认识他，我认为他太顽固反动，没有把他列入"统战"约稿的对象。到后来比较熟悉了，也没有想到他可以替《新晚报》的文艺副刊写稿。只是一回，我约他写了一篇不算文章又算文章的文章，那却是为内地的一本书约的稿。

那是北京语言学院编辑、四川人民出版社出版的《中国文学家辞典》。参加编辑工作的朋友委托香港的人替他们向香港作家征求小传，我是受托去约徐讦的人，他写了交来，还附了一张素描的画像。《辞典》现代第二分册刊出的徐讦那一篇，就是出于他自己的手笔。尽管写得有点干巴巴，像一篇材料，不像传记，但还是可以当作他的佚文吧。《辞典》中有关香港作家的部分，可以说绝大多数都是作家们自己写自己，不是他人的笔墨，都可以算是他们的佚文。其中如有赞许之词，多数都带有自赞的成分，至少是作家自己认可了的他人的赞许。

这是一九七九年的事。大约是在这个时候，他向我提出了一件私事，问能不能帮忙。他希望把在上海的女儿葛原接到香港来团聚。我答应他试一试，就把情况向上级反映，从此就没有下文。他告诉我，申请早已进行，只是批准看来不易。他说，像他这种情况是有困难的吧。孩子生下来不久他就来了香港，几十年不见，已经成人了，人老了，很想看看她长成了什么样子，也想尽尽为人父的责任，培养她成才。

我一直在等消息，没有消息就不敢和徐讦提起这件事。到了第二年，到了徐讦因肺癌去世，消息才传到我的耳中，葛原已经得到批准，来了香港，而且又快要回上海了。

告诉我这个消息的，是司马璐。他一边告诉我葛原来了，但是不见容于这里的人，不让她住进徐家，甚至初时也不想让她参加丧礼，后来同意她在灵堂中出现，但要她在丧礼第二天就回上海去。司马璐另一边就向我建议，要我也不必去参加丧礼，因为台湾方面虽然对徐讦生前冷落，死后却包办了他的丧事，整个气氛不适宜我也插进一脚，踏进灵堂。他还说，有人还不愿葛原和我接触，怕会横生枝节。

司马璐是好意，但我考虑以后，还是决定去殡仪馆，向徐訏做最后的敬礼，但不做更多的逗留，行完礼就告退，免得有人多心。我当时也不知道葛原处境的困难，不想多事，也就没有要求见她一面。

出殡那天，我匆匆去了，又匆匆回报馆，当天亲自写了一段新闻发刊在晚报上，因为并没有派记者去。第二天，又在副刊上写了一篇短文——《徐訏离人间世》，以表个人的悼念。

我当时采取的是不挑战也不回避的态度。报道和副刊文字是表示于公于私我们对一个著名作家的尊敬。

我本来不怎么记得写过这篇短文，是翻看《徐訏纪念文集》中刘以鬯的《忆徐訏》，他提到丝韦当时写过一篇《徐訏离人间世》，谈到鲁迅写过两幅字给徐訏，我才记起这篇短文，但不记得具体还说了些什么。

徐訏写过一篇《鲁迅先生的墨宝与良言》，说到这两幅字。后来上海出版鲁迅的手迹印了出来，我曾经问过他，是不是还在他手边，他说没有带出来。

《纪念文集》中有这两幅字，显然是翻印上海出版的集子。其中一幅是横幅，是从左传到右的直书四行字："金家香弄／千轮鸣，／杨雄秋室／无俗声。"另两行落款："李长吉句录应伯訏先生属，／亥年三月鲁迅。"写在右下角。这样的写法少有。亥年是乙亥，一九三五年。

我那篇小文用"离人间世"做题目，是因为我早接触到徐讦的诗和文，就是从《人间世》和《论语》看到的。我那时还是中学少年，他已是名满南北的作家了。

徐讦去世后好几个月，我收到了葛原写来的一篇文章，不记得是司马璐还是别人转来的，写她从上海一个人孤零零到香港会父的遭遇，吃尽了苦头，受尽了凄凉，总算在襁褓中和父亲生离几十年后，得再和他做了十几二十天的惨惨戚戚的死别。我这时才深悔当时没有设法和她见一面。

葛原的文章在《新晚报》上刊登出来了，我至今不知道引起了什么反响，只是心中有个结，总希望有机会见到她，向她表达我的一点慰问和歉意。但我没有和她联系的线索，因为后来司马璐去了美国。

再过一年，我去了北京幽居。后来好像是通过苗子、郁风，才和葛原联系上的。这时才知道她为什么叫葛原，因为母亲姓葛。从小就"失去"父亲，她只有从母姓。就算没有"失去"，像这样一个"反动文人"的父亲，她们在那样的环境里，也是不适宜对他表示认同的。

我也是在刘以鬯的《忆徐讦》中，看到了这样一句话：抗战胜利"那时候，徐讦心情很好，结识了一个女朋友，姓葛"。她就是葛原的母亲了。猜想当年两人的感情还不错，要不，徐讦就不可能"心情很好"。

我一九九二年为看学林出版社《聂绀弩诗全编》最后的清样，从北京去过上海一趟。这就有机会见到了葛原和她母亲葛老师，多年来她一直是个优秀的教育工作者，现在退休了。母女都是老实人，老实得不像"上海人"。

在北京的时候，我决定送一套台湾出版的《徐讦全集》给葛原。她手边根本就没有父亲的著作，一本《徐讦纪念文集》也还是我把自己那一册转送给她的。我托香港的家人办《全集》的事，她们分几次才买齐了或基本买齐了一套。为了进口的无失，又转托了一个大出版机构，以他们的参考用书的名义进口，谁知许久都没有下文。追问之下，说是已经运进多时了。左查右查，没有下文还是没有下文。我只好另起炉灶，从头来过，再买了一套，总算完成了送到葛原手上的心愿，总算让她不辜负是徐讦女儿的身份。

徐讦不止一个女儿。在香港，人们知道的是在美国的徐尹白（她的哥哥徐尹咫在台湾），听人说，徐讦还有一个女儿在湖南，可能是他最大的孩子。《纪念文集》上有一张照片，是一九三五年拍摄的，其中有徐讦和林语堂两对伉俪，这位夫人看来当是徐讦的第一春，湖南小姐的母亲。葛老师是四十年代的第二春。年谱记载，一九五四年"在台湾与张选倩女士结婚"就是五十年代的第三春了。

但徐讦还有一个女儿，那就是女作家三毛。三毛是叫徐讦作"爸爸"的，而不是"干爹"。她实际上是徐讦的义女。

这个"义女"后来有一件事似乎欠一点义。她到了上海，去结交另一个"干爹"、漫画中男孩子三毛的"生父"张乐平，葛原知道有这么一位大有名气的"同父"异姓的姐姐时，满怀热情地去看她，希望从她那里多知道一点有关自己生父的情况，谁知受到的却是十分冷淡的对待，不知这是三毛对葛原的身份有怀疑，还是对她的地位有轻视，总之是显得不怎么友爱。葛原终于把初见三毛时受到的一点薄礼，折价购物送还，来而有往，礼也。事情做得对，事之宜者，义也。葛原人不错！大陆虽然有许多人"团结一致向钱看"，却也并非人人都是势利小人。

葛原在一个工厂里工作，母女两人生活是清苦的，多年来她们没有得到徐訏经济上的什么照顾，徐訏也顾不了她们。葛原在最后为父亲送终时，也没有得到什么遗产。她离开香港回上海时，只带回去一件礼物——一台电视机。这当然也是一种善意的表示。此外，那就真是身无长物了。

改革开放以来，内地重印了一些徐訏的著作，其中也有就在上海出版的，但作为徐訏的女儿，葛原却得不到丝毫的版税，因为她并不是徐訏遗嘱上的承继人。至于香港、台湾、海外出版物，她当然更沾不上边了。看来，经济上最陷于窘境的却是她和她的母亲。

内地好像也有人改编徐訏的小说为电视剧，不知道拍成了、放映了没有。当然，那也是和葛原不相干的。

"清官难断家务事"，这也就不该由我们这些旁人多所饶舌了。

徐讦，讦是宏大、和乐。

想起葛原，我总是想吁。

一九九六年四月八日

萧铜的不幸

一

朋友萧铜前几天遭遇不幸，住处发生了一场火灾，他和太太杨明都受了伤，他的伤势更重。希望吉人天相，早日康复。

那天早上看报，好几份报纸都有这一火灾的报道。由于报道中说失火之家是六十六岁的"老稿匠"，我就没有注意。由于我认识他多年，只是近年他才给我显得衰老的印象。六十年代之初他从台湾来香港，还是一名"小生"。我知道，他在台湾得过青年小说家奖。

朋友来电话，谈到他的不幸，才恍然大悟"老稿匠"就是指他，重新看报上的新闻，有的报上就称他为作家了。他的名字被叫作沈健中，想来是警方提供的。所谓"老稿匠"，显然也是出于警方之赐。

他其实不姓沈而姓生，不叫健中，而是鉴忠。据说是年羹尧的后人，避祸改姓生的，我没听他说过。

姓生的很少，有名的生公说法顽石点头的故事，那是五世纪南北朝时期高僧竺道生。真正姓生的也有，《万姓统谱》上说，

285

"阴治生之后，以名为氏。明湖广襄阳府有生氏"。

萧铜却不是湖北人。他的原籍好像是镇江，至今还有家人在镇江住。他是在北京长大的。说的是地道的京片子，爱的是京戏。他从台湾到香港来，一个原因就是在香港可以看到内地来的京戏和别的地方戏，他近来每去北京，住的都是护国寺人民剧院的招待所。

他近年身体差，稿也写得少，因为卖稿的地方少了。近况可念！最新的情况更可念！祝福他否极泰来！

二

不止一家报纸把老作家称为"老稿匠"，也不止一家报纸把生鉴忠说成是"沈健中"，我怀疑，这是警方的发布，才有这样一致的口径。

"沈健中"当然是南方的人误听了北方的口音，把"生鉴忠"登记错了，在发布新闻时，以讹传讹。

至于"老稿匠"，那就不是传讹，传达的是一种轻蔑，比"写稿佬"使人更感到轻蔑。警方有人有这样的口吻，不足为奇，怪就怪在同是写稿一族的记者、编者也会用这样的口吻来称呼作家，而且是老作家，无意间使得报纸降低了格调。我为写作者，也为报纸而生感慨，感到惋惜。

有人能接受"稿匠"，无动于衷，我却有感于衷了。

自称"稿匠"，这是自嘲，自嘲可以，他嘲就不好了。卖稿称"稿匠"，卖文为"文贩"，我常常想到晚明人的"文饭小品"可以叫"文贩小品"。尽管没有人自称或称人"文贩"，有人却把天天写的专栏认为"贩文认可区"，"像小贩的售物认可区一样。这一样是自嘲，也总使人感到一点凄苦。

最有名的是写作者自称为"爬格子动物"，这个自嘲具体而生动，有幽默感。发明权据说出于从上海南来的一位作家，最初的诞生地不知道是上海还是香港，人们采用了四五十年。看来下一个世纪里它就要流传不下去了，如果每个人都改用电脑写作，还有什么稿纸上的格子可爬呢？总得换一个名字吧，也许是电脑奴之类。

发了这些牢骚，当然因为我是更老的"老稿匠"。

三

从开始认识他起，在我眼中他的形象总是年轻的，他都老了，我还用说，这是感慨之一。他六十多岁，在我这个七十以上的人看来，他现在也还是年轻。在年轻人眼中，我当然更老了。我并不叹老，但不能没有感慨。

他是个作家，在台湾，以祥子的笔名得过青年小说家的奖，受过称赞。他写小说，写剧本。香港的电影《我又来也》就是他的剧本，还有不少我一下说不出来。他写散文，写剧话。他的那本《京华探访录》是我在普林斯顿大学图书馆书架上发现的香港图书。他的京剧评论是香港报上具有声势的专栏文章，不仅形式上大块（不是小方块），内容也大有分量。有的报上说他因此与"剧作家戴天齐名"，齐名不齐名是另一回事，只是戴天是诗人并非剧作家，这是许多人都知道的。

这样的报道和"老稿匠"的称呼，是使人感慨之二。一方面感慨一些报道的水平太低，把事情乱说一通还不知错，另一方面是报纸也太没有分寸了，居然把写作者（就不说作家吧）称之为带有轻蔑意味的"稿匠"。

匠，也不一定是轻蔑的称呼。如大匠，那就是美称。诸葛亮还是匠的集体，"三个臭皮匠"。但一般来说，匠有瞧不起的味道。写稿而被别的行业瞧不起，那没有办法，但让同是写稿人的记者、编者瞧不起，就不能不叫人感慨了。这当然也反映出叫人"老稿匠"的报纸没有分寸。这是感慨上的感慨。我们大家都应该更加长进一点吧，我想。

四

我不是作联会员，一九九三年从北京回香港就这样自律：不参加任何团体，不管是什么团体。

我替作联在帮助萧铜这件事情上说话，只因为我了解萧铜，了解情况。我看不惯有些人帮闲地瞎说。

萧铜二十世纪六十年代之初从台湾来香港，先是在电影界，后踏足新闻界的报纸副刊，最早大约就是在我曾经主编过的报纸写稿。首先认识他的不是我，是高朗。高朗是写诗的，来港以后写影话知名，这有些像何达。何达一直坚持写诗到晚年，高朗后来就只写影话和文史之作了。他的蓝湖影话是很有些读者的，是他把萧铜引进香港报纸副刊写作园地的，他当时主持我们报纸的副刊。

萧铜在台湾就已经是成了名的作家，以祥子的笔名写小说，得过奖。我怀疑祥子之名是由老舍的《骆驼祥子》而来，那是"京味小说"。萧铜擅长写"京味小品"，写的是北京，文字富京味，笔名是赵旺，出了书的有《京华探访录》。我在普林斯顿大学的东亚图书馆书架上随手一抽，抽出来的就是这本书，真有他乡遇故知的惊喜。

我在北京十年，他每去北京，必找我喝酒，涮烤羊肉。我们都爱喝二锅头。我在香港的日子，每年春节的年初二他一定到我家喝酒。如果有，就还是喝二锅头。二锅头是京味酒。

他是作家，一边喝酒一边写作的作家。我不是作家，我是一边写作一边喝茶的作者。

五

朋友萧铜有难，不幸被烧伤，情况虽有好转，至今还没有完全脱离险境，还不能离开深切治疗病房，实在使人深深挂念。

他出事后，一些对他不大了解，笔底下也欠斟酌的年轻记者，用"老稿匠""老文公"之类来称呼他，引起不满。人们也明白，这不是恶意，甚至也不完全是轻蔑，这样用的人也许以为只是一般的称呼，不知道语带轻佻，对他们说清楚，以后避免就是了。

初时听朋友谈起，有人称萧铜为"老文公"，我还以为是"老文工"。以为文工大约是指文化工人。谁知不是，只是"文公"。这又是怎么来的呢？历史上有名的韩文公韩愈，他是"文起八代之衰"的大文学家。"文公"没有什么不好啊，除非另有贬义，我还不懂。

报上也有人说，"稿匠"没有什么不好，这和"写稿佬""爬格子动物"一样，只是谦称，并非侮辱。这却不能使人同意。谦称是自己谦虚，没有替别人如此谦虚的。自称"爬格子动物"是一种幽默，当然也是自讽。自称"写稿佬"，就像我们干新闻工作的人自称"报纸佬"一样。没有自讽，顶多略略自轻，但用"稿匠""写稿佬""爬格子动物"称人，除非是熟人，就总不免多少使人感到轻蔑了，至少是不够尊敬，特别是对于年长的人。说谦称，就更是不通了，这会误人子弟的。误导对年轻人，陷于误用而不知自拔。这也是讲清楚了就可以的事，只是那些借别人不幸、为自己沽名钓誉争地位的人，那就只能令人齿冷了。

六

萧铜终于离开我们，离开这个世界了，在除夕的前夕。

他活了六十六岁，一生有一半是在香港度过的。其余大体是：三分之一在北京，六分之一在台湾。尽管他京味十足，他却是香港人。

他干过新闻工作、影剧工作，但大多时候是以写作为生。他是个作家，称他为"老稿匠"无论如何是不够尊重的。尽管有人要辩解。

称他为著名京剧评论员至少不全面，他谈京剧的文笔写得好，很内行，但他能写小说、剧本、散文。他文如其人，很有京味。他的散文很有特色，称之为香港名作家，他是可以当之无愧的！

他二十世纪六十年代之初来港后，首先就是替我所工作过的报纸写稿，写了差不多三十年。我们做朋友也至少三十年。他曾经说，我很像他在台湾的朋友李荆荪。不幸而言中，李荆荪在台湾坐了牢，我也有过十年"坐牢"的遭遇。

有一段时期不知道什么缘故，他突然骂我，每天晚上一到十二点半左右，就一定来电话骂我一通，怎么说也没有用，骂得我莫名其妙。后来不记得是怎么停骂的，也不记得又是怎么不言而又渐渐言归于好的。大家都仿佛没有过这回事，来往如昔。

他每年春节的年初二到我家喝酒如昔。

我在北京十年，他每去必找我喝酒。同上紫竹院附近的老西来顺，喝二锅头，吃烤羊肉，一乐也。

没有这乐事了。想起他的一生，只觉凄苦。

七

萧铜就这样成为过去了。

"萧瑟秋风哀落木，铜琶铁板吊斯人"。那天丧礼举行时，灵堂上这副挽联是动人心目的，这是香港文联所送。"魂归天国，爱遗人间"。我当场没有留意到，事后从报上看到，原来还有关朝翔医生送去的一副，他是曾经免费为萧铜看病，现在还为杨明免费看病的医生。

"萧瑟"那一联我初时也没留意，原来是嵌名联，上下联的第一个字嵌上了"萧铜"，颇见心思。"铜"字很难，用上"铜琶铁板"，和逝者生前深爱京戏，擅写剧评，正配得上。"萧瑟秋风"在时间上差了一点，时节已是冬天，渐近春节了。"萧瑟秋风"和"铜琶铁板"也不大对得上。后来送灵柩去钻石山火葬场，那边树木扶疏，我想，用"萧寺深山哀落木"，对"铜琶铁板吊斯人"也许还可以，但也勉强，把火葬场称为"萧寺"，把充满居屋的钻石山称为"深山"，实际上是硬凑，只不过字面上可以对就是了。

有人嫌挽联太少。治丧的朋友在这方面考虑得不周，缺少了一点文化，和逝者的作家身份有些不相称。

挽联少，废话多。我说的是牧师长得使人心烦的讲道。也是对某报上大赞萧铜，提出"萧铜精神"的文章感到有些可笑，文章的作者谬托知己，实际并不怎么了解萧铜，而某报正是当他在生时，只肯给他半个专栏，朋友替他要求多给半个也被拒绝的报纸，尽管编者也有难处，到底还是使人有一点人情冷暖的感慨。

悼佘雪曼先生

一

佘雪曼先生高年而大去，我失去了送殡的机会，心头十分沉重。

我在北京幽居的日子，从港报上看到"师母"去世的报道。以往在一起的时候，我总是叫他"佘教授"。叫他太太吴练青"师母"。

我也从京报上知道他到过北京，似乎不止一次。有一次接到一位女同志打来的电话，说佘先生来过了，匆匆忙忙来不及看我。她是负责接待的，他临走托付她打电话给我。

今年春节我回来后，接到了他自己打来的电话。我们终于在隔别十几年后又见面。他说，他是见过我的，在梦中。我当然十分感愧。

他送了近年新出的书画集给我。过去，他送我的书画已多。画有漓江风景，书法就多了，每年春节例有一幅贺年。

他的书法有特色，自称"连体"，因他自号连斋。要说自成一体当然也可以。他多年写瘦金体，晚年以画法入书，写来瘦劲飞动，自号"新瘦金书"。他又能双手书，有时要在人前表演一下双管齐下。

他的画当然是文人画。

他的诗文在我看来也许在书画之上。他是做过中文系主任的人。随便举一首东游小诗："水云空碧画图开，东国观光未忍回。日暮横滨秋色远，乱山摇梦月飞来。"

他崇拜曼殊，取名雪曼就是为此。雪蝶是曼殊的另一个名字。

前几天先得电话，知道去世。等我查到讣闻广告时，已是出殡后三小时，欲去无从，只有心中沉哀了。

二

佘雪曼、吴练青夫妇都擅长书法，都写诗。丈夫的书法有些柔，夫人的书法却较刚；丈夫没有出诗词集，夫人的诗集早就出了，一时找不到，记忆中也不是一般的闺秀诗。佘雪曼不时有一种顾影自怜的神态，而吴练青却有丈夫的气概。

翻看《佘雪曼书法集》和《佘雪曼书画集》，翻到了一些诗篇、诗句。

《漓江小诗》："无风水面琉璃滑，水面风来皱似纱；列阵群峰争戏水，刹那开出碧莲花。"阳朔有碧连峰，是有名的风景地，唐人诗中就有这样的绝句："陶潜彭泽五株柳，潘岳河阳一县花。两地争如阳朔好，碧连峰里住人家。"

《咏兰小诗》："袅曼见清真，悠然欲出尘。绝情风雨过，忽地有余春。"他有写兰技法："写兰须解书法，抚腕中锋，执笔近上，指实掌虚，求其灵活。"

写竹有诗："莫将画竹论难易，刚道繁难简更难。君看萧萧只数叶，满堂风雨不胜寒。"不知是他的诗还是古人诗？

画桃有诗："自唱新诗与明月，碧桃开尽雨声中。"

画人面桃花有诗："飞向江南绝俗埃，几番湖上任徘徊。戏拈亭畔柳枝笔，画得桃花人面开。"诗有小序："一九八四年岁次甲子，春花三月，余自香港飞赴杭州，消遣尘垒，作十日三游。于时妖桃吐艳，碧柳扬波，一红衣少女俏立亭下，索摄一影，偶忆崔护人面桃花故事，成此诗画，以志胜游。"画家当时年已七十五岁了，是夕阳照桃花的意境。

长跑者的长逝

一

何达终于离开我们，到另一个世界做"长跑者"去了，对这位《长跑者之歌》的作者的长逝，我有一种很难表达的感情。

我可能是香港文化界中最早认识他的人。我的意思是：一在香港，二在文化界。

大约是"北平和平解放"的前夕吧，他来到了香港，带着一身肺病，住在元朗。我是一九五二、一九五三年才认识他的，一位同事介绍他和我相识，他需要收入，我请他写稿，不是诗，不是散文，不是小说，是谈如何打羽毛球的专栏。这以后，又写了《你就是天才》对青年人谈心的文章。笔名是尚京。

他在抗战期间的西南大后方就早有诗名。他是西南联大的学生，闻一多欣赏的弟子。他一直想写闻一多传，始终没有写成。

写诗是不能换饭吃的，尽管他依靠羽毛球和"天才"登上了香港文坛之路，尽管他破天荒地打开了以新诗写专栏天天刊出的局面，诗也不能养活他和他的妻女。他后来写影评，一段时间夫妇合写，长时期他一个人写。这一写就是差不多四十年。

一九七九年我们一起去北京参加过第四次文代会。他一去不回，在内地逗留了一年多，从北京到新疆，从新疆到福建（他老家是福建的）……以一个长跑者的姿态，以一个冬天也穿短裤的运动员的姿态，在跑。他因此赢得了"短裤诗人"的外号，当我们以为他不会再回香港时，他却突然又在大家面前出现了。

再也没有想到，这位长跑者居然是以锯去半条腿而挣扎进入另一个世界的。

二

何达初来香港的时候，是靠妻子教书独力维持家庭的。他那时是病人，不能工作。恐怕也不能写诗吧。听说只是偶尔代代课。到他踏上香港文坛，卖稿为生后，妻子后来也从夫了，不再教书，改写小说，处女作是《香港小姐日记》。她就是夏易，原名陈绚文（像是陈韵文的姐姐），是何达在西南联大时的同学。

他们后来从乡下的元朗搬进市区，有一段时间和我们同住在一个台上。他们家中有一对小女儿，逗人喜爱，尤其逗人喜爱的是她们的名字：何其乐和何其妙。一提到这些名字朋友们就乐了。

忽然想起：何达夫妇又何妨叫何其诗、何其文呢？又想到这是对亡友的不严肃，就赶快收起这乱想。

何达原名何孝达，很正统的一个名字！在香港的笔名开始时用过尚京，写诗曾用过洛美（正统的还是何达），写影评时用叶千山。夏易写散文用林中雨，写影评用言茜子。而言茜子、夏尚早这些名字何达也用过。

何达爱讲话，爱从头到尾由他一个人讲话，雄辩滔滔，大有非说服对手绝不罢休之势——谁叫他是善朗诵的诗人？夏易相反，不大爱讲话。这一对夫妇是怎么相处下去的呢？最后却是处不下去。这中间他们也找我做过调解人，结果朋友们都知道：散了。"清官难断家务事"，我们又不是官。只能引用那名言，"幸福的家庭都是一样的，不幸的家庭各有各的不幸"了。

三

何达从内地回来才不过一年多，我就去北京一住十年有余，还不等到我回来，就听说他已经病倒，情况有些不妙。我回来后，去医院看过他一次。那是当年最后去探望徐訏的那家医院。我是和唐人一起去探望徐訏的，现在不仅徐訏、唐人都已经不在这个世界上，连何达也不在了。

"浮云一别后，流水十年间"的何达，看来很瘦弱，初时他根本不认识我了。"来将通名"以后，他才微微地点头，似笑非笑地招呼。"你是某某某吗？""你是负责某某报，也负责某某报的吗？"问了一次，隔一阵又问一次，反反复复，就是这两句话。

他是躺在床上的，腿部一直被遮住，没有露出来。没有去以前，有人说他已经锯了腿，有人说没有。离开医院的时候，

298

证实他的腿已经被锯掉。当时以为是两只，以后才知道只是一只。一只也罢，两只也罢，这是"长跑者"的腿啊！这是"短裤诗人"的腿啊！这是比别人更不可以锯掉的腿！

何达已经不是何达！这是探望他以后得到的印象。我也记不清他到底有几种疾病缠身，只是记得：老年痴呆。诗人怎么能痴呆呢？我唯有黯然。

我的唯一想法就是：生不如死。这个样子了，又是孑然一身，实在不必自己痛苦也叫别人看了痛苦。

听到他的长逝，我反而舒了一口气。

我一直是主张"安乐死"的。

我不说"安息"，这只是空话。

四

为了生活，正像刘以鬯也不得不写一些"娱人"的商品小说一样，何达也不得不写一些"娱人"的商品诗。但他是写过好诗的。

他早年可能是以写朗诵诗开始他的诗歌生涯，因此一直重视诗的朗诵性。直到他晚年，他都一直热心参加诗歌的朗诵教育。他主持过杂志的诗页。

他认识了许多年轻人，许多年轻的女孩子喜欢他。在内地"长跑"的那一年多，是有些他的浪漫传闻传回来的。

他和夏易都是香港少数去过艾奥瓦，参加"国际写作计划"

的作家。这是去北京参加文代会前的事了。

据他自己说，他曾经用了一百多个笔名。写了三千万字的影评，评析了二十年间在香港放映的五千多部影片。他看电影是很认真的，有时一部片要看几次。他每看电影都要记笔记，他有本事在黑暗中挥笔，在笔记本上记下他要记的东西。

他是不是才子且不说，他有的倒真是彩笔，他爱用五颜六色的笔写稿。基本的文字是黑色，大题目、小题目是不同的颜色，引述的文字又是不同的颜色，删改时用的又是另一种颜色的笔。

但他的日常生活却并不多彩（感情生活如何不知道），晚年的岁月更是黯淡，尤其是病中的日子。他平日已经不怎么注意生活，经常不好好吃一顿饭，买几个面包就是一天。一条短裤就是一年、两年……有人笑说，短裤已经成了他的商标，那是取不下来的了。这和买不买得起长裤并无关系。

像西西这样的香港女作家

西西不是 CC。

她虽然姓张，单名却是一个"彦"字，英文缩写不是 CC。

西西不是张爱玲。

她虽然也是出生在上海的，虽然名字也有一个"爱"字，却不是爱玲，而是爱伦（猜想这是她的"英"名）。

西西不是茜茜。她虽然也是女性，许多女性都喜欢在自己的名字上加点花花草草，不"西"而"茜"就是，尽管她们并不知道，"茜"不念"西"。

西西就是西西，是她的笔名，几乎是几十年一贯制的笔名。说似乎，好像她只有在写读书随笔之类的文章时，才用过另一个笔名阿果。阿果是她小说中一个男孩子的名字。

文如其人？从文章看，西西应该是一个男孩子，她的文章不带巴黎香水气（如果说《哨鹿》这部写乾隆行猎的长篇，就说不带脂粉气吧）。但是，她却以《像我这样的一个女子》有名。这是她以第一人称写一个死人化妆师的女子的爱情故事，由于这职业，使她失去了男朋友。

在不讳言自己的年龄上，她也显得不是一般的女性风格。

报刊上介绍她时，她的出生年代是很具体的：一九三八年。因此，人们知道她今年五十岁了。一九五〇年随父母从上海到香港时是十二岁，出第一本书《东城故事》时是二十多岁。

读书，教书，写书，再加上旅游。这就是几十年来的西西。哦，还应该加上侍奉母亲。

她读的是师范学院，教的是小学。一边教书，一边写作，后来学校学生少了，教师多了，要裁员，她就自动请退，当时离她的退休年龄还有二十多年。香港有两位作家都只是小学教师，一位是诗人古苍梧，一位就是西西了。

西西也是诗人，小说家兼诗人，还写散文。她又编过诗叶副刊。但在读者的印象中，她主要是小说家。

林以亮（宋淇）写长文分析她的小说时说："西西固然也写诗和散文，但她的作品毕竟以小说为主。"他这篇文章就是以《像西西这样的一位小说家》做题目的。台湾《联合文学》在出西西作品专辑时，有一篇《像这样的一个女子——侧写西西》。很显然，都是受了西西那篇小说《像我这样的一个女子》的影响。西西在出版她的阅读笔记（读书随笔）时，用的是《像我这样的一个读者》。可见得她是很爱"像我这样的……"。

"像我这样的"西西——为什么是西西呢？她说，这和陕西西安，密西西比河、西西里岛、阿西西甚至圣法兰西斯科等都没有关系，"西"不过是"一幅图画，一个象形文字"。

"我小时候喜欢玩一种叫作'造房子'又名'跳飞机'的

游戏，拿一堆万字夹缠作一团，抛到地面上画好的一个个格子里，然后跳跳跳，跳到格子里，弯腰把万字夹拾起来，跳跳跳，又回到所有的格子外面来。有时候，许多人一起轮流跳，那是一种热闹的游戏；有时候，自己一个人跳，那是一种寂寞的游戏。我在学校里读书的时候，常常在校园里玩'跳飞机'，我在学校里教书的时候，也常常和我的学生们一起在校园玩'跳飞机'，于是我就叫作西西了。"

为什么"于是……"？她说："'西'就是一个穿着裙子的女孩子两只脚站在地上的一个四方格子里。如果把两个西字放在一起，就变成电影菲林（胶卷——引者）的两格，或为简单的动画，一个穿裙子的女孩子在地面上玩跳飞机游戏，从第一个格子跳到第二个格子，跳跳，跳跳，跳格子。"

西西是跳格子。在地上跳格子的西西写文章时就是"爬格子"——在纸上跳格子。

二十年来，不管是"热闹的游戏"还是"寂寞的游戏"，在纸上跳格子的西西跳出了：长篇小说《我城》《哨鹿》和《候鸟》，中篇《东城故事》，短篇《交河》（小说，散文）、《春望》和《像我这样的一个女子》，诗集《石磬》，还有许多有待于编成集子的文章。

《东城故事》是她出的第一本书，但她的第一篇小说却很可能是《玛利亚》。玛利亚是一位被派往法属刚果服务的法国修女，被自称为"狮子"的土著武装所俘，看见当天被俘虏唯一活下来的法国雇佣军，那个被捆被铐的二十岁的青年人，唯一的要求就是喝一点水。一头"狮子"用一壶水浇了他一脸，另一头"狮子"在玛利亚苦苦要求下给了她一个水囊，却被第三头"狮子"抢去冲洗脚上的泥。玛利亚帮助那雇佣军蹒跚地走到河边，用双手捧水给他喝，没到嘴边水就流光。再一次水捧到嘴边时，背后连响七枪，他终于倒地，再也不要喝水了。正如林以亮说的，这是一个战地记者才敢写的故事，西西却以一双"新手"写出来了，而且一鸣惊人。不用说，对于一位只有二十多岁，一直是从学校到学校的这样的香港女子，战争和刚果，土著武装和雇佣军，这一切都只能是陌生的，她不但写出来了，而且写得叫人赞好。

《玛利亚》如此，《哨鹿》更是如此，不过，那是很不同的另一种难度，可能是更大的难度。

《哨鹿》是乾隆到热河木兰围场猎鹿的故事。从圆明园到避暑山庄，到木兰围场，是不同的场景；从清高宗弘历到哨鹿人阿木泰（王来牛），是不同的主线；从帝王家的豪奢到百姓家的饥寒，是不同的生活；从圣主明君到草莽志士，是不同的角色；这些三百年前的历史，历史画卷的细节，不比同时代的刚果要更加陌生吗？特别是一个香港的"番书女"。不是辛勤地搜集、整理、消化这一切资料，是绝对写不出来的。而以传统叙事技巧大量运用这些资料时，当然就需要驾驭的本领才能挥洒自如。

既有传统的，又是现代的，两种技巧在《哨鹿》中交叉运用。写实，想象，倒叙，推移，跳跃……不平铺直叙，却又不杂乱纷呈，两条主线是纠缠着的，但脉络分明，对比清晰，结构和布局是谨严的。

哨鹿，就是由人扮鹿，吹起一种名叫乌力安的白木管，发出呦呦的鹿鸣声，引出鹿来，让狩猎者发箭射鹿。箭无虚发的乾隆这回因换了闪光的指环耀眼两箭才射中鹿，他不免心头有憾，却不知他已经造成了更大的憾事，第一箭实际是杀了哨鹿人，第二箭射中的才是鹿。而这一憾事又隐藏了另一更大的憾事，要哨鹿人以毒针射进中箭倒地的鹿身，以便乾隆获鹿后饮鹿血时中毒身亡的计谋也因此告吹了。就是这么一个故事，"秋狝""行营""塞宴""木兰"，四章文字无非是为了这最后一章的最后一节。

《哨鹿》显出了西西的功力，受到了知音的赞赏。林以亮就说："《哨鹿》的结构犹如一首交响曲，共分四章，就是"秋狝""行营""塞宴""木兰"这四章。整首乐曲有两个主要旋律，一是乾隆的，明朗而响亮，所有乐曲齐声奏出，听起来庄严华丽，气象万千，虽然偶有变调，其发展程序颇合正统古典音乐；另一是阿木泰的，柔和而单纯，由音质较轻的乐器奏出，可是变调太多，不谐和音屡次出现，兼次序颠倒，听上去较像现代音乐。听众耐心细听，会发现两个旋律此起彼落，此应彼和，隐约中相反相成，到了最后互相交缠，融为一体，回到主题（即猎鹿）上去，形成有力的结尾。"——是这样的知音。

但在这支交响曲中，古典音乐（乾隆）这部分，有时显得材料堆砌（甚至是照搬清代的文言），有些其实是可以割爱而无碍于情节发展和气氛营造的，不割反而有碍；而现代音乐（额克木、阿木泰父子）这部分，有时又似乎太过现代化了，影响到历史的真实感。那些"奇异的眼睛"，那些要猎取乾隆这头"很大很大的鹿"的人（这都是现代语言），到底是出于逼上梁山的造反，还是出于"兴汉排满"的感情，有些交代不清，尽管最后出现的"奇异的眼睛"，头上拖着花翎，身上穿着满族官服（当时有没有另外的汉族官服呢）。一般来说，当时有的是"反清复明"的志士，不大可能有清醒地反对"当今圣上"的反封建起义者。而那两位"圣上"——康熙和乾隆，在我们作者的笔下也嫌被歌颂得太多了一些。这又反过来削弱了猎大鹿的意义。

不过，《哨鹿》是应该获得赞赏的，尽管从另一些角度来看，我很喜欢《我城》。

《我城》，我的城，我们的城，出于像西西"这样的一个女子"的笔下，当然就是香港了，尽管据说可以泛指任何城市。她写了一个叫作阿果的青年人所接触到的种种事物，用一片童心表现出来。这些事物有：水灾、水荒、越南难民船、海员、市肺（公园）……当他被录用为修电话的工人后，高兴极了："哦，那个老太阳照在我的头顶上，那个十八世纪，十五世纪，二十七世纪，三十九世纪的老太阳。从明天起，我可以自家请自家吃饭了，我可以请我娘秀秀吃饭了。我很高兴，我一直高兴到第二天早上还没有高兴完。"像这样的童"话"充满小说，有人说《我城》是童话小说，因为除了童"话"，还有大量的童话，像"即冲小说"就是很有趣也很有意义的一个。

最近，苹果牌小说出版社有了一种新的产品，那是经过多年试验出来的发明，叫作即冲小说。它的特色是整个小说经过炮制之后，浓缩成为一罐罐头，像一罐奶粉一样。看小说的人只要把罐头买回去，像冲咖啡一般，用开水把粉末冲调了；喝下去就行了。喝即冲小说的人，脑子里会一幕一幕浮现出小说的情节来，好像看电影。

这种苹果牌即冲小说当然是开创了小说界的新纪元，它的优点是不会伤害眼睛，不必熟悉英法德意俄文，所以，生意很好。据喝过苹果牌即冲小说的人报道，侦探小说的味道是有点苦涩的，纯情小说的味道有两类，一类像柠檬一般酸，另一类如棉花糖一般，甜得虚无缥缈。

书评人对苹果牌即冲小说的评价又是怎样呢，有一个书评人的意见是这样：在这个时代，大家没有时间看冗长的文字及需要很多思维的作品，所以，应该给读者容易咀嚼的精神食粮，要高度娱乐性，易接受，又要节省读者的时间。因此，苹果牌即冲小说是伟大的发明。

西西自己说，她写《我城》采用了幻想的手法，和拉丁美洲的魔幻现实主义不同，有幻而无魔。有人说可以叫作幻想现实主义，西西说也许可以叫作童话现实主义。不管什么主义，它总是现实的。

这个长篇一边写，一边在报上发表，不算长，只写了十六万字。到出书时，就更不能算长了，被她狠心删去了十万字，只剩下六万字，勉强算是短的长篇。虽然有个故事大纲，但边写边加入新的材料（随时发生的新闻），因此显得松，整个来说，故事性也不强，但还是反映了香港这个城市的生活面貌。新的表现手法增加了它的可读性。

西西不但用《我城》来写香港，也用一个"肥土镇"来写香港，已经写了些短篇，还准备写一系列《肥土镇的故事》。

西西是这样谈她的"肥土镇"的："香港有一个研究处理废物的政府部门，以科学的方法把废物分解，利用细菌吃掉其中的有机物体，余下的渣滓，就丢弃在屋背空地上，一些雀鸟飞过，带来了种子，那里居然长出了非常肥壮的果实，譬如番茄、萝卜，比原来的要大许多倍。一位亲人趁工作之便，曾获得一份肥土的资料报告，整个过程方式据说都记得很详尽，我知道后大感兴趣，这是'肥土镇'的由来。其实我一直想写一系列关于这个镇的故事，即使不冠上这个镇的名字。可惜后来这份资料还没有翻读，从另一位亲人那里失去了。肥土这种东西，我只能根据想象，从侧面下笔，恐怕这就缺少了作证的细节了。"
所谓"肥土镇"，其实也就是香港，香港还不算肥水肥土？不
忘"作证"，可见她的认真。十六万字的长篇《我城》删得只
剩下六万字，更可见认真！《图特碑记》是她游埃及后写的一
个短篇，整整写了半年，重写了六七次才定稿，还能不说认真？
写这篇小说，她参考了许多有关埃及古文物的书籍，初稿全部
用文言写，以见其古，但她的《素叶》朋友都反对她："五四新
文学运动就是革文言文的命，你怎么可以复古？"她被这"新
文学运动"的大旗打倒了，只好从头来过，改用白话文写，但
还是不忍割爱，第一段的前言依然保留了文言文，尽管她说自
己的文言文不行。

对写作的认真还表现在她不断探索，尝试各种写作方法上，
因而显得多姿多彩，常有新意。她说："写小说，一是新内容，
一是新手法，两样都没有，我就不写了。"随便举几个短篇的例：

在《感冒》中，她用括号先引用十九次古诗后引用
十一句现代诗来反映女主角内心的反应。如她的订婚是由
于父母发现她已经三十二岁了，引的是"日月忽其不淹兮，
春与秋其代序"。如第一次重见阔别八年的老同学两情相
悦时，引的是"既见君子，云胡不喜"。如写到"整个冬天，
我没有游泳过，整个冬天，我是那么地疲乏，仿佛我竟是
一条已经枯死的鱼了"，引用的是痖弦的诗，"而无论早晚，

你必得参与草之建设"。如写到她离家出走，很可能是投向老同学的身边时，又是引痖弦的诗，"可曾瞧见阵雨打湿了树叶与草儿，要作草与叶，或是作阵雨，随你的意"。

在《玛丽个案》中算是正文的只有八句，每句一段，每段之后用括号如加注脚似的用一些名著来说明问题。第一段："她的名字叫玛丽。"括号里的文字说："至于她的姓氏，我记不起了。对于别人的姓氏感兴趣的人，可以去看费多尔·米哈依洛维奇·陀思妥耶夫斯基，或者，伊凡·谢尔盖耶维奇·屠格涅夫，又或者，尼古拉·华西里耶维奇·果戈理等人的小说。在他们的作品中，人物的姓氏，至少就像他们自己的姓氏，展列得非常详细。"依次的六句是："玛丽是长期居住在瑞典的荷兰籍儿童。""玛丽的瑞典母亲去世了。""玛丽的父亲成为玛丽的监护人。""但，玛丽提出更易监护人的请求。""法院根据玛丽本人的意愿，指定一名妇人做她的监护人。""荷兰与瑞典，为了小小的玛丽，闹上国际法庭。"最后一段也就是第八句："一九五八年十一月二十八日，国际法院判决：荷兰败诉。"跟在后边的注文说："因为荷兰实行的是监护法，瑞典采用的是保护法……前者是头上另系一层监管。把某片土地圈开来以便保护野生动物，以及把动物捉起来放进某个动物园里，毕竟是两码子事……可是，我们就不当小孩是有意愿的人吧。万一他们有，又怎么办？……至于能够尊重孩童意愿的作品，我仍在找寻。"一百多字的八句正文是枯燥无味的，加上注文就好像加了油盐和味精了。

在《永不终止的大故事》中，"我"突发奇想，把几本书拿来一起看，如果是两本，一时看这本书的三十六页，一时又看那本书的六十三页，这样交叉看，两边情节一凑，就可以有第三个故事。三本，四本也是如此。"我"就这样看了好几本真有其书的书，因此创造了好几个新鲜别致的故事，这实际上又是西西在探索一种新的表现手法。

她又拟人化地写了"咏物体"小说，如《抽屉》《奥林匹斯》（照相机）。

谈到读书，西西说她从小就爱，而且从小到大，又都爱坐在她那心爱的矮凳子上读书。母亲爱看大声的电视，星期天爱打麻将，这些都不能构成对她的干扰，她照样看得下去。

西西借小说中"我"的口来说，童话里的人如果帮助了别人，可以有三个愿望得到满足，我只要一个就够了，这一个就是："可以永远这样子坐在我的小矮凳上，看我喜欢看的书……我们都是幸福的人，因为如今在这块土地上生活，还可以找到不同的书本阅读，而且，有读书的绝对自由。"她在赞美她的"我城"，赞美"读书无禁区"论呢。

西西虽然读书不怕声音吵，但写作就不行，她只有躲进厨房或浴室，用一张可以折叠的小圆椅做写字台，坐在小矮凳上，爬她的格子。她心平气和地说："自己小学教师退休，没钱买大房子，不怪人！"她和母亲、妹妹住在三百英尺（三十平方米）的一层小楼里，一厅，一房，一厨，一厕，都包括在其中。母女三人挤在一间房里，睡的是两张双层床。

西西为没有地方给妹妹放化妆品而抱歉。母亲和妹妹都不看她的文章，母亲爱看的是马经报，妹妹爱看的是亦舒的爱情小说。"其实不只是家里人不理你写作的事，在整个香港也没有人理你写作的事"。因此，她和一些朋友办了《素叶》杂志，又出《素叶》丛书。整个香港没有人理？倒不一定。不过，她的《像我这样的一个女子》是在台湾《联合报》刊出，而获得特别奖的。在台湾，她的名气似乎比在香港要大。有人说，香港人到外国旅行，有时买了一些纪念品回来，细细一看，才发现那些使人欣赏的东西其实是"香港制造"的，西西的一些文章就有过从台湾到香港"出口转内销"的奇遇。

一九八八年七月

小思的散文心思

　　小思的散文写作是从《丰子恺漫画选释》开始的，当年她用的笔名是明川，不是小思。每周一文一画，登在《中国学生周报》上。画是丰子恺早就画好了的，小思根据他的画解释画意，其中相当一部分却是丰子恺以画写诗意，而小思又根据画意，加以发挥，就是《古诗今画》这一辑。此外，还有《儿童相》《学生相》《民间相》《都市相》《战时相》等等。

　　丰子恺认为小思的解释不错，表示满意。他的女儿丰一吟说，父亲看了《古诗今画》中的《门前溪一发，我作五湖看》的释文后说："解释得不错啊！"

　　小思的这篇文章是这样的：

　　　　"一发"是最小境界，"五湖"是广大境界。

　　　　能把一发溪水，当作五湖般观看，那个"作"的工夫，就不等闲。千万不要以为是"做作"的"作"，也不要残忍解为"自我欺骗"，而是处于狭窄局促的现实里，心境的恒常广大。

　　　　在荒谬的世代，净土何处？五湖何处？谁能天天安躲

313

净土？谁能日日浪游五湖？于是只有"作"了。

　　心境是自己的，可以狭窄得杀死自己，杀死别人，也可以宽广得容下世界，容下宇宙，是忧是乐，由人自取。市尘蔽眼处，我心里依然有一片青天。喧声封耳地，我心里依然有半帘岑寂。狭如一发之溪，能作五湖看，则对现今世界，当作如是观，当作如是观。

丰一吟因此说，"看来他（指丰子恺）那时处世的心情是与这一画一文的内容相拍合的"。丰子恺曾说，明川是他的知音。其实那时小思没有见过丰子恺，其后也只是和他通过信。她在日本，曾经买过丰子恺喜爱的日本画家竹久梦二的画册《出帆》寄送给他。

丰子恺回报小思的，是有竹久梦二画的一只酒杯，这却是他去世后由他夫人代表送的了。上个世纪四十年代丰子恺在台湾的小摊上买得一个酒杯，杯的外壁上画了一对穿着农民衣服的日本男女，虽然没有署名，但那笔法却是竹久梦二的风格，丰子恺很喜欢它，"生前常以此饮酒"，丰夫人就把它送给小思。六年以后，丰家的缘缘堂重新建成，小思又把它物归原处，还写了一篇散文《璧还》，记下她依依不舍之情。这以前，小思还写过一篇《小酒杯》。关于缘缘堂，小思又写过《石门湾简写》《石门湾的水依旧流着》和《一对木门》，缘缘堂被日军炮火焚毁后幸存了一对木门，长为纪念。写丰子恺的还有《潇洒风神永忆渠》和《师承》。

上个世纪二十年代初，丰子恺在浙江上虞的白马湖畔办了一间春晖中学，后来又在上海办了立达学园和开明书店。一起办学的还有夏丏尊、朱自清、朱光潜等人，香港的黄继持教授认为，小思早年的《丰子恺漫画选释》和《路上谈》这两辑散文，已可以和这些名家的文章并列在一起。

小思最早的职业是老师，她发现要和学生接近有困难，无法投入，就约了学生到公园走一走，在路上谈。"在丽日蓝天之下，凄风苦雨之中，边走边谈，不要太严肃，却得诚恳。"就这样，她把所谈记了下来，就成了她的第二本散文集《路上谈》。这是一九六九年到一九七〇年的事。

到了一九七一年，她用了一个月的时间去日本旅行，回来后写成了一本《日影行》。她把自己的所见所感说成是"朦胧的日影"，这影子中有喜也有忧。

一九七三年，她去了日本京都大学人文科学研究所，研究中国文学一年。于是《日影行》之外，她又有了一辑和日本有关的散文《蝉白》。

然后就是一九七四年、一九七五年、一九七六年、一九七七年写作的《七好文集》了。这不是她一个人的文章，是她和另外六个人凑在一起写的文章。七好？是哪七好呢？不是自称自己写得好，只是表示它们的作者都是女性而已。女子为好，是七个女子的文章，从此以后，"好"就成了女性作者的代名词了。

此后，又有了《七好新集》。都是和别人合写的篇章。此外，还有《三人行》全集。

然后就是《承教小记》了。这是她追忆唐君毅老师的文字。承教，是承唐君毅的教。她在读中学时，读了唐君毅的《人生之体验》一书，得到了启发，决心"升学新亚"做他的学生，结果如愿以偿。她自称新亚少年，所学绝不够多，但从唐君毅那里学到了"世界无穷愿无尽，海天辽阔立多时"的好境界。后来唐君毅介绍她到日本京都大学人文科学研究所，做了一年的研究员。那一年（一九七三年）夏天唐君毅路过京都，带她游南禅寺，以"淡中有喜，浓出悲外"八个字教导于她。她由此悟得了超拔的道理。一九七八年二月唐君毅去世，小思一连写了《告吾师在天之灵》《一块踏脚石》《承教小记》三篇文章悼念他。她说："推崇唐老师的人，都会用'大儒''哲者''博厚'这些字眼来称颂他。"她当然属于称颂他为"大儒和哲者"的一群。

比《承教小记》早八九年，她还写过《逝去的春风——敬悼左舜生老师》。这篇文章收到后来出版的《人间清月》里。

《人间清月》是她"敬悼任姐"之作。任姐是人们对粤剧艺术工作者任剑辉的尊称。她以"人间清月"称颂任剑辉演绎了中国古代的书生。尽管是寥寥几百字，她却是怀着无限敬意写成的。以一个新文艺工作者，小思能这样推崇粤剧艺术，大

316

不容易。

在《人间清月》一书中，她悼念的还有苏恩佩、侣伦、任国荣、三苏、钱穆、何紫、高伯雨和梁漱溟。

悼念侣伦那篇的题目是《悲恸和歉咎》。悲恸，是因侣伦在小思她们举行文学月会的那天晚上去世。歉咎，是他因身体不好，再三推迟了参加这个"香港文学研究——侣伦和他的作品《穷巷》"，他最后同意参加了，但就在晚会举行的那天，他却病发离世。

侣伦是香港新文艺的拓荒者。小思是香港新文艺研究工作的拓荒人。

黄继持以《承教小记》为主的《试谈小思》（见《承教小记》一书附录），是评论小思散文的一篇力作。它看得透、谈得深、想得远。

一九八五年她出版了两本散文集：《不迁》和《叶叶的心愿》。一九九〇年又出版了两本散文集：《彤云笺》和《今夜星光灿烂》。她的足迹跨得更远了，去了内地，也去了欧洲和美洲，写出了《黄河石雕》，绍兴《沈园》和《轩亭公的痛楚》以及丰子恺的石门湾。还写了《赤都云影》《老大哥新生》《我的偏见》《布拉格之春》《致柏林围墙》《冷说翡冷翠》《路过伦敦》《你在巴黎》《粗写三藩市》《多市第一夜》……眼底的世界更广阔了，感慨更深沉了。她看到苏联、东欧在起变化，看到柏林围墙的倒塌，也看到北京城的震撼。不过没有在笔底表现出来。

京都归来后，小思先是恢复到中学教书。一九七八年到香港大学中文系任教，一九七九年起到中文大学中文系先后任讲师、高级讲师，以至教授。一九八一年更以题目为《中国作家在香港的文艺活动》的论文获得硕士衔。一九八七年，她出版了《香港文纵——内地作家南来及其文化活动》。一九九一年，又出版了《香港文学散步》。

《香港文学散步》分为《忆故人》和《临旧地》上下两篇。人从蔡元培、鲁迅写起。然后是戴望舒、许地山、萧红，地从孔圣堂、学士台写起，写到达德学院。处于荒芜中的蔡元培的坟墓，是她提醒人们去注意的；也是处于荒芜中的许地山的坟墓，也是她托人打扫了才不至于湮没无闻的。萧红的骨灰在香港是分葬两处，迁到广州的只是其中的一半，圣士提反女校校园里还有一半，也是她从端木蕻良那里得知传播开来的。

一九九八年，山东友谊出版社出版了她的《香港故事》，这是《香港故事》《承教小记》《叶叶该哭》和《香港文纵》四辑文章的合集。把她写香港、写香港文艺等等的文章收集在一起，可以说是小思最新一本自选集。书的最后一篇《散文心事》，是小思唯一一篇谈自己作品的文章。这是她回答《香港故事》编者的一封信。

编者说，小思的散文"不拘一格，不执一体"。小思说，这是"适应社会及读者需要的结果，同时也是生长在香港这多元化社会的我的性格的反映"。又说，"我只努力做到：利用短小篇幅，说点自以为深刻的人生道理"。

编者说，小思的散文"有精粹典雅的诗一般语言"，小思说，果然如此的话，果然有一点点诗的语言及特点，"那是因为几年大学中文系的训练结果。在唐宋八家文、唐诗、宋词的浸润中，我对中国典雅文学的韵致，已有了血脉相连的默认"。

编者又问她"是不是深入地研究过老庄哲学，并受其影响"，她回答说："我在大学时，副修是哲学，选修了牟宗三先生的《道家哲学》……我同时选修了唐君毅先生的《儒家哲学》，而本质上，我倾向儒家入世务实的精神。"

编者又进一步指出：老庄主张天人合一，人道归于天道，说小思的作品善于用自然界的规律去表达人生哲理，这也是在把天道与人道统一起来。小思说，她"许多作品里每每以天地自然与人的关系为念……郁达夫在《中国新文学大系·散文二序言》中，提到现代散文的第三个特征，是人性、社会性，与大自然的调和……作者处处不忘自我，也处处不忘自然与社会，正中肯綮地展示了现代中国民族所关注的问题，而我却在不自觉中承传了这种特征。'一粒沙里见世界，半瓣花上说人情'，是我诚心向往的写作态度，能不能达致，我倒不敢奢望"。

在我们看来，小思是达到了的，她的一沙境界丰富，她的一花情思深刻。一文一沙半瓣花，小思，而有大道理。

你一定要看董桥

谁是董桥?

在大陆,可以肯定很少有人知道。在香港,知道的人也不会太多。恐怕反而是在台湾,他的名字才印在较多的人心上。

他不是台湾人。他是一九四二年出生在福建晋江的。

他现在是"香港人"。但他只是在二十世纪六十年代中期以后才到的香港,中间还离开过,到伦敦去住了六七年,才又重回这"东方明珠"。本来香港一般人都说"东方之珠",这里故意说"明珠",是因为他和一个"明"字大有关系,一是曾经担任了六七年之久的《明报月刊》总编辑,一是他离开不过一两年,又被请回去担任《明报》的总编辑,这是半年前的事。

今年四十七岁的他,一岁就离开了晋江,到了印度尼西亚,做了十七八年的华侨,就到台湾念书,读的是台南的成功大学,毕业后就到了香港。在台湾的时间不过短短的几年吧。在香港,前前后后加起来也已经快有十七八年,快要超过侨居印度尼西亚的岁月了。香港势必是他居留时间最长的地方,他当然是"香港人"。

在台湾的时间短,为什么反而名气更大呢?"墙内花开墙外香"。这"墙外",是海峡那边而不是大陆这边的"墙外"。在大陆,就算文学界的人士,知道董桥的恐怕也是很少很少的。

在台湾,董桥被称为散文家。他首先是凭自己的文章,而不是凭杂志和报纸主编的身份而得名,名乃文章著。

他主要的作品是散文。他的文章在香港、台湾的杂志和报纸上发表。一共结集为六个集子:《双城杂笔》《在马克思的胡须丛中和胡须丛外》《另外一种心情》《这一代的事》《跟中国的梦赛跑》和《辩证法的黄昏》。前面两种在香港出版,后面四种全是台湾的出版物。台湾远远超过了香港。大陆是一本也没有的,尽管有些香港所谓"著名作家"的书在大陆南北或沿海,都有人抢着出版。

董桥自己说出了一个秘密:书在台湾出,是怕在香港出卖不出去。

在香港,董桥甚至算不上一位作家。小小的香港有好几个作家们的组织,他好像一个也没有份。好些挂着作家幌子的活动,他似乎从来也没有参加,这可能是由于他生性爱逃避应酬,敬而远之。

就在他自己主编了六七年之久的《明报月刊》上,绝大多数时间他写的散文都只是署名"编者",直到最后的一年多才变"编者"为"董桥"。这是因为他写的是与众不同的"编者的话",不少时候,根本就和杂志本身或主编的编务没有任何关系,只是他自己在直抒胸臆,有时候也只是从那一期的某一篇文章或某一个观点引申出去，自由发挥，因此，它不是以编者身份向读者做什么交代或表白，而是一篇卓然独立，有文采，有思想、有情怀的好散文。"领异标新二月花"，在他以前，简直没有人写过这样的"编者的话"。这是他独创的"董桥风格"。一开始也许你还不能接受这样和杂志不大相干或根本不相干的"编者的话"，尽管同时又认为文章写得不错，渐渐地，你就完全接受，被它说服了。何必拘泥于形式？

有一篇《听说台先生越写越生气》，由台静农宣布不再为人写字应酬，写到黄裳主张不可忘记过去（特别是"文革"）。又有一篇《只有敬亭，依然此柳》写的是明末的柳敬亭，影射的是香港的"九七"前景。说不相干可以，说相干也可以。

"董桥风格"当然不仅仅是靠几十篇"编者的话"建立起来的。他一直在写多体散文，有如别人写多体书法。他甚至用短篇武侠小说的形式来写散文，而只用两句套话点题。一篇《薰香记》只有三个人物：老人、碧眼海魔和老人的女儿。文章的大题上有两句眉题似的文字："欲知谈判如何，且听下回分解。"那正是中英谈判香港前途问题的时候，没有这两句，谁解其中意，还不以为是一般的武侠小说吗？两句话一点题，读者就明白过来了：老人是中，碧眼是英，少女是香港。看似武侠，实谈时事。这个短篇的作者署名依然是"编者"，这就比前面说的那些"编者的话"就更加标新立异了。

小说也可以当散文。这篇《薰香记》是收进了《这一代的事》这本散文集中的。董桥说过："我以为小说、诗、散文这样的分野是不公平的，散文可以很似小说，小说可以很似散文。"他还举了在美国的华人作家刘大任的作品为例，"说是小说，也可以说是散文，就算说是诗，也一样可以"。董桥自己的《让她在牛扒上撒盐》《情辩》《偏要挑白色》……不都很像自具特色的短篇吗？

学术性的文章也可以当散文。《辩证法的黄昏》《樱桃树和阶级》《"魅力"问题眉批》都是。"要研究马克思主义。那是那天黄昏里偶然下的决心。"这是《辩证法的黄昏》的最初一句。"结论：也许可以在没有研究马克思主义之前就写书讨论马克思主义。"这是《辩证法的黄昏》的最后一句，也是最后一段。那不是正正经经的学术文章，但内容却不乏学术思想。

董桥是在伦敦研究马克思主义的，是在马克思研究过许多年的大英博物馆图书馆研究马克思主义的。他从台湾到香港后，曾经在美国新闻处的今日世界出版社工作了好几年，然后去伦敦英国广播电台工作，一边工作，一边进修，其间就读过马克思、恩格斯的著作，但更主要的还是读英文的文学作品。在台湾，他读的是外文系，但他说，那时主要还是接受中华文化的熏陶，到了伦敦，才投入西方文学之中，为了写论文，又兼及了马克思主义——这无妨说是野狐禅。

你说野不野？居然可以写出《在马克思的胡须丛中和胡须丛外》。且听他在这本书的《自序》中的夫子自道吧："旅居伦敦时期为了写论文乱读马克思、恩格斯和关于马克思主义的著作，加上走遍伦敦古旧的街道，听惯伦敦人委婉的言谈，竟以为认识了当年在伦敦住了很久很久的马克思，写下不少读书笔记。其实大错。去年答应'素叶'整理那些笔记之后翻看那些笔记，发现认识的原来不是马克思其人，而是马克思的胡须。胡须很浓，人在胡须中，看到的一切自然不很清楚，结果写了五万字就不再往下写了。"后来写别的东西，他大叹"胡须误人。人已经不在胡须丛中了，眼力却一时不能复原，看人看事还是不很清楚，笔下写些马克思学说以外的文章，观点仍然多少跟马克思主义纠缠，就算偶有新局，到底不成气象。幸好马克思这个人实在不那么'马克思'，一生相当善感，既不一味沉迷磅礴的革命风情，倒很懂得体贴小资产阶级的趣味，旅行、藏书、念诗等比较清淡的事情他都喜欢，因此，这本集子借他的胡须分成丛中丛外……"你说野不野？

董桥还别有一野。看起来，他是个温文尔雅，有点矜持，不怎么大声言笑的人，写起文章来却自由奔放，自成野趣。

你看他怎么谈翻译："好的翻译，是男欢女爱，如鱼得水，一拍即合。读起来像中文，像人话，顺极了。坏的翻译，是同床异梦，人家无动于衷，自己欲罢不能，最后只好'进行强奸'，硬来硬要，乱射一通，读起来像鬼话，既亵渎了外文也亵渎了中文。"你以为这是不是亵渎了翻译呢？他还有进一步的妙喻。初到伦敦，英文不灵，说话都得先用中文思想，然后译出英文，

"或者说'强奸'出英文来。日久天长之后，干的'好事'多了，英文果然有了'早泄'的迹象，经常一触即发，一塌糊涂，乐极了。可是，'操我妈的'日子接踵而来了。"讲中文的时候，不说"逐渐进步"，说"有增加中的进步"；不说"威尔逊在洗澡"，说"威尔逊在进行洗澡"，等等。他说，中文既然是自己"母亲的舌头"，这样的亵渎中文，"朗朗上口，甚至付诸笔墨，如有神助"，岂不成了"操我妈的"吗？

董桥是藏书家，年纪轻轻就成了藏书家！又是藏书票家（还藏书画，还藏古董，有人说"他心中有一间古玩铺"）。他藏书多少，我不知道，只知道他拥有藏书票上万张，成了英国藏书票协会的会员，是收藏西方藏书票的书最多的中国人（不知道这是说在协会的会员中还是在十一亿中国人中）。

谈到书，我们年轻的藏书家又来了，他是从"书谣"说起的："人对书会有感情，跟男人和女人的关系有点像。字典之类的参考书是妻子，常在身边为宜，但是翻了一辈子也未必可以烂熟。诗词小说只当是可以迷死人的艳遇，事后追忆起来总是甜的。又专又深的学术著作是半老的女人，非打点十二分精神不足以深解；有的当然还有点风韵，最要命是后头还有一大串注文，不肯罢休！至于政治评论、时事杂文等集子，都是现买现卖，不外是青楼上的姑娘，亲热一下也就完了，明天再看就不是那么回事了。"比起谈翻译来，这已经不能算野了吧。当然，也可以说还是有点不大正经，就像他"倒过来说"也是这样："倒过来说，女人看书也会有这些感情上的区分：字典、参考书是丈夫，应该可以陪一辈子；诗词小说不是婚外关系就是初恋心情，又紧张又迷惘；学术著作是中年男人，婆婆妈妈，过分周到，临走还要殷勤半天怕你说他不够体贴；政治评论、时事杂文正是外国酒店房间里的一场春梦，旅行完了也就完了。"

我想到了叶灵凤。他也是藏书家，年轻时也写过被认为有点"黄"的小说，后半生主要写散文，也翻译些东西（董桥当然也译过书），但他却没有董桥这些对翻译和书籍的妙喻（又一次写到这"妙喻"时我甚至于担心我自己是不是也要挨骂："哼，居然说妙！"）。也许后来叶灵凤已经成了"叶公"，成了长者，已经在文字上"结束铅华"了。而董桥至今仍是小董。

但董桥并不就是野小子，人固然斯文得被认为是一介书生，文也很有中西书卷气。真佩服他，读过那么多书，又记得那么多书，笔下引述的古今中外都有，却并不是抄书。他的文章散发的书卷气，有古代的，也有现代的。他的文章既显出中国人的智慧，也不乏英国式的幽默。文字精致，文采洋溢。

董桥当然不是野小子，他已是中年人了，只是在老年人眼中他看来年轻而已。他有一篇《中年是下午茶》。他给中年下了许多定义：中年"是只会感慨不会感动的年龄，只有哀愁没有愤怒的年龄。中年是吻女人额头不是吻女人嘴唇的年龄""中年是杂念越想越长，文章越写越短的年龄"。"中年是一次毫无期待心情的约会"。"中年是'未能免俗，聊复尔耳'的年龄"。……

写下去，他的古今中外都来了："总之（中年）这顿下午茶是搅一杯往事、切一块乡愁、榨几滴希望的下午。不是在伦敦夏惠那么维多利亚的地方，也不是在成功大学对面冰室那么苏雪林的地方，更不是在北平琉璃厂那么闻一多的地方，是在没有艾略特、没有胡适之、没有周作人的香港。诗人庞德太天真了，竟说中年乐趣无穷……中年是看不厌台静农的字看不上毕加索的画的年龄：'山郭春声听夜潮，片帆天际白云遥；东风未绿秦淮柳，残雪江山是六潮！'"

但野性还是又出来了："中年是危险的年龄：不是脑子太忙、精子太闲，就是精子太忙，脑子太闲……中年的故事是那只精子扑空的故事……有一天，精囊里一阵滚热，千万只精子争先恐后往闸口奔过去，突然间，抢在前头的那只壮精子转身往回跑，大家莫名其妙问他干吗不抢着去投胎？那只壮精子喘着气说：'抢个屁！自渎！'"

不要以为董桥的笔下时时是男欢女爱，抄抄他六本散文集中的一些分类的题目吧：《思想散墨》《中国情怀》《文化眉批》《乡愁影印》《理念圈点》《感情剪接》……再抄些文章的题目吧：《雨声并不诗意》《也谈花花草草》《春日杂拾》《朱自清的散文》《从〈老张的哲学〉看老舍的文字》《谈谈读书的书》《关于藏书》《也谈藏书印记》《藏书票史话》《读今人的旧诗》《听那立体的乡愁》《故国山水辩证法》《枣树不是鲁迅看到的枣树》《"一室皆春气矣"》《我们吃下午茶去》《处暑感事兼寄故友》《马克思博士到海边度假》……不抄了，还不如你自己去看吧。

不过，谈谈《马克思博士到海边度假》也好。董桥是从一八八〇年夏天马克思全家到英国肯特郡海边避暑胜地蓝斯盖特度假说起的，写得很有人情味，最后归结到"马克思该去度假，中国人民该去度假"。

他甚至替马克思写了一篇《马克思先生论香港的一九九七》。十九世纪的马克思如何去论二十世纪末的事？他从《路易·波拿巴的雾月十八日》中集句而成，只是加一些原来没有的文字在括号中。他说这是一个"尝试"，承认这是出于"编者想象"。又是一篇怪异的"编者的话"！和用武侠小说《薰香记》谈论"九七"一样怪异。

还想谈谈另一篇《境界》。董桥说，王国维的三段境界论给人抄烂了，他要抄毛泽东三段词谈境界："此行何去？赣江风雪迷漫处。命令昨颁，十万工农下吉安。"此第一境也。"四海翻腾云水怒，五洲震荡风雷激。要扫除一切害人虫，全无敌。"此第二境也。"往事越千年，魏武挥鞭，东临碣石有遗篇。萧瑟秋风今又是，换了人间。"此第三境也。但是，还有人有"衣带渐宽终不悔，为伊消得人憔悴"那样的心情吗？董桥不说，你说呢？

董桥又是怎样看散文，看别人和自己的散文？

他说，他绝对崇拜钱锺书的识见（是崇拜，不是说别的），钟爱《管锥编》，但认为钱锺书的散文有两个缺点，一是"太刻意去卖弄，而且文字太'油'了"，也太"顺"（Smooth）了；一是"因为'油'的关系，他的见解很快就滑了出来。太快了，快得无声无息，不耐读"。这真是直言无忌。就年龄来说，也许还可以说是童言无忌。

他说："散文须学、须识、须清，合之乃得 Alfred North Whitehead 所谓'深远如哲学之天地，高华如艺术之境界'。年来追寻此等造化，明知困难，竟不罢休。"又说，有学，才有深度；有情，才不会枯燥。他还指出："散文，我认为单单美丽是没有用的，最重要的还是内容，要有 Information，有 Message 给人，而且是相当清楚的讯息。"他更表示："我要求自己的散文可以进入西方，走出来；再进入中国，再走出来；再入……总之我要叫自己完全掌握得到才停止，这样我才有自己的风格。"

其实已经有了"董桥风格"了。对他的文章读得多的人不必看作者的名字就会说："这就是董桥！"

我想起董酒。这名酒初初大行其道，在香港还是稀罕之物时，我从内地带了一瓶回去，特别邀集了几位朋友共赏，主宾就是董桥，不为别的，就为了这酒和他同姓，他可以指点着说："此是吾家物。"在我看来，董文如董酒，应该是名产。董酒是遵义的名产，董文是香港的名产——确切些说应该是香港的名产，它至今在产地还没有得到相应的知名度。

329

我并不十分欢喜董酒，看来董桥也是，他似乎根本就不爱酒。我也并不一定劝人喝董酒。但劝你一定要看董桥！用香港人的习惯语言，他的散文真是"一流"，不仅在香港，在台湾，也在中国大陆。我这是说文字，尽管我并不同意他的一些说法和想法。

　　董桥的散文不仅证明香港有文学，有精致的文学，香港文学不乏上乘之作，不全是"块块框框"的杂文、散文。他使人想起余光中、陈之藩……他们大约只能算半个香港或几分之几的香港人吧。董桥可以说就是香港人。

　　你一定要看董桥！

一九八九年十二月

侣 伦

——香港文坛拓荒人

谈香港文学是不能忘记侣伦的。

然而，就是在他生前，也常常显得似乎被遗忘了。内地有些谈香港文学的，对于一个在香港文艺圈子中不大有人知道姓名的人，可以捧得半天高，却不怎么知道侣伦；香港有些文艺组织或文艺集会，也往往遗漏了侣伦，没有他的份；甚至和他很熟悉的人在筹办文艺刊物，考虑负责人选时也好像并没有考虑到或首先考虑到侣伦。

但香港文学能少得了侣伦吗？

差不多整整六十年，侣伦的名字总是和香港新文学联系在一起。他活了七十七年，除了参加北伐和日军占领期间离开了香港总共不到五年外，七十二年的光阴都是在香港度过的，他是道道地地的香港人，十七岁正式从事写作活动后，不管是专业或业余，他总是在为新文学而"爬格子"，严肃地"爬格子"，虽然一样可以称之为"爬格子动物"，他却是真正的作家，道道地地的香港作家。

"文学的十七岁"！侣伦是在这一年用了这个笔名，以短篇小说开路，踏上草莱未辟，荆棘丛生的香港文坛的。他原名李霖，侣伦是谐音。刊登这些小说的是有香港"新文坛第一燕"之称的《伴侣》杂志。

第二年的一九二九年，他的作品就北上进入了上海文坛，在叶灵凤主编的《现代小说》中出现。两人很快就成为要好的朋友。后来叶灵凤夫妇南游到香港；三人还同住在九龙城区的一间"向水屋"里有一个月之久。不过，那不是侣伦原来所住的"向水屋"，只是那附近的另一层楼，一样面对着海峡，面对着鲤鱼门。

明明是面海，侣伦为什么要把自己的住所称为"向水屋"，而不叫向海或面海屋呢？水，在香港有另外的意思，就是钱。侣伦不是钱迷，他虽出身贫穷之家，几十年中一直是安贫乐道的。他的道，就是文学事业。他的贫，在黄蒙田为他而写的一篇悼文中有很具体生动的描述，我们的作家在成名多年以后，有时还要为十元八块去向住在附近的朋友告急求援。这既使人想起田汉的诗，"千古伤心文化人"；又使人想起《论语》的话，"人不堪其忧，回也不改其乐"。侣伦乐在文学，住在"向水屋"中的他，有时不得不在紧张地扑在稿纸上的当儿，掷笔而起，急急忙忙去"扑水"（找钱），他的"向水屋"应该有另一个外号，"扑水屋"才对。

还是回到他和叶灵凤夫妇那一段交往吧。当时的叶夫人名郭林凤。叶灵凤后来有笔名林风。而侣伦后来也用过林风做笔名，并进一步弃李霖的原名不用，改用了李林风这个名字。这当中有些什么互为影响的关系，已经不可能向他们问个清楚了，他们都已经先后做了古人。

当时叶灵凤夫妇的临时住所是在宋皇台附近的衙前道（现在宋皇台早已不再存在，剩下的只是刻有"宋皇台"三个大字的一块石头）。有人因此送了一首诗给侣伦："半岛争看一俊才，宋皇台下写沉哀；不知十里衙前道，几见翩翩灵凤来！"作诗的张稚庐，《伴侣》杂志的主编，和侣伦一样，是香港文学的拓荒人，他自己也写小说，上海光华书局出过他的两本小说集。和侣伦不一样的是，没有侣伦对文学创作那样历久不衰的坚持，为生活投笔卖鸡鸭去了，另一个原因也许是他去世得太早，比侣伦早了三十多年。而他却又有侣伦所不及的地方，遗留的"作品"中包括了一位能写小说的儿子——金依，青出于蓝胜于蓝。

《伴侣》在一九二八年到一九二九年之间，只办了一年左右，但它却是香港的第一个新文学刊物。它的作者是不限于港九这岛和半岛的，远在北方的沈从文、胡也频、叶鼎洛都有过小说在上面发表。

不过，叶灵凤当时却劝过侣伦，也寄些作品到内地去，否则就只能是"宋皇台偏安之局"。侣伦是这样做了的。上海《北新》杂志一九三〇年元旦出版了"新进作家特辑"，他的短篇《伏尔加船夫曲》就入选为第二名。太平洋战争爆发那年，上海中国图书公司还出版了他的短篇小说集《黑丽拉》。后来予且在

333

他的小说《盲恋》中，把那位为盲人读小说的女孩子所读的故事写成是《黑丽拉》中的一篇，可见它的影响不仅及于读者（两三个月内就再版），也及于同时代的作者了。

但侣伦到底还是生于香港，长于香港也写于香港的作家，他的作品主要也是发表在香港的。

他写诗，写小说，写散文，也写电影剧本。主要是写小说。

他是忠于文艺女神的。他说，他被旁人认为最坏的固执脾气，是"不肯稍微迁就时尚，写些迎合地方性的流行趣味的作品"，不肯媚俗。然而他却又"始终不能把生活的担子从笔杆上解脱下来"，不能不"为生活"写文章，甚至要写些"吃饭文章"，这是他最感痛苦的事。尽管如此，黄谷柳说，他是"在充塞街巷的低级色情下流的货色包围中，制作他的虽不能说完全健康却都是非常清洁的作品"的。

是的，真是非常清洁，就像他洁身自好的做人态度一样。

就是对于文艺圈子来说，他也常常自视为"圈外人"或"边缘人"，这也许就是一些文艺组织或文艺集会把他遗漏了（或他将之遗漏了）的原因。

他是很"文艺"的，就是近二三十年，香港报纸副刊上的专栏文章信笔涂抹成风以后，他在报上写的专栏也还是保持着文艺笔调，文艺风格。这成了他的一个特色。早年的散文更是如此。

他的小说早晚不同。早年写的多是爱情故事，洋溢着异国情调和感伤色彩，《黑丽拉》是突出的一篇。有些作品和叶灵凤早年的小说很相似。抗日战争时期是一个转折点，尽管是爱情故事，却表现了反侵略战争的主题，《无尽的爱》就是。战后的《穷巷》更从爱情转入社会，成了引人瞩目的名篇。

《穷巷》首先是在《华商报》的副刊连载的，虽然不久就中断了，他断断续续地用了五年时间终于写完出书。当时的《华商报》副刊主编是华嘉，曾经有信给他，说："你的小说的人物，已经从高楼大厦里走出街头来了。他们再也不是一些整天在做梦的青年男女，而是在现实生活压榨底下的都市的小人物；你的笔锋，已从男女之间的纯爱，转向人与人之间的友爱。"华嘉甚至这样强调说："《穷巷》那样的作品，才真正是你的作品。"

侣伦自己也说，这是他高兴写的作品，尽管在写作《穷巷》时，正是他一生当中最穷困的十年，这战后的十年他除了动笔写作来支持生活，没有任何工作的收入。黄蒙田笔下侣伦的"扑水"形象，就正是这十年中出现的。生活并没有给他什么欢欣，使他高兴的只有《穷巷》的写作。他说："这部小说有着我自己喜爱的特殊意义。这些年来，在生活的前提下，我所出版了的作品，差不多全是为适应客观条件（市场）的需要而写的东西，只有这部《穷巷》是不受任何客观条件拘束，纯粹依循个人意志写下来的。"

这恐怕说得也并不完全准确。他早年写的一些爱情故事，也是倾注了自己的感情进去的，不完全是"吃饭文章"，尽管那些文章能够适合市场的需要。

不过，它们当然不能和《穷巷》相比。爱情故事是一般的人性，只有《穷巷》才是真正的香港，第二次世界大战结束后的香港。没有它，侣伦是不能成为真正的香港作家的，至少是要大为减色的。

《穷巷》初版时，书店怕一个"穷"字会引起销往南洋的麻烦，替它改了一个名字：《都市曲》。一书二名，在香港是《穷巷》，在南洋就是《都市曲》。写作时，书店负责人告诉作者不要有"可怕"的尾巴；出书时，书前的《序曲》也被抽掉。去年新版问世，《序曲》才算得见天日。

这些就是《序曲》的部分文字："香港，一九四六年春天。""战争吗？那已经是一场遥远的噩梦。""香港，迅速地复员了繁荣，也迅速地复员了丑恶！""在抗战中献出良心也献出一切却光着身子复员的人，一直是光着身子……""然而，有欢笑的地方同样有血泪，有卑鄙的地方同样有崇高。""真理在哪里呢？它是燃烧在黑暗的角落里，燃烧在不肯失望不肯妥协的人们心中！"

《穷巷》以前，还没有过全面深刻写香港社会现实的作品；谷柳的《虾球传》是写了，也很深刻，但只是书中的一部分，大部分写的是广东。《穷巷》以后，写香港社会的作品多了起来，似乎至今还没有超越《穷巷》之作。当然迟早会有超越是肯定的，不过《穷巷》仍将继续受到肯定，它的时代意义不会因岁月而改变。

《穷巷》是侣伦的第一个长篇，他还写了《恋曲二重奏》《欲曙天》《特殊家屋》。

他的中短篇较多，也较多爱情故事。有《黑丽拉》（后改名《永久之歌》）、《无尽的爱》、《伉俪》、《彩梦》、《残渣》、《都市风尘》、《佳期》、《暗算》、《旧恨》、《寒士之秋》、《错误的传奇》、《不再来的青春》、《爱名誉的人》等。

散文有《红茶》《无名草》《侣伦随笔》《落花》《紫色的感情》《向水屋笔语》等。

电影剧本有《大侠一枝梅》《强盗孝子》《弦断曲终》《蓬门碧玉》《如意吉祥》《民族罪人》《情深恨更深》《喜事重重》《谍网恩仇》等。这些名字看来多数是电影公司为了适应市场需要而改的，尽管作者写作时早已在力求适应。

《穷巷》还曾经被改编成广播剧播出，又改编成电视剧播映。他的一些短篇也在电台播讲，一晚一篇。

就是这样一位作家，直到一九七八年，才成为中国作家协会广东分会的会员，而一直到一九八八年去世，似乎还没有听说他已经成为中国作家协会的会员。在香港，一些在文学事业上比他起步迟了一个时代的人，有些甚至没有什么文学作品的人，也已经是中国作家协会会员了，而他如果真的到死还不是的话，那就实在是"天方夜谭"了。

侣伦自己也许是不在乎的。在他去世的前两年，他还说自己不过是"香港文艺队伍中一个小卒"，"从来不习惯去参加什么有关文艺活动的集会或什么专题性座谈会"，他没有什么凭借去发表什么议论。"这和别的可敬的朋友那样能够把自己的工作和经验提升为理论，然后加以总结，说成了一切都好像有计划，有目的的活动，情形完全不同。"从这些话听来，他的情绪也不是那么平静的，平静到没有什么情绪。

当他谈到香港屡屡被称为"文化沙漠"时，就更是情绪波动了，"在过去一般人的观念上，香港是'文化沙漠'。他们无视现实，无视历史，一提起'香港文化'四字，就往往要在下面加上尾巴，把'香港是文化沙漠'说成了口头禅，好像不如此便不能显示自己是高人一等……"

"不可否认，香港长期以来，由于历史背景的种种因素所造成的特殊环境和社会模式，产生了一股几乎是凝固的腐朽的旧势力，不让新思想，新事物抬头。但是也不可否认，即使在腐朽的旧势力的沉重压迫下，新思想，新事物也在努力挣扎，而且要冲出重围。这是历史的趋势。因此就在二十年代中期，香港已经有一些不甘落后也不甘寂寞的青年人，在时代潮流冲击之下，艰难地从事新文艺工作。在没有商人肯把广告登上新文艺刊物的打击下去筹办同人杂志，哪怕只有一两期的寿命也好……这些在艰苦的道路上寂寞来去的人，前仆后继地坚持着这一道精神的脉络，逐渐扩展着已经建立起来的阵地……就是凭着这么一股'不叫苦'的呆劲，这些拓荒者在一条固定的道路上走下来又走上去（尽管有的人在中途拐了弯）……"

他也是这些拓荒人之一，而且是没有在半路上拐弯，一直走到底，死而后已的。他以过来人的资格，写过一些有关这方面的回忆文章，"拿事实来说明，新文艺在香港是老早已经萌芽而且是存在的"。

只是这两三年，随着香港的地位越来越受到重视，那些"香港是文化沙漠"之声才沉了下去了，不大响了。

有一件事情始终有些令人不解。侣伦除了是文艺工作者，还是一个新闻工作者。一九三一年到一九三七年，他曾经在香港《南华日报》工作了差不多七年，当发觉报纸立场逐渐变为亲日时而离去。不过，他做的是副刊工作。但一九五五年，他创办了采风通讯社，向海外华文报刊供应新闻资料，一直到一九八四年才退休，这一新闻工作干了差不多三十年。但在一九五七年，推动他办采风社的朋友，又推动创办了一个文艺月刊，他本来应该是理想的主编，放下通讯社办刊物也不是难事，结果却由另外一位朋友去挑起这副担子，胜任愉快，刊物办得好，不过，为什么当初不考虑他呢？这以后，又有两三次办文艺刊物，也一样是没有请他去主持。为什么？难道是他自己没有兴趣？

他说过："我承认文学事业是严肃的事业，可是我爱好写作纯粹是由于个人的兴趣而不是对文学怀有什么野心，也不是把文学当作娱乐。我写我自己所能写和高兴写的，我不去写自己不能写和不高兴写的……我的笔是为自己的感情服务而不是为别的什么服务……"

他还老老实实说过，他是在感情上受了挫折，才开始动笔写作，写那些爱情故事的。

这一写就是六十年。当时同是拓荒人的，有的后来改写非文艺的小说（如黄天石、望云），有的索性就不再写什么彻底改行了（如张稚庐），只剩下侣伦一个人，从二十年代一直写到八十年代，从爱情写到《穷巷》，在《穷巷》得到了突破，进入现实社会。如果说二十年代那批拓荒人是香港"新文坛第一燕"，侣伦就是最后剩下的唯一的报春燕子，是香港从"沙漠"逐渐成为"绿洲"（虽然小一些，却不是幻洲）全过程唯一的见证人。

今年三月二十六日，香港中华文化中心举行文学月会，主题是"香港文学研究——侣伦和他的作品《穷巷》"，也请他出席发言。不幸在头一天晚上他心脏病突发，当月会在他缺席之下照预定计划举行后，当天晚上他就与世长辞，和香港文坛永别了。在这里，真的使人深深地感到：呜呼，岂不痛哉！

可以相信，他一定是含着笑而去的。

耳边仿佛又响着这样的句子："就是凭着这么一股'不叫苦'的呆劲，这些拓荒者在一条固定的道路上走下来又走上去……我怀着敬意去追忆他们。"

是的，我怀着敬意，特别是对于这位穿过"穷巷"走到底的拓荒人！

一九八八年八月

340

三　苏

——小生姓高

有人在《文艺报》上写文章，谈香港作家，说是"有个笔名叫'小生姓高'的青年作家（已故），写作基础本来是不差的，后来转变成为一个专写黄色小说的作家。人家形容他写小说像踏缝纫机一样，迅速如飞。他的收入确实很高，但开支也比别人大，人品堕落，生活糜烂，结果导致自己短命夭亡"。这使我想到，应该写写他了。

他，小生姓高，高雄。

"高雄，一九一八年生。原籍浙江绍兴，广州出生。虽读小中大学皆未毕业，历任小中大报编辑，现以卖文为生。"这是附在他的《香港二十年目睹怪现状》封底上的几行自我介绍。

在内地，他知名度很低，低到恐怕几乎接近于零，但在香港，他却是大大有名的，属于所谓"名气界"中的名作家。

小生姓高，是他早年用得多的笔名，从早年到晚年都用得多的笔名是三苏。此外还有吴起、许德、史得、经纪拉、但丁、石狗公……经纪拉、但丁、石狗公都是他以第一人称写的小说的主角，他就用这些主角的名字做笔名。

一部香港影片是许多人看过的：《新寡》。主角是夏梦，原著的作者史得就是高雄。

中国青年出版社的《小说》（双月刊）去年曾经刊出过《香港二十年目睹怪现状》，这正是高雄的作品。

但他在香港目睹怪现状并不止二十年，至少有三十六七年。他一九四四年就从广州到了香港，一九八一年才从人间到阴世。他活了六十三个春秋，说他"短命夭亡"，因此只能是笑话了，人世间哪里找得到年逾花甲的短命鬼？

他到香港的第二年，就进了一家报纸工作，这家报纸先是出日报，后改出晚报，他先编副刊，后做总编辑。后来有一段时期还和梁厚甫（梁宽）轮流做总编辑。

在这家《新生晚报》中，他们两人可以说是一时瑜亮。做总编辑时两人都写过新闻评论（梁宽是从香港移居美国后，才以梁厚甫的笔名替香港、新加坡的报纸写时事分析的文章而声名大起的），替副刊写稿时两人又都写怪论和"艳情小说"。高雄的新闻评论写不过梁宽，当然更写不过后来的梁厚甫；梁宽的怪论和"艳情小说"就不如高雄的名气高了。

他们写的"艳情小说"是每天一篇的千字文，用浅近的文言来写，写各种各样的"偷情"，尽管也是黄色小说，但只是点到为止，并不怎么绘声绘影做淋漓尽致的描写。由于是每天一篇，在日报就叫《日日香》，在晚报就叫《晚晚新》（专栏的名字）。而高雄就在写这样的文字时，署上了小生姓高的笔名。

这样的名字容易使人记得，也容易使人对作者产生不怎么好的印象。他是应"买方市场"的需要，一开始就写这一类东西的，并不是"后来转变成为一个专写黄色小说的作家"。

正相反，倒是后来他转变成专写反映香港现实社会的小说，而放弃了那些"艳情"的笔墨；从这个意义来说，这应该是"堕落"的反面吧。

和"小生姓高"同时出现的三苏，是他写《怪论连篇》的笔名，所谓"怪论"，就是正言若反的杂文，讽刺幽默的文章。先前一般都是以社会现象做题材，到了后来，才逐渐侧重于政治，特别是"文革"以后很长一段时期，差不多完全成了反动的文章（也可以说，其中不少是反"左"）。

这些怪论是用"三及第"的文字来写的。所谓"三及第"，就是文言、白话加广东话。香港的居民多数是广东人，说广东话，用广东话写文章，容易受到欢迎。香港又是长期受到封建文化影响的地方，文言文的遗留也就不足为奇。虽然如此，时代的文字到底还是白话。就这样，形成了一种文字上特殊的三结合。

这样的"三及第"就是梁宽、高雄首创的。把梁宽放在高雄的前面，是因为有这样的事实：《新生晚报》上的《怪论连篇》和《经纪日记》都是梁宽出的主意，怪论是两人同时写，后来还加进了别的人；《经纪日记》原来是梁宽先写的，写了没有多久，就不写了，才由高雄接过来，写下去。高雄原名高德熊。

高德熊和梁厚甫，是《新生晚报》的一对鬼才。

《经纪日记》就是用"三及第"的文字写的，通过一个在商场上做经纪的小人物——经纪拉每天的活动，反映出香港社会的形形色色。许多时候带有纪实的性质，头一两天的具体事件往往被生动地写了进去，而不只是干巴巴的记述，因此很能吸引读者。从那当中，可以看到市场情况的发展，一些商品和吃喝玩乐的场所也往往被介绍出来。使不少人感到，它的文字有趣，内容有用。

这里是《经纪日记》中第一日的文字：

> 早上七时，被她叫醒，八时，到大同饮早茶，周二娘独自回家去了。她说自己要买钻石，恐怕是"水盘"，大概和人家"踏路"是真。王仔走来，"猛擦"一轮，扬长而去，真是愈穷愈见鬼也。

> 九时半，打电话到贸易场问金价，仍是牛皮市，自从上月被绑，亏去六百元后，真是见过鬼怕黑矣。莫伯到来，邀之同桌，据称，昨日经手之透水碧玉，已由一西人买去。赚价二百元，此人好充大头，未必能获如是好价，逆料赚四五十元是真。余索莫伯请饮早茶，彼一言既出，驷马难追，这回总算中计了……

> 披衣到陆羽，途中遇见大班陈，我说等钱将军，作了他一尺水。到陆羽，周二娘介绍一陈姑娘相见，另细路一名，

陈姑娘谓系其弟，细路无意中却叫起阿妈来……

　　这里的"猛撵"就是大吃，"充大头"就是摆阔气，"一尺水"就是一百元，"细路"就是小孩，诸如此类，都是广东话。有人说："香港有一本名书，在《新生晚报》连载了四五年，可以说是最通行的了，那便是人人知道的《经纪日记》；香港有一个作家的笔名，他几乎已成'香港名流'了，这人便是《经纪日记》的作者经纪拉。这篇连载数年不衰的日记体长篇小说，不但为一般读者所欣赏，文人学士，商行伙计，三百六十行，几乎包括香港的各色人等，都人手一篇。"这说法是离事实不远的。

　　这以外，他又写了《但丁游天堂》《石狗公日记》《济公新传》《猪八戒游香江》……都和《经纪日记》是同一类型嬉笑怒骂反映现实的作品。它们由于带有纪实的性质，就更可以起帮助认识二十世纪四十年代到六十年代香港社会的作用。

　　这些作品以外的《香港二十年目睹怪现状》，纪实性就更浓了。它的每一段故事都有一件轰动一时的新闻做背景，而写出了许多内幕，这些内幕又是新闻报道中不便写出，或不能写出的，写出来就要引来法律上的麻烦。如有人绑架自己的亲生的儿子，向岳父勒索巨额的赎款之类。

　　这些小说用纯文学的观点来看，大概得不到很高的评价，但作为通俗文学的作品，情况就应该不同了。有趣的是，二十世纪七十年代初期，香港的《纯文学》月刊（和台湾的《纯文学》月刊是联号）就用过相当的篇幅，刊出了《经纪拉的世界》和对高雄的访问记（还附录了高雄写的《揭开自己的底牌》），对这些小说做了高度的评价，尽管还是只把它看成俗文学，却认为是在香港可以流传于后世的文学作品。

高雄自己说，他写的这些只是通俗小说，不是文学作品。他自己只是一个"写稿佬"，一个"说故事的人"，而不是作家，一定要说作家，也只是不同于"文学作家"的"职业作家"，写稿卖钱。

他大概也是首创每一天都要写稿一万多字的人。平常一万二千字，最高纪录一天二万五千字。长长短短，每天总有十多篇。一家报纸曾经有过每天刊登他四五篇稿的纪录。最多的时候每天有十四家报纸登载他的作品。

他说，他每天只工作六小时。这样，写稿的速度就非快不可了。他说："很多朋友都常常笑我，说我写稿是'车衣式'的……就是左手推稿纸，由上而下，右手揸笔，唔郁，就好像车衫一样。"所谓"车衣"，就是用衣车（缝纫机）缝衣裳；"唔郁"就是不动，右手拿住笔不动。这就不是"写稿佬"，简直有些写稿机器的味道了。

他承认自己的"车衣式"，却不承认可以一边打麻将，一边写稿。"传闻而已"，有点神乎其说了。

并不神乎其说而是事实的，有一家报纸为了和另一家报纸竞争，不仅以高价买他写稿，还以高价买他不写稿，要他把原来替另一家报纸写的稿停了，而由他们照付稿费。这样他就可以"不着一字，尽得风流"。这也算得上"香港二十年目睹怪现状"吧。

日写万言以上，一年就至少要写下接近四百万字，十年就是四千万字，就算三十年吧（他在香港生活了三十六七年），也写下一亿两千万字的作品了。他可以说是"写稿界"中的亿万富豪。就是从数量上来说，也绝对是香港的"大作家"。

但我们这位大作家却是书产极少的，以成书的著作来说，生前只有两部三本，就是那使他大大成名的《经纪日记》和《香港二十年目睹怪现状》。这日记至少写了一百五十万字以上，印进书里的只不过十万字左右，两本不厚的小册子。第三本还未出，书店老板就宣布不能出了，因为书里写到了他生意上大有来往的人，万万碰不得！

为什么就没有别的书店、出版社愿意出这部书或他别的小说呢？因为当年的香港不像现在，出版事业并不发达，书出得很少。他对待自己的作品又从不"敝帚自珍"，出不出书，并不在乎，以致后来出书的机会大大增加了时，他也无意使它们和纸张油墨过不去。

但在他身后，他的家人却以四五个月的时间，就替他出了一本装帧印刷都比较讲究的《给女儿的信》。蓝底金字的封面，乍看就像一本雅致的线装书。四十多封信，从《交友篇》《妇容篇》到《待客篇》《事亲篇》，这目录使人感到像是出自一位老夫子的手笔，特别是每一封信的开头，"字付三女（或次女、长女）知悉"，以及最后的"父字"，更使人有十分"老土"之感。但细看内容，就完全和这些形式是两回事，尽管谈的是教女儿做人、立身、处世的道理，却是并不陈腐，颇为清新的，没有道学气，富于时代感，而又很通情达理，既不唱高调，也没有低调到近于下流。写给女儿的信就像是写给朋友似的，一点也没有"字付"和"父字"似乎应有的那种板起来的面孔。举一个例，在谈"妇德"时，他表示理解婚外情，却提倡重操守。

他有两个女儿，都去了美国，先读书，后定居下来，信就是这样写给她们的。但当然不必真是私人信件的原样公开；实际上这是为一个妇女杂志写的专栏，尽管其中不乏父女之间的真情真事。

从文字看，一点也不像出于写《晚晚新》《怪论连篇》以至《经纪日记》的同一支笔。从内容看，一个似父如兄的形象，就更加使人会忘去那"艳情""小生"的"恶形恶状"。这是一个正面，不是负面。

这些信是他晚年的作品，最后一篇是死前两个月写的。这一"后来转变"也可以证明，并不是"转变成为一个专写黄色小说的作家"，并不是"堕落"和"糜烂"，而是相反。至于他青年或中年时代是不是有过，或有过多少"艳情"艳事，那就不是我们需要多所关心的"风化"问题了。

这本书，这些信，凭那些清通平实的文字，是可以使作者赢得散文家之名的。

全面来看，高雄首先应该是文体家，由于他和梁宽首创了那特殊的"三及第"文体，四十多年了，至今还在香港流行。二十世纪七十年代以后，有人创造了另一种"三及第"——英文、白话加广东话，那是"书院仔"和大专生的新一代"三及第"，流行得并不广，远不如老一代的"三及第"。

高雄当然也应该是小说家，通俗小说家也是小说家。要了解二十世纪四十年代后期以至五十年代到七十年代的香港社会，他的小说尽管未必全面和深刻，但总是很可参考的，是可以看到一些风貌的。遗憾的是没有印成书本（除了《经纪日记》和《香港二十年目睹怪现状》，而且已不容易找到），要看就只能向旧的报刊去寻找了。

高雄也是杂文家。他那许许多多怪论，他和别人首创的社会性的怪论，用他的话说，真是"论尽香港"，入木三分。"论尽"，在广东话里有一种特殊的意义，有麻烦、不好办……的意思，恕我不能很恰当地表达出来。他后来所写的反"左"的怪论，有论得对的，也有并不实事求是以至谩骂的。至于末流所及的另一些人写的怪论，这里就不提也罢。

最后，还要加上一个：散文家。尽管这方面的文字不多（也不是除《给女儿的信》以外就完全没有），他自己却是很重视的。他曾不只一次对朋友说，写这些文字他要付出加倍的精神，不是"车衣式"所能耕造得出来的。高雄是个显得有些玩世不恭的人，但说这话却是很正经的。他那些《给女儿的信》也很正经，尽管文字轻松活泼。

这里不妨引一段他的散文：

香港号称东方之珠，最多不过二十年光景，大陆成为"红色中国"之前，香港还不过是一个普通商埠，也是中国官僚富豪的退步之所，以及私运财产出口的第一个站头，甚至有人说，香港是罪恶的渊薮，逃捕的安乐窝，这且不去说了。然而二十年过去了，多少达官贵人在这里生了根，也有许多倒了下来，千千万万的美金和金条，埋藏在英皇道。有些人从半山区迁到了另一个半山区——从洋房住到木屋；有些人从木屋区爬上了渣甸山。多少一掷千金无吝色的阔少们已经变做伸手大将军，许多在大陆曾经显赫一时的真正大将军们在新界"孵豆芽"，豪门的公子要坐钱债监，左右政局的美人已经改嫁了外国大汉做洋太太，千金小姐下海做舞女，用安眠药了结她的璀璨的一生。一些名女人把她的未完成的责任交给下一代；有些新的富豪崛起，凭了他父亲见不得人的勾当，而他却用绅士的脸孔见人；有些衰败了的世家靠卖家当度日。在宇宙运行之中，二十年的光阴实在太短了，仿如一刹那。但对我们短促的生命来说，二十年的日子又实在太长了，使许多青年人白了头发，使美女的脸上涂了皱纹。在这些日子里，香港在

玩着滚雪球的把戏，一块小冰从山口滚下来，越滚越大，结果变成了今天的东方之珠。(《香港二十年目睹怪现状》楔子)

高雄替电台写过广播剧，以《夜夜此时听》为名播出。他写过《十八楼C座》的广播小说，通过大厦中的一个单元，反映香港社会的人生世相。在一九六七年香港陷入"反英抗暴"纷乱中时，这一广播节目对左派天天做无情的攻击。

他和左派其实是有过良好关系的，整个二十世纪五十年代以至六十年代的前半期，他是几家左派报纸副刊的特约写稿人，一个时期一家报纸每天用他四五篇稿子的就是左派的晚报。他替别的报纸写的怪论，偶然有点讥刺左边的声音，并不经常，"文化大革命"以后，这样的声音渐多渐厉，左派报纸就停用他的稿，于是决裂，"反英抗暴"一来，讥骂就更多了。

"文革"过去，他和左派朋友私人间虽然逐渐恢复了来往，但写稿的关系始终没有恢复。当他准备重新写稿时，还没有来得及替左报"车衣"，就离开了人世。他曾经表示，对正牌左报不"车衣"，是要写得用心一些的。

他曾经表示，写小说得力于三部书：《老残游记》《儒林外史》和《阿Q正传》。

高雄是个玩世不恭的人。他使人想起广东旧日颇有鬼才的文人何淡如，也使人想起他小说中的人物劳道化(谐音捞到化，意思是"捞世界"的手段已经进入化境）。

但说来说去，他总是几十年中在香港写作圈子里有过很大影响的人——名副其实的香港名作家。

一九八八年二月

黄蒙田·竹乡·张大千

黄蒙田本来是画家，后来却成了作家。成为作家后，他又写了许多和美术有关的文字，因此，又被认为是美术评论家。但他自认为不是，说自己只是散文、小品的作家。他在晚年的力作《读画文钞》和《敦煌夜话》的后记中，都强调自己不是在写美术评论，写的只是散文和小品，只不过题材和美术有关而已。

他本来是画家，早年在广州市美术专门学校西洋画系毕业。抗日战争开始，就参加了军事委员会政治部第三厅的漫画宣传队，辗转在两广、两湖和川、黔等地宣传抗日，由西洋画的画家成了漫画画家。也许这就使他后来长期成为全国美协的常务理事，并且是留在香港的唯一理事，这唯一不仅是美协唯一，也是几个全国协会中的唯一，别的协会都没有理事留在香港。他因此摘不下美术家这顶帽子。上世纪六十年代，他以作家的身份主编了《海光文艺》，七八十年代又以美术家的身份主编了《美术家》杂志。

他的全部三十九本著作中，一半是和美术有关的。只是有关，是以散文、小品的形式写画家和他们的作品，而不是正正经经的评论。他写画，写人，写沈逸千、荒烟、米谷、李可染、余所亚、胡考、张光宇、李凡夫、叶浅予、黄新波、朱屺瞻、杨善深、张玲麟、陈瑞献、靳埭强、黄胄、陈逸飞、林风眠、冯叶、廖冰兄、华君武、刘海粟、李铁夫、李曼峰、李桦、萧淑芳、吴作人、吴冠中、丁衍庸、程十发、宋文治、方君璧、赵望云、潘天寿、黄肇昌、符罗飞、傅抱石、庞薰琹、司徒乔、冯伊湄、陈学书、余本、黄永玉、王维宝、陈子毅、徐希、袁耀锷、丁聪、张石培、关山月、石虎、石齐、刘昌潮、江启明、赵准旺、冯今松、王丽娟、徐子雄、黄孝逵等，大大小小，有名或不太有名的，都一一写到了。

三十九本著作的另一半更是正正经经的散文、小品。记游山玩水的所见所闻，记风土人情和风物风俗，如《清明小简》《花间寄语》《春暖花开》《裕园小品》《风土小品》《湖畔集》《湖光山色之间》《敦煌夜话》《竹林深处人家》等。

《竹林深处人家》写江南竹乡的风光，文字优美，曾被选入中学的语文课本。看吧，"从山麓一直到山顶，不，从平地开始就一直铺着竹，一层又一层的，不但分不出竹枝、竹竿和竹叶，连房子、小径和小桥流水都看不到，仿佛全被竹的海洋淹没了"。看吧，"我们沿着一条路边有小溪的石子路深入竹海去。两旁高大的竹林密得看不见底，把路的上空盖着，此刻阳光猛烈，但是在这里走过都丝毫不感觉到。我怀疑自己是在竹海的海底隧道里走过"。看吧，"穿过一处最密的竹海，我们便来到一处较高的竹坞……举目四顾，除了竹子，还是竹子。前面是一座接着一座山，但你不可能看到山势的绵延和一点泥土……你只能意味着竹子以外的东西存在，但你看到的只是竹子"。看吧，"在坞里面对着辽阔的竹的海洋，看到整个世界都是绿色"。作者最后说："以后很长一段时间，当我回忆起竹枝深处，好像立刻就闻到了竹子散发出来的芳香。仿佛感觉到周围都是一片柔和、宁静的青绿。"

《竹林深处人家》是黄蒙田散文中精彩之作，但不是收到《黄蒙四散文——回忆篇》一书中，而是编在二十世纪七十年代以此为名的集子里。此外还有《敦煌夜话》，不仅写敦煌、云岗，也写九寨沟、青岩山（张家界）……最使人感兴趣的，却是写敦煌的"门牌"，那篇《由莫高窟"张氏编号"说起》的"门牌"。

所谓敦煌的"门牌"，是指莫高窟的石窟编号。敦煌文物研究所正式的编号是四百九十窟，在这正式之外，另有一种"张氏编号"，是三百零九窟。张氏是谁？张大千是也。他在上世纪四十年代初，以个人的力量去敦煌清理流沙，为石窟编号，辛勤工作了三年，功劳是很大的。但所得罪名也很大，有人诽谤他，说他破坏了一些石窟，盗走了一些壁画。办法是把壁画的画面连石灰面一起铲走。黄蒙田以他在莫高窟亲眼所见，指出事实上不可能，连一块足以证明张大千盗壁画的证据也找不到。张大千临摹下来的壁画都保存在四川省博物馆，而原画却完好地留在原来石窟的壁上。其中有一幅壁面部分被铲去了。

原来是宋代的壁画，但那后面却隐藏着一幅更古老、更精彩的北魏壁画，宋画是为了彰显北魏壁画，这样的去次要以彰显更重要的作品，正是张大千立下的一项功劳。黄蒙田的《由莫高窟"张氏编号"说起》是为张大千辩诬，应该受到赞扬。

马国亮和《良友忆旧》

去年年初，我们失去了马国亮先生。

马国亮生于一九〇八年，如果还活着，是九十五岁的老人了。他是广东人，但与香港有很深的缘分。他中年在香港，曾以"左派"的罪名被驱逐出境，不到五年，又以"右派"的罪名在上海成为罪人。把他划为"左派"的是港英，把他划为"右派"的是北京。十年后在"文革"中，更被判为美蒋特务，只因他于抗日战争时期在昆明美军总部做抗日宣传工作。事后他写下了这样的文字："'左派'复'右派'，抗日该劳改，欲辩已忘言，我自逍遥自在。"

他是小说家，又是散文家，但使他名气更大的，却是《良友》画报的编者。《良友》前后有五任主编，他是第四任，为期十年，任期最长，那是抗战前夕和初期的动乱的十年。

《良友》是一份综合性画报。在中国，是画报的始祖；在世界，也是居于先进之列的，比自称世界最早的画报、美国的《生活》杂志还早了十年——一九二六年就创刊了。它用图片记录了从二十世纪二十年代到四十年代的中国的形象。

《良友》先在上海出版，抗战后在香港出版。晚年，马国亮在香港把他对《良友》的回忆写成了一本书《良友忆旧——一家画报与一个时代》，生动地记录了二十世纪二三十年代的许多有意义、有趣味的故事。画报是反映时代的形象的，从《良友》的种种旧事，也就可以看到中国的种种情景。文章写得平实，却引人入胜。

马国亮是在中英达成协议、香港在一九九七年要回归中国以后的九十年代，才由上海再来香港的，驱逐令已经失效。在香港住了几年，他就移民到美国，在旧金山湾区定居，他夫妇俩与儿女都在那边。儿子教人拉大提琴，女儿教人弹钢琴。夫人马思荪是小提琴家马思聪的妹妹，更是有名的钢琴老师。

他年纪虽然渐渐大了，但身体健康状况不错，只是有一年，听从一位中医师的教导，服了一种中药，据说有利于步行，但因此却反而落了一个不良于行的毛病。他虽回到北京求医，却不见有什么起色。

他住在旧金山湾区邻近硅谷的圣荷西，两夫妇每天外出散步，一天忽然在路上跌倒。夫妇两人未跌倒的去拉跌倒的，结果两人都跌倒了。幸有路人经过，才把他们搀扶起来。

他们有时以打麻将消遣，马国亮精神不足，打了几圈，就要停下来睡一觉，然后再打。

他原是在香港复刊的《良友》上写这本回忆录的，到美国后，把稿子带给北京《人民日报》名记者李辉，希望他联系出版。李辉受托，感到有责任、有义务满足老人的愿望，让他在有生之年看到这本回忆录，赶在去年一月份出了书，可惜他已经等不及，在书出版前，就已长逝了。

我因此记起，郑超麟老人的三大本《史事与回忆》，也是想赶在一九九八年他九十八岁大寿前出书的，结果只差几个小时，书从香港由专人赶送上海，还是等不及送到眼前，他就闭目而逝了。

作者自己看不到，读者终于看到了。虽是憾事，仍是好事。

二〇〇三年

香港有亦舒

"台湾有琼瑶，香港有亦舒。"有人这么说。

从作品之多，读者之众，而主要又是写爱情故事来说，是可以这么说的。有人换了一个说法，说亦舒是香港的琼瑶。不过，琼瑶在台湾已经不怎么热了（至少不像早一阵大陆上一度流行的"琼瑶热"那么热），而亦舒在香港，却似乎还是其热未减。她的小说已经流行了二十年。

亦舒看来是不愿意自己的小说被列入流行小说当中的。当别人问她小说是不是可以分为严肃和流行的两类时，她宁愿说只有两个潮流，一是谈人生哲理的，一是说故事的，每一潮流又可以分为许多等级，有好有坏，有高有下。如果用别人的话来说，那就是既有坏的严肃小说，也有好的流行小说。

用亦舒自己的分类法，她的小说是属于说故事的，而且又只是说爱情故事的，也就是一般说的言情小说。

她十七岁左右就这样用笔来"谈恋爱"了。那时候，她还是个"书院女"。香港的中学分为英文和中文两类（以教学所用的课本和语言来分），英文中学一般人称之为英文书院，英文中学的女学生就被称为"书院女"。

亦舒这个"书院女"的处女作据说是《王子》，少女们幻想中的"白马王子"那种王子。姊妹篇是《满院落花帘不卷》。这些短篇是她二十世纪六十年代中期出而问世之作。

五岁就到香港而逐渐成长的亦舒当然是个"香港女"，但她实在是香港人口中广义的"上海人"。她笔下流露过，"有时我称父亲为那个莫名其妙的宁波佬"。这个宁波佬是在四十年代末期把她从上海带到香港的。她们一家是宁波镇海人。

她有四兄一弟。四个哥哥当初没有一个随父母到香港。最大的一个多年来一直在东北，"文革"后也不悔没有南行，现在是先进工作者，鞍山有名的厂长倪亦方，是个共产党员。第二的一个到过内蒙古，五十年代后期千里逃亡，到了香港，逐渐成了名作家，先是武侠小说作家，后是科学幻想小说作家，又是不少武侠电影的编剧家。写武侠的笔名是倪匡，写科幻是卫斯理，写杂文早年是衣其，近年是沙翁；武侠的名次在金庸、梁羽生之后，科幻却是他独树一帜。由于成名于武侠，因此倪匡就成了他流行的名字了，真名倪亦明反而很少被人提起；科幻虽然是独家，卫斯理却也没有把倪匡压下去。

当亦舒一露头角就迅速成名时，两兄妹就成了香港文坛上的两朵奇花。有人称之为奇迹，说亦舒、倪匡、金庸是"香港文坛三大奇迹"。"金庸创作流行武侠小说，倪匡创作流行科幻小说，亦舒创作流行言情小说。结果都从象牙塔外，进占到象牙塔内，以至于部分最学院派的学者，也不能不正视他们，研究他们"（陆离：《每次重读，都有泪意》）。倪家兄妹成了"三大奇迹"有其二了。事实上，武侠小说金庸之前有梁羽生；言情小说亦舒之前有伊达。

要说奇，这倪家三兄妹倒是另有一奇的。大哥倪亦方虽然身遭反右和"文革"的磨难。依然不改变对共产主义的信仰，保持先进；二哥倪亦明（倪匡）在内蒙古部队中据说遭受"反革命分子"的隔离审查，风雪走单骑逃亡后，在香港文坛至今依然保持坚决反共的姿态，尽管他也爱从电视上欣赏自己兄长的先进事迹；倪亦舒这个"阿妹"却是不问政治，站在中间的，很早就和左派也能交朋友，这也许可以说是"三个奇迹"吧。

提出"奇迹"论的人也提出了这样一个问题："谁能够说《满院落花帘不卷》不是文学作品？"可见就是应该最少争议的亦舒（且不说金庸、倪匡），也还是有人怀疑她的作品的文学性的。

但一般读者接受她，而且不少人"迷"她。

这使她可以——放弃种种职业，而从不放弃写作。她在做学生的时候，做记者的时候，做酒店工作的时候，以至于做官的时候，都没有把笔搁下。

她不止一次做学生。中学毕业后，她当过记者，短期的报纸记者，较长一段时间的娱乐新闻记者（自由写稿者）。二十世纪七十年代去英国读了三年大学，学的是酒店食物管理！先去台湾（这时她父母已迁居台湾），后回香港，学以致用，当上了一流酒店的工作人员（一段时间可能是公共关系负责人）。

不久居然到香港政府当起新闻官来了。无论在曼彻斯特做学生还是在香港做官，她依然写她的小说，写她的杂文。香港政府是不许它的工作人员卖文的，她就用新的笔名发表，当新的笔名保不住密，她就又换一个笔名写，冒着被打破饭碗的风险，也要写。

这当然是为了兴趣。她也毫不讳言，也为稿费。不管是专业或业余写作，她对稿费一律是显得很认真的，一点也不肯故作潇洒。

二十多年下来，不过四十岁左右的人，却已出了四十本左右的书。大体一年两本。《家明与玫瑰》《玫瑰的故事》《珍珠》《曼陀罗》《蔷薇泡沫》《独身女人》《我的前半生》《宝贝》《星之碎片》《香雪海》《两个女人》《蓝鸟记》《风信子》《喜宝》《野孩子》《回南天》《五月与十二月》《今夜星光灿烂》《偶遇》《壁人》《旧欢如梦》《恼人天气》《朝花夕拾》《玉梨魂》《流金岁月》……长长短短，都是小说。

这里面有《我的前半生》《今夜星光灿烂》《朝花夕拾》和《玉梨魂》。亦舒一点也不避开别人早已用过的书名。不仅如此，在《我的前半生》中，男女主角还是涓生和子君呢——鲁迅《伤逝》中男女主角的名字。

《豆芽集》《豆芽集二集》《豆芽集三集》《自白书》《留英学生日志》《舒云集》《舒服集》《歇脚处》《贩骆驼志》《黑白讲》……这些都是散文或杂文集。

和琼瑶不同，她是杂文、小说都写，都在报纸上连载的。琼瑶主要只是写小说。

同是写爱情故事，亦舒写的是中产阶级，经济独立的职业女性，反映了现代化的香港社会。没有多少奇情，更没有畸恋。虽然没有用很多笔墨去刻画，人物却是写得比较活的；虽然故事平淡，还是能吸引人的（主要是年轻人吧）。它的语言最能显出她的风格，简短、明快，有时很尖刻，像她那些杂文语言。句子短，段落短，但长篇和中篇却不分章节，从头到尾因此又显得很长了，却还是能引得怕看长文章（千字已嫌长）的读者看下去，迫下去，欣赏这些现代化都市的爱情故事。

中产阶级，职业女性，已经过着这种生活和争取要过这种生活的人，都很容易成为亦舒的小说和杂文的读者。青年读者甚至可能认为有亦舒的作品一书在手，是时髦的，它不会使人看来显得"老土"。爱情故事，轻型文字，随时随地都可以开卷掩卷，读起来有一种简易之乐，不费力而舒服。

人物虽然活，社会现象也有反映，却总是浅浅的。亦舒的自白说得清楚，她只是要说故事，只要有故事，在她也就够了。她并不想给读者更多的东西。

深刻，是谈不上的，然而它轻快，像轻音乐一样，是轻文艺。

像新派武侠小说一样，也许可以称亦舒的小说为新派爱情小说或新派流行小说。不仅比几十年前的言情小说新，也比琼瑶的小说新。语言文字新，写作手法新，时代背景新。

在香港、台湾和海外，新派武侠小说并不被排除于文学领域，新派爱情小说就更不被排除了，尽管有争议。

在亦舒的笔下，包括小说和杂文，常常出现"家明"这个名字。这是她小说中理想的男主角。女主角是"玫瑰"。看她作品不多的人，很容易被她杂文中的"家明"弄糊涂了，以为在她的现实生活中真有其人。至于小说中的"家明"，也未必就是同一个人的不同故事，只是由于作者的偏爱，这个名字就像冤家一样被纠缠着不放，不时在她的不同篇章中出现。

"玫瑰"呢？亦舒说："小说中女主角如一朵玫瑰花。作者像阿母。"

爱情呢？她说："算少也写了十余年小说（现在是二十余年了。——引者），幸而未遭淘汰，题材非常窄狭，不外是说些男女私情。可是我本人是非常怀疑爱情这回事的，写小说是写小说，生活是生活；日日挤着渡轮去上班，打着呵欠，球鞋，牛仔裤。生活在爱情小说中……那简直是悲惨的，幸亏能够把两者分开。"她就是这样把对爱情的怀疑和所写的爱情故事一起都推给了年轻的读者。

亦舒说："我的皮特别厚，心特别狠，语言特别泼辣。"读她的杂文就可以领教了。

亦舒把她写的那些从两三百字到一千字的短文称为杂文，出版社却爱称之为散文。这些香港式的杂文或散文，写身边琐事成风。不是写自己就是写周围的人和事——往往是日常生活中的吃喝玩乐，这就构成了暴露式的"出卖"，不是"出卖"自己，就是"出卖"旁人。亦舒干脆把她的一本杂文集取名《自白书》。天天在报纸上的专栏这样"出卖"的结果，不但自己没有了隐私，有时自己写了又忘了，而读者却记得，这就成了读者比作者更了解她自己了。

在这样的"出卖"中，赞人或自赞时，有时就不免"皮厚"；骂人或自骂时，有时就不免"心狠"，而用词许多都是"泼辣"的。

"我似乎是个寂寞专家，从十五岁开始便觉得寂寞，读书寂寞，考试寂寞，与父母住一起寂寞，搬出去一个人住更寂寞，工作的寂寞，没有工作的寂寞，有男朋友的寂寞，找不到伴的寂寞，人群中的寂寞，黄昏的寂寞，哗，他妈的，都是寂寞。在外国寂寞，回了家又寂寞，太阳底下是炎热的寂寞，月亮底下是黯然的寂寞……"没想到吧，在一片寂寞中，突然响起了"哗，他妈的"这一声。这也算得上是一种泼辣吧。这"他妈的"在亦舒的文章中并非绝无仅有，虽然也不是太多。

"人身攻击是最无聊的事。衣莎贝吃啥穿啥，与啥人轧姘头关众人鸟事。"连"鸟事"也出来了。衣莎贝是亦舒的"英名"——英文名，也是她的一个笔名。

正是诸如此类的泼辣，形成了亦舒杂文的一种风格。它的特色当然不止这一点。

亦舒是崇拜鲁迅的，这可能使人有些意外，专写缠绵的爱情故事的人，也崇拜鲁迅？这是真的，尽管从她的小说看不出来，就是从她的杂文也看不出来。她的杂文没有什么"鲁迅风"。

"我崇拜鲁迅，崇拜曹雪芹，崇拜张爱玲……"

"大学生问鲁迅：'作为一个现代中国青年，应该争取什么？'鲁迅答大学生：'先争取言论自由，然后我告诉你，我们应该争取什么。'第一次看到鲁迅答大学生，是十二三岁吧，马上爱上了他……"

"……在××的杂志社蹲着阅毕了鲁迅杂文。"这时是十六七岁。

"然而随时随地翻开鲁迅全集，一切疑难杂症都得到了解答，真不在乎旁人在想什么写什么。夜半看鲁迅，会看得手舞足蹈。"

亦舒也崇拜张爱玲，但她说："张爱玲的小说，真是篇篇能够背，那日与××说，他认为张的小说犹如一把檀香扇，那真是再正确也没有了。然而最钟爱的小说，却是鲁迅的《伤逝》……这故事的悲剧在不停的重复。"你知道她为什么要把自己小说中的男女主角也取名为涓生和子君了。爱屋及乌，爱鲁迅小说而爱上了鲁迅小说中人物的名字！

对张爱玲，她虽然有崇拜，却也有不敢恭维。她曾经写过文章，说张爱玲不该再写什么了。后来看到张爱玲的新作《相见欢》，就更有感慨，说她不应复出，因为她"真的过时了"，那些新作实在不是味道。明知"批评张爱玲真需要伟大的勇气，无畏的精神"，"斗胆碰张爱玲的恐怕要受乱石打死"，但还是忍不住要说出来。这也是亦舒的泼辣吧。

亦舒自有她的道理。"爱玲女士曾说，抄她文字文笔的人不少，以致她猛然一瞧，仿佛是做梦时写的（大意）。抄她的人是极多，可是大都能青出于蓝，把三十年前的张爱玲时代化鲜明简化"。大都青出于蓝？恐怕未必吧。

亦舒虽然崇拜张爱玲，却没有抄张爱玲，正像她崇拜鲁迅，也没有抄鲁迅。

她的三崇拜之一是曹雪芹，爱读的是《红楼梦》。

近五年来，还只是看《红楼梦》一本，或者是与红楼有关的那几本考证，奇怪的是，这本书竟是百看不厌的，而且越看味道越出来了。假如看到五十岁，还是没看腻，也决不会再去研究第二本。老实说：一生只看《红楼梦》，也太够太够；……至于《史记》《诗经》《论语》以至其他等等，只好暂时对不起了。

我有一套庚辰本《脂砚斋重评石头记》……我认为终身抱住一套庚辰本，已经足够，胜却人间无数。

……于是顺手拿起新的线装庚辰脂评石头记，看到半夜两点。

……冰箱大堆啤酒，有洛史超域（Rod Stewart）录音带，一套庚辰本石头记，一份稳定的职业，一个有人看的专栏，哗，夫复何求。

她是这样地崇拜《红楼梦》：当年在英国读书时，"剑桥的洋教授发牢骚说：'近年来中国人这么多，真分不出真假，只好这样了——但凡会说国语的，且算他是中国人吧。'鄙人当时很有助洋鬼子气焰之罪，补了一句：'这样吧，但凡会说国语，又看过《红楼梦》的，就放他一马，给他做中国人吧。'"

这么沉迷于红楼的亦舒，小说并没有抄红楼，正像杂文并没有抄鲁迅。一切照抄，就不成其为亦舒了。亦舒的家明和玫瑰，是现代社会的人物，不是宝玉和黛玉，而且是二十世纪下半世纪的香港人，是不同于二十世纪下半世纪的台湾人的。

虽然香港有亦舒是相对于台湾有琼瑶而言（在时间上，琼瑶早于亦舒一个年代吧），亦舒又是怎么看琼瑶的呢？她说："台湾的琼瑶提了都多余。"然而，她还是提过的，从人到文，是这么说的：一次是见到琼瑶本人，一次是见到琼瑶的照片。先前的琼瑶本人没有后来见到的照片中的琼瑶好看。照片中"她是很老式的淑女型的，穿洋装也穿得旧式，非常闺秀格，拍照老是抿着嘴，手叠手，尾指做兰花状，年纪比张爱玲轻得多，姿态却比张老，眼睛上黑白分明的几道眼线，看着看着，就觉得名不虚传，文如其人"——很老式，是尽在不言中了。

亦舒其人又如何呢？看看她的自画像吧："穿着破牛仔裤，烂 T 恤，头发剪得如男童，化妆品是一罐凡士林，闲时拖凉鞋，夹香烟去骑单车，奔公园，看法国小电影，蹅地下打波子"。这自画像是漫画像，而且是少女时代的漫画像，一般是并不易见如此这般的"飞女相"的亦舒的。她有随便的时候，有整齐的时候，也有讲究的时候，不付，她总是和琼瑶不同的打扮，是时代和地域的不同，更是气质和品位的不同。

老式的台湾琼瑶！现代的香港亦舒！

一九八七年十一月

诗人欧外之逝

一

"欧外鸥去了！"这是小思通过《七好文集》发出的讣闻。

我欲哭无泪。

我不是和他的交情好到如此的朋友。只不过有过几次见面之缘，略谈数语之缘，甚至只有点点头或交换一下眼光之缘。

"文革"后期，去广州看一位朋友。

朋友住在中华商务办事处的楼上，而欧外当时是被管制的对象，处于斯文扫地的日子，见了熟人也不能随便说话，只能点点头，或交换一下目光，心照不宣。

我只听说，他很怪。三四十年代时，穿得很绅士，而且一定要戴上白手套，持手杖，抽烟斗，那才"诗人"！白手套成了他的标志。

他的诗也是很怪的，最有名的是把大大小小的"山"，颠倒颠倒地排列。很现代。

我在北京的日子，他经过香港，到美国定居。我猜想是去依靠女儿，如今许多人都有女儿在美国，可以依靠。

我回到香港以后，很快就接到一封纽约来信，欢迎我重回故地。这信就是欧外写的。该死的是我，没有及时回信，后来就再也找不到来信。我这人又懒，没有及时向朋友打听他的地址，每到寄年卡时，就欲寄无从。越拖越久，就越认为应该好好写一封信，就越感到不能轻易下笔，就又拖下去了。

现在好了，看你怎么拖？我是欲哭无泪。

并非老朋友，比欠了老朋友的巨债更被压得喘不过气来。真抱歉，欧外！

原名李宗大，南海人。

二

听到诗人欧外鸥去世，心里充满歉意，我就写了篇短文。这两天看到别人写他的文章，是从我的短文里知道他曾"涉嫌汉奸"，在"文革"中被斗。我似乎不是这样说的，我只是说，他被当作"汉奸"来斗，那是一点"嫌"也没有的欲加之罪，他只不过在沦陷的家乡多住了几个月（他是虎门不是南海），才去了大后方，这就被当作"汉奸"斗了。

看到说欧外鸥"涉嫌汉奸"，我就心里不舒服，莫不是我写得不清楚，"误导"了人？

也有人奇怪，我们一些人为什么叫他欧外。我想，这可能有两个原因：一是当年日本有个作家叫森鸥外，一是广东人有个习惯，欢喜把熟人减一个字叫，如毛泽东叫"毛泽"，减去了"东"。有时减去第三个字，有时减去第二个字。欧外鸥略去一个"鸥"，不就成了"欧外"了吗？这样叫起来似乎亲切点。

翻出一本《南国诗潮——〈中国诗坛〉诗选》，有他的四首诗，是抗战期间他在大后方的作品，其中《甘地的肚》就是在桂林作的。

"下午5时了／乐群，三教，Grand 餐厅都一堂济济／你们路上遇见了我／问我吃了饭没有／谢谢你，没有这样早／我的用膳时间／上海人时间／下午8时呵

"下午8时了／嘉陵、美爵川菜馆又食家盈门／你们路上遇见了我／问我吃了饭没有／对不起，那会这样晚／我的用膳时间／广东人时间／下午5时呵

"其实／下午5时／至／下午8时之间／我都在路上散步／饱餐了一顿'空气'／借空气的营养／我这个甘地的肚呵

"哈哈哈／你听我的笑声对不对／一点烟火气也没有的／一点微温也没有的／不热的笑。"

曹聚仁感旧

《海光文艺》从第二期到第五期，连载了丁秀的《文坛感旧录》。丁秀是谁？曹聚仁是也。只有他，才对文坛有那么多旧可感可录。

曹聚仁原打算把周作人的《知堂回想录》交给《海光文艺》在《新晚报》中断后发表，后来不知什么原因，并没有实现。在这以前，《知堂回想录》已在《新晚报》上连载刊出了一个多月，忽然北京有令，要将它腰斩，那时我们还不知道"文化大革命"的山雨欲来，后来我们筹办比《新晚报》调子更低的《海光文艺》，这样就在《海光文艺》上打主意，打算把已在《新晚报》上抛头露面的《知堂回想录》转移到《海光文艺》上去。好在没有转移成功，否则它又将受到另一次腰斩了，《海光文艺》自己也只是活了十三个月，《知堂回想录》就算连载了也还是活不长，不免要和《海光文艺》同归于尽的。

曹聚仁的文坛感旧也只写了四期，他首先从（诗人）徐玉诺谈起，然后是"湖畔诗人"汪静之，更后是李石岑的"情书"，是"黎烈文在台北"，再就是"世说新语中的人物曹礼吾"了。最后则是"夏丏尊师"。

曹礼吾被曹聚仁推为鲁迅文章的第一解人。他的唯一著作就是《鲁迅旧体诗臆说》，是他逝世十五年以后才由湖南人民出版社出版的，但见到它的人很少。他逝世于一九六五年。他本有意笺注杜诗，但最后却只以笺注鲁迅诗传世。曹聚仁说，他是听了曹礼吾的讲解才真正懂得鲁迅《野草》中《好的故事》的。有一天曹聚仁请鲁迅吃饭，座中有曹礼吾，曹聚仁大赞曹礼吾对《好的故事》有独到之见，据说鲁迅听了连连点头赞许。

曹礼吾写诗学龚定庵，他的《赣居杂诗》，如"离边络绎纺车收，促织瞿兮韵转悠。欲织清欢秋不许，秋来织得是清愁。""当檐樟树种何年，叶郁枝蟠拂一天。虫鸟作家苔作客，尽教寄寓不论钱。""庭阶有鸟不知名，孤寂难禁每近人。何必当前通鸟语，此心能会即能亲。""春来曾种美人蕉，一雨经秋韵转饶。开得红芭仍自谢，应知花发亦无聊。"但他并没有诗集传世，诗篇想已散失了。

散文家黄蒙田

《海光文艺》是没有刊出编者的名字的，黄蒙田是主编，我只是协助他做些改稿的工作。

黄蒙田原名黄茅，字草予，他原是画家，后来成了作家。他毕业于广州市美专，抗战初期，他是军事委员会第三厅漫画宣传队的成员，他显然是画漫画的，后来不画了，却成了美术评论家。但他不认为自己是美术评论家，而应该是散文家，他写的有关美术的文字都是散文，不过许多谈到画家、画展、画集而已。

黄蒙田一生出了三十六本书。几乎有一半是和美术无关的文字，如《清明小简》《落乡班子》《职业与爱情》《北行记》《在人生舞台上》《花间寄语》《花灯集》《晨曲》《春暖花开》《抒情小品》《竹林深处人家》《裕园小品》《风土小品》《湖畔集》《山水人物集》《湖光山色之间》《黄蒙田散文集——回忆篇》……只看书名，就知道这些都是小品、散文的集子。

黄蒙田这名字使人记起法国的大散文家蒙田来，他取名蒙田，恐怕和这位法国散文家多少有些关系的吧。

黄蒙田的著作最后一本是《黄蒙田序跋集》，除了一篇为罗隼的《香港文化脚印》集作的序外，其余近五十篇都是为画展、画集作的序跋。《黄蒙四散文——回忆篇》写的也多是画家，二十八人中，除了作家叶灵凤、蒋牧良、侣伦、叶苗秀，诗人韩北屏、夏果、欧外鸥外，其余二十二人完全是画家，而有十篇是写木刻家新波的。

相当长时期，他还是全国美协在香港的常务理事。这是所有全国性文艺团体唯一有常务理事长住香港的。

但是他夫子自道，在《读书文钞》这本书的后记中说："我不是写美术评论，虽然这些文章也不可避免地有所评论。我从来认为自己所写的是散文或小品，如同别人的散文或小品写人物、生活或风景一样，我不过是以人物中的画家和他们表达内心世界的作品为题材而已。我不会，或极力避免理论式的评论，只是用散文、小品的形式或笔调叙述我的想法而已。"

由于他的出身，他的经历，人们还是把他看成是美术评论家。他的晚年，在《海光文艺》以后，有相当一段时间他主持了《美术家》杂志，这是打正招牌的美术杂志。在《海光文艺》以前，他还主编过《新中华画报》，也可以算是和美术有关的吧。

有人说，黄蒙田的文字有些西化，像翻译过来的文章。但他那些"回忆篇"中怀人的文字却是写得感人的，不是一般的怀人忆旧。如他写的《想起李可染》，提到李可染抗战期间旅行时一定要带两样书，一是《鲁迅全集》，一是珂勒惠支画集。他又记得抗战时期李可染在桂林画宣传大布画，比后来画的丈二疋宣纸大两倍以上。一个人爬上爬下地画。这些都写得生动传神。又如写李可染七十岁时为了上井冈山作画，切除了因病变不良于行的三只脚趾的事，更令人感动。只是举这一例，就可以知道他那些"回忆篇"不是枯燥乏味的文章，实在是内容充实、言之有物的精彩作品。这就无怪他自己所写的回忆文章不是没有什么特色的美术评论了。

二〇〇五年八月二十三日

《海光文艺》和《文艺世纪》
——兼谈夏果、张千帆和唐泽霖

一

《海光文艺》只有一年零一个月的生命（一九六六年加一九六七年一月），但在香港的文艺刊物中，它不算很短命的。像今年的《作家》月刊，只出了两期；像七十年代的《四季》和《七艺》，也只是各出了一期或几期；而同在一九六六年出版的《文艺伴侣》，只出了四期。比起它们来，十三期的《海光文艺》简直可以算得有些长命了。

它是生不逢辰的。一九六六年，是"文化大革命"惊天动地而来的一年，虽说五月天才正式开始，但在大陆上，早一年甚至早两年，已是风起于青蘋之末，文艺界有些人的日子已经很不好过。当我们在筹备出《海光文艺》时，《海瑞罢官》已处于被批判的逆境。虽说香港不属于"文革区"，但在那样的时候我们却办《海光文艺》这样的刊物，也实在是不识时务的。因为，那时我们是左派！

我们，是黄蒙田和我。黄蒙田以前主编过《新中华画报》，以后一直到现在，还在主编《美术家》杂志；曾经是画家，后来成了散文作家和美术评论家，不再画画，这和他的好朋友叶灵凤颇为相似。由于他有过编画报的丰富经验，他的一位出版家朋友有意创办一个文艺刊物时，很自然地就想到了请他出马。我是编过文艺副刊的人，虽然长期干新闻工作，对文艺始终保持着很大的兴趣，因此也就被邀助他一臂之力，帮他这个主编组织一部分稿件。对我来说，这正是投其所好的邀请。

从二十世纪四十年代末期直到六十年代中期，香港文化界一直是红白对立、壁垒分明的。我们的设想是要来一个突破，红红白白、左左右右，大家都在一个调子不高、色彩不浓的刊物上发表文章，兼容并包，百花齐放。这样的文艺刊物在今天的香港已经有了，但在二十年前，那还是一个较有新意的设想。

如果我们是信息灵通的，当时就不会这样想了。这和当时北京的气候是很不适应的。什么"帝王将相，才子佳人"，什么"裴多菲俱乐部"，都已经逐渐受到批判，而我们却似乎对这些都很为无知，因此才敢想、敢干。

为什么叫《海光文艺》呢？图现成的方便。当时有个《海光》杂志，是综合性、知识性的，不准备办下去了，这就接过它的登记证，加上"文艺"两个字，办一个新的刊物。这样做，也是为了使刊物灰色些，像是原来的《海光》文艺化，看起来不红。

平日常在左派报刊上写东西的作者，发表作品时也多用了笔名，如何达，尽管他为《海光文艺》写了不少诗，却从来没有一次出现过何达这名字。甚至像曹聚仁，用的也是丁秀这笔名，而叶灵凤，是任诃、秦静闻。

不是说要不分左右、红白混杂的吗？怎么又不让左和红的出现？因为红白对立、壁垒分明惯了，当左的、红的出现时，就可能使得右的甚至中间的望而却步，因此，就不得不委屈那些被认为左或接近左的知名作者，换一个陌生一些的笔名了。

在筹备的过程中，就曾经因为背景是红的，一些和《中国学生周报》有关系的朋友，尽管愿意写文章，终于因为上边不点头而没有动笔。但在刊物出版后，却颇有台湾的作者寄来稿件，登了出来的；也有在美国的侯榕生寄来的稿件。

老作家姚克、刘以鬯、李辉英、侣伦……中青年作家舒巷城、依达、孟君、张君默、梁荔玲……画家陈福善、萧铜，音乐家周文珊……都成了《海光文艺》的作者，而李英豪和亦舒写得更多。亦舒那时是"小荷才露尖尖角"，但却是"崭然露头角"，很受人注意的青年作家，她在《海光文艺》上发表的《满院落花帘不卷》，二十年后被《博益月刊》推为当年佳载，陆离说"每次重读，都有泪意"，有迷人的缠绵，还说："《满院落花帘不卷》时期的亦舒尽管含苞未放，但是一阵清新的香气，已经散发开来了。"

曹聚仁用丁秀的笔名写的《文坛感旧录》，是一个很有内容的专栏，可惜只写了九篇，连载了三期，就没有继续写下去。现在回忆，大约是他得了病，进了医院，进入了那一段"浮过生命海"的时期，无法再写。但后来病好了，还活了六七年，却一直没有重新写，真是可惜！这一场大病，使他写出了《浮过了生命海》这本书，二十年后，叶特生又用了同样的名字来写自己的病中小品。

应该一提的是，侣伦以林下风的笔名，在《海光文艺》发表了他的香港文坛感旧录——《香港新文化滋长期琐忆》，也是连载了三期，后来收进了《向水屋笔语》中，成为十几篇香港《文坛忆语》的第一篇，为研究香港文学提供了很可贵的早期资料。

此外，还应该提一提的是，《海光文艺》先后刊出了佟硕之的《金庸梁羽生合论》以及金庸的《一个讲故事人的自白》、梁羽生的《著书半为稻粱谋》这三篇谈论武侠小说的文章。佟硕之的文章很长，也是分三期才登完。当时都以为这篇文章是我写的，我也"认"了。事实上，它出于梁羽生的手笔。梁羽生因为既写自己，又论金庸，不免有些为难，禁不住我坚决约稿，才勉为其难地答应了，却提出了要我冒名顶替承认是文章作者的先决条件，就是这么一回事！

从这里可以看出，我们早就认为，新派武侠小说不应该被排除于文艺之外；同样也认为，流行小说也不应该被排除，登载依达、孟君。郑慧的作品就是证明。当然，我们还认为，文学有严肃和通俗之分。这样的分类也是从俗，通俗的作品未必就不严肃。

我当时只是做了一部分组稿的工作。编辑工作主要是黄蒙田做的。由于他是画家出身，每期封面都选用名家油画，颇有特色。至于《海光文艺》这四个字，那是佘雪曼的手笔。

　　在组稿工作中，我交了好些原来陌生的朋友，有些人当时不便写稿，也还是成了朋友。到了后来，形势变了，写稿无碍，也就彼此交换写稿了。戴天、胡菊人、罗卡、陆离……就是那时认识的，在以文会友之外，这可以算是以刊物会友吧。

　　在香港，由于受了台湾宣传的影响，曾经有人一听到"统战"，就要视之为洪水猛兽，避之唯恐不及，其实，统战无非就是尽可能广泛地交朋结友而已，何怕之有呢？世易时移，现在仍抱有这样心态的人恐怕是少而又少的了。

　　说句玩笑的话，《海光文艺》是个不祥的十三，只出了十三期，在"文革"高潮的一九六七年一月，出了最后一期就不声不响地结束了。拖这么一个月，多少说明，它并不想死；不声不响，也多少表示了不甘心。但这时"文革"风烈，澳门又有过"十二月风暴"，山雨欲来，不久，香港更有了强烈的"五月风暴"，像《海光文艺》这样灰而不红，调子很低的刊物，又怎么还可以拖得下去呢？

　　十三期《海光文艺》，每期大三十二开，一百页，不过十万多一点字，合起来一共一百三十万字还不到。它在香港新文学运动的进程上，并没有起到多大的作用。不过，作为当事人，我们还是很怀念它。

二

谈到《海光文艺》，我们是不能不怀念那位推动其事的出版家朋友的。特别是此刻，回忆就更加深切，而使人黯然，因为这位朋友刚刚在十多天以前离我们而长逝。

他是唐泽霖，以出版事业终其一生。不过，最后的十多年他是被迫离开了出版工作。

他是安徽人，二十世纪四十年代在上海、重庆工作过，和三联书店或三联中的某一家书店有关。一九四九年以后到了北京，负责过新华印刷厂，六十年代到了香港，主持相当繁重的出版工作。"文革"当中，可能是一九七〇年前后，他突然奉命赤手只身回广州，接受"批斗"。后来没有事，工作却丢了，从此就再没有走上任何工作岗位，加上疾病缠身，就只有进医院、出医院、出医院、进医院的份儿，直到今年八月中在广州离开人世。尽管活到了七十一岁的高龄，这样的晚景总不能说是"夕阳无限好"的。

他为人诚挚而又耿直，工作勤恳负责。由于工作的关系，他就想到了要出一个可以兼容并包，无妨百花齐放的文艺刊物，就这样，想到了黄蒙田和我。就这样，诞生了《海光文艺》。他是刊物的实际负责人，我们是负责编辑工作的。在这上面，他从来不加干预，我们的工作受到了充分的尊重。

由于对书画的共同爱好，我们原来就是朋友，这一来，就更加熟起来了。一次，他见我有一个齐白石篆书的横额——"片石居"，就一定要和我交换。我简直是不假思索地就同意了，因为他又有爱石癖，专门收藏并不名贵的各种各样的石头，"片石居"这三个字对我并不怎么，对他就很有意义了。他是用两个字——弘一法师写的"无上"——来换三个字的。他知道我喜欢弘一的字。但后来经过"文革"中的那一折腾，他原有的收藏几乎都荡然无存，包括那许多石头和那一幅横额。

爱石的他，有一句赞石的话："石头碎了也还是石头。"这很容易使人想到，应该用这句话来赞美他，他这人就有石头的硬，也有着"碎了也还是石头"的坚韧的风度。

他也欢喜石湾陶瓷，有时不怕十斤八斤重，把大件的"石湾公仔"从广州提回香港。他一定要亲自提，怕假手于人会打破。我有过一件大的旧石湾铁拐李，就是从他那里得到的。那是我少数几件新旧石湾中的重器。

但我们之间（加上黄蒙田成为"三个臭皮匠"），最使人回忆的还是《海光文艺》，尽管分量轻，它还是我们的重器，因为我们是花了一些力气去制造它的，并非轻而易举。

三

说到香港新文学运动中的重器，就不能不使人想起坚持了十二年之久的《文艺世纪》和它的主编夏果。

说到《文艺世纪》，就不能不使人首先想起推动它问世的张千帆。

既然谈到了唐泽霖，就先人后刊，先谈张千帆，再谈《文艺世纪》吧。

和唐泽霖一样，张千帆也是从北京到香港来的；和唐泽霖不一样，他不是"上海人"，原来就是香港人，从广东大埔移民到香港的客家人。

张千帆是笔名，他原名张建南，又名章欣潮。他现在北京做记者的儿子就是姓章而不姓张的。章是他的本姓。

二十世纪三十年代抗日战争爆发前后，他在香港也是一名记者，工作所在是《华侨日报》。热血男儿的他后来北上抗日，辗转到了延安。后来到过山东，参加过《大众日报》的工作。抗战胜利前后到了东北，在长春、沈阳都办过报纸，负责过宣传工作。一九四九年后，到了北京，进了侨委。

他是五十年代初期到香港来的，具体的时间大约在一九五三年。他主要是去开展中国新闻社的业务。在他的推动下，李林风（侣伦）办起了对海外发稿的采风通讯社，那是一九五五年的事。侣伦在一九八五年采风社三十周年纪念时写文章说，当年"几个曾经在新闻界站过岗的朋友，对新闻事业具有共同兴趣。在机缘巧合的情形下聚拢一起，决心继续为新闻工作致力，试行组织一个新闻机构"，这就是侣伦主持的采风社！这几个站过岗的朋友当中，就有张千帆，而且他还是最主要的"发烧友"！

他的热不仅在新闻，而且在文艺。两年后的一九五七年，又被他"烧"出了一个《文艺世纪》来。诗人夏果担任了主编。本来是可以由侣伦主编的，他这个香港新文坛的拓荒人挑这担子也许更合适，可能因为肩头已经压上了采风社，就不想换担挑了。

张千帆的"热"还不止这些。他还推动吴其敏先后办了《新语》和《乡土》这两个刊物，综合性而又多少侧重于文艺，是以反映新中国海外华人故乡的乡情为主的。《新语》是什么时候问世的，我已经记不清楚；《乡土》却是一九五七年一开始就诞生了，是个半月刊，它比五月间创刊的《文艺世纪》还早了几个月。刊物以外，还出了一些书，周作人的《过去的工作》就是，尽管用的名义是新地出版社。

这以外，张千帆还推动出了丛刊式的《五十人集》（一九六一）和《五十又集》（一九六二）这样的书。每一集都集中了五十位作者，每人一篇散文。其中年龄最大的一位，是当时已有八十七岁的徐翁（包天笑），他是以九十九岁的高龄于一九七三年病逝的，不等我们替他祝贺长命百岁就撒手而去了。

丛刊式的书以外，他又推动出了《新雨集》（一九六二）、《新绿集》（一九六二）和《南星集》（一九六三）三本书。它们和两个《五十》不同的是，每一集都是六位作者，每一个人都是一辑文章或诗。文章有散文，也有小说。

在《新绿集》中，有张千帆的一辑散文《绿窗小札》；在《南星集》中，有他的一辑散文《山居散记》。

在这以前的一九六〇年，他还出了一本散文《劲草集》。这可能是他唯一留传下来的个人的集子，是他四十年代末期以至五十年代在内地的作品。

他就是这样对文艺、对写作、对出版有很大兴趣的人，对香港的文艺工作做出了贡献的人。

他对书画的欣赏也很有兴趣，收藏过一些齐白石、黄宾虹的精品。他也欢喜和朋友交换藏品，我有一幅叶浅予画的刘三姐，由叶灵凤题笺，就是他要交换我的一幅黄宾虹而得到的。

但他的藏品后来也都荡然无存了。后来，是"文革"当中，有些是被"抄家"拿走了，不再回归；有些是贫而无以为生，卖掉换米买菜。这时他已经从香港又回到了北京。

他是"文革"前回北京的。"文革"中难逃一"斗"，是势所必至的事。只靠一月二十多元的生活费当然不能养家糊口，就不能不在书上面和书画上面打主意，为稻粱谋。他也爱藏书，专搜集签名本。这时就不管签名或不签名，一扎一扎的，交给小儿子上街去卖，他自己只是跟在后面，等待交易成功后，和儿子一起去买些食物或简单的日用品，偶然忍不住嘴馋，就带了儿子到东安市场去吃一顿涮羊肉。这当然是辛酸的故事，不过，比起另一些知识分子所受的遭遇来，却又算不得什么了。

他后来也到过江西，进过"五七干校"，得了重病，又得到许可回北京治病，几个月后就不治而与世长辞，大约是一九七一年春末夏初的事。

"沉舟侧畔千帆过"，他就是这样过去了，永远过去了。这样一位为香港的文艺工作默默地尽过力，有过热，发过光的人。

我们应该记得他。可惜我所能记得的实在不多，暂时就只能说这些了。

四

这就要再谈谈《文艺世纪》。

《文艺世纪》是一九五七年六月创刊的，一九六九年结束，前后经历了十二个半春秋，出了一百五十一期。在香港的文艺期刊中，是寿命最长的一个。《诗风》也出了十二个年头（一九七二年至一九八四年），一百一十六期。但和《文艺世纪》的十六开本、五十页相比，形式上它就显得小了一些（初时是单张，后来是三十二开一本）。而比起另一些篇幅更多的刊物来，如后来的《海洋文艺》（三十二开本，一百四十四页），《文艺世纪》时间上却更长久，《海洋文艺》只存在了八个年头（一九七二年至一九八〇年）。因此，要说香港文艺刊物的重器，就只能是《文艺世纪》居于首位了。

《文艺世纪》是纯文艺的。侣伦说："它是同时期的一些以'文艺'标榜而实际是综合性杂志的刊物中较突出的一本。它的内容纯粹是文艺性质的，而且也是较有分量的……在此之前，香港还不曾有过像《文艺世纪》那样风格的文艺刊物。"

它不仅有"较有分量"的东西，也有较为轻量级，适合年轻人的内容，每一期还增刊《青年文艺专页》，为港澳和海外的青年写作者提供了发表创作的园地，并且还配合评介的文字。

在青年性以外，它还有海外性，经常发表海外各地作者的作品，以及东南亚各国的民间故事和传说。

它是在许多方面都能使爱好文艺的读者感到满意的。曹聚仁甚至说，如果他有只够订一份杂志的钱，他就只订《文艺世纪》。

叶灵凤说，《文艺世纪》在被称为"文化沙漠"的香港能存在十年之久，真是一个奇迹。事实上，它比奇迹更奇迹地多活了两年。

这十二年是并不简单的。它创刊之年，内地掀起了反右浪潮，席卷了几十万知识分子。不过，这浪潮并没有卷到香港来，要不然，它的诞生就要成为不可能了。

它的晚年，又碰上了"文革"，和反右不同，"文革"对香港是有了很大的冲击的，最大的冲击就是一九六七年的"五月风暴"。左派报纸上的新闻说得夸张些就只剩下两条：要闻是"文化大革命"，港闻是"反英抗暴"。副刊好些都被砍掉了，幸存的也力排"封资修"，许多东西都上不了版面，版面上"干净"得很。《文艺世纪》能够大体上保持一贯的风貌而没有变脸，真是不容易，那一种艰苦也就不问可知。

当然，它也并不是十分完美。"文革"未发生以前，就感到它有最大的薄弱之处：不能使站在比较右边的作者替它写稿。

正是这样，我们一些人才有了办一个打破红白界线，不那么壁垒分明的《海光文艺》的设想。《海光文艺》只出了十三期，而《文艺世纪》却坚持了几乎十三年！虽说离世纪还远得很，只不过一个世代多一点，却已经要使人对它不能不肃然起敬了。

这敬意首先当然要奉献于做了四千五百天辛勤耕耘的夏果。

夏果，原名源克平，诗人兼画家。和黄蒙田一样，当我认识他时，他早已放下画笔了，以至于在许多年以后，我才知道他作为画家的过去式。

虽说后来已经是很熟的朋友，我对他的过去式还是了解得并不多。只知道抗日战争胜利后，他们夫妇合做了一点小生意，卖点小首饰和纪念品，这当然是为稻粱谋。

他的诗笔却一直没有放下，他没有自我放逐于"文艺族"。因此，当张千帆回到香港，推动办文艺刊物时，他就成了伯乐看中的千里马了。如果只是日行百里的话，这匹千里马也就跑了几乎半百万——四五十万里。

他既编又写。编《文艺世纪》之余，就写诗、写散文。十分可惜的是，他只是替别人编文章，却从来没有替自己编集子。除了散见于报纸杂志的诗篇和文章外，就只有在《新雨集》中看到他自编的一辑十三首诗。

这些诗的最后一篇是《萧红的墓志》，写于一九五七年。那一年，是《文艺世纪》创刊之年，也是香港的作家们送走萧红骨灰安葬于广州银河公墓之年。重温一下这首诗吧：

在那黑色的日子，／灾难的日子，／虽则是一阵清爽的海风，／吹来也像刀刺一样苦痛的日子。／那个时候——／你草草地离开"人间"，／是的，你是静静地离开了地狱的。

一株小树，一块木碑，／是代表萧红的墓志。／伴你长眠的是贝壳，是死叶，／人说撮土为香，／但能为你供奉的，是乱石，／是沙子，／是呻吟的海语。

虽有一个诗人，／"走六小时寂寞的长途，到你头边放一束红山茶，"／他说"我等待着，长夜漫漫，／你却卧听海涛闲话"。／漫长的十五年啊，／海涛也诉尽所有的话语。／而漫长的十五年，／小树失去所终，／连"墓木已拱"也说不上。／放在你底坟头的／诗人虽亲手为你摘下的红山茶，／萎谢了，／换来的是弄潮儿失仪的水花！

浅水湾不比"呼兰河"／俗气的香港的"商市街"，／这都不是你的"生死场"。／甚至连一个小小的缸子，／都不能安容于大海的边缘；／但缸子所容的有比海还大的／是你馨香的民族魂。

像考古家发现了古代文物，／像勘察队发现了历史宝藏，／缸子终于出土了，／在白云故乡，／为你筑一座巍峨的萧红墓，／而你的墓志：／是民众作家，／是民众的女儿。／在你底墓前，／民众要为你栽上矗立的英雄树。

这最后一节里，出现的是"民众""民众"，第三个还是"民众"，而不是"人民"。是不是觉得有些别扭？猜想这中间有苦心，避免"人民"的红。这多少有些像是我们办《海光文艺》时的心态。不过，这已经无法向我们的诗人问个明白了。

他已经在一九八五年四月病逝。猜想是很寂寞的。没有看到什么悼念的文字。

他是个老实人。不屑于逢迎，也不懂得吹捧自己。他老实而朴素，看起来不像一个画家，也不像一个诗人。

但他却实实在在是诗人而兼画家。在香港这"商市街"中，他虽然做过小生意，却是属于"文艺世纪"的人。

一九八八年八月

廿年一画庆珠还

一

最近有了一桩在个人来说的喜事，这一喜，真是非同小可。

话要从二十年前说起：二十年前，到底是哪一年我已经记不准了，总之是二十世纪七十年代之初。新交的一位朋友请我吃晚饭，送我一幅山水画。饭在尖沙咀吃，饭后坐轮渡过海，那时还没有海底隧道，我坐的士回报馆，清理一天的最后工作——看晚报的副刊大样。在报馆对面的路旁下车，横过马路到了报馆门前，不好，这才记起刚收到的礼品还放在车上，回头一看，车已经不见了。这一急，又是非同小可，赶快回到报馆，托晚报的日报同事给摩托总会打电话，如果他们的会员发现这样一幅山水，请送给我。的士司机有许多是摩总会员。

这以后就再也没有消息，二十多年过去了，从此再也不敢在朋友面前提这幅画。这是他父亲的作品。他父亲是文化名人，画作不多而可贵，他用来送我，是天大的人情。在他面前，我怎敢提起这失画的事？

二十多年来，我忘不了这幅画，虽然它在我手里只不过一两个钟头，我甚至还没有十分看清楚它。

去年圣诞节期间，忽然在报上看到"嘞啰街行走"的文章，说他最近买了一幅山水，是少见的。画家正是我失画的作者。心头一动：这幅画莫非就是它？一是作者的画本来就少；二是流传到这个岛上的就更少。我于是厚起脸皮，要"行走"邓伟雄把这画给我看看。

这一看，就使我看到了珠还合浦。合浦现在是我们家乡的出海口。

二

这是一幅两尺左右的意笔山水，画中一株松和一株无名的脱叶树。近景是山石，远景是悬崖，崖上有瀑布飞流而下。画上的题诗："山泉寒未冻，犹作不平鸣。"上款是"霜岫居士雅赏"，下款是"戊子二反冷僧"，下面是"张宗祥"的章。

张宗祥是浙江有名的学者，做过浙江文史馆馆长，西泠印社社长。戊子是一九四八年，这是四十七年前的作品。那正是解放前夕，"寒未冻"，"不平鸣"，看来是有深意的。

张宗祥和马一浮齐名。画作不多，多是文人画，物以稀为贵，也就很可珍贵了。

我虽然记不清楚失去那幅画的笔墨和面貌，不敢断言就是它，但料想可能是，相信应该是，于是就厚颜相求，请它的新主人邓伟雄割爱相让，或多换一件别的画，这位"行走"十分慷慨，当场就送了给我。我虽然有些惭愧，却满心欢喜地收下了它。事后我这才大着胆子，向画家的公子张同和盘托出。他一听我说出画的面貌，就肯定是他送我的那一件。这就更增加了我的欢喜。

张同就是有名的漫画家阿五。多年在美国新闻处工作。前些年还在树仁学院新闻系教过书，教的是新闻翻译。他还安慰我，不要为失画事难过。他说他也失过一次他父亲的画。在路上，把没有裱的一幅山水丢掉了，幸而发觉得早，及早回头，沿路寻找，果然在来时路上捡了回来，只是被人踩了几脚，一阵蒙尘而已。

三

阿五知道我有这合浦珠还的喜事，又送了我一册《张宗祥论诗书墨迹》，使我对这位大学问家知道得又多了一些，更增敬意和喜意。

他原来的名字是思曾，因为敬文天祥的为人，才改名宗祥。由于他注释的古书被认为多是冷僻的书，就自号冷僧。他是浙江海宁硖石镇的人，和丰子恺的父亲丰鐄同一科中的举人；和蒋百里同时被保送留学日本，因父丧未去；又和鲁迅、许寿裳在浙江两级师范学堂教书，发起过反对学监（校长）夏震武的"木瓜之役"。

……只是从这些，就可以看到他的来头不小了。

二十世纪二十年代，他在担任浙江省教育厅长期间，补抄、重校、整理了杭州文澜阁珍藏的《四库全书》，使它归于完整。抗战期间，这一份国宝运去了四川，战后才运回杭州。他担任了保管委员会的主任委员，护书有功。解放后。他担任过浙江图书馆馆长、浙江文史馆副馆长（馆长是马一浮）、文史资料委员会主任、西泠印社复社后的第一任社长。

他文史、诗词、书画都有很高的成就。他抄校古书，日写一万五六千字，多的时候达到二万四千多字。

他诗词很多："曾于方外见麻姑，闻说君山自古无。原是昆仑山顶石，海风吹落洞庭湖。"这是咏洞庭君山的一首绝句。

他精于书画，也精鉴赏。历史上，三样件件皆精的，只有宋朝的米芾、元朝的赵子昂、明朝的董其昌三家，第四家就是张宗祥了。潘天寿、陆维钊、沙孟海都是他的晚辈，对他都很佩服。

四

被认为不论在书法的成就上，还是书学理论上，都在同辈的马一浮、晚辈的沙孟海之上的，是冷僧老人张宗祥。

他几十首《论书绝句》中，第一首就是"岳忠武"岳飞，当然也是因为敬重的缘故。

诗是："撼山容易岳军难，笔阵纵横一例看。莫道书名因人重，即言书法亦登坛。"注说："见少保写《吊古战场文》一篇……

字极倜傥，在王、米之间。高宗喜王字，故臣下亦效之欤？"

岳飞的字人们见到的是写前后《出师表》，也有人怀疑不是真迹，甚至认为传世无真迹。但张宗祥却给人们以信心。朋友"二流堂主"唐瑜从北京问吕留良字的市价。我心想，吕留良受了奇冤，哪还可能有真迹传世？但张宗祥有诗："行草河南笔法多，亦参浓墨学东坡。当年卖艺传应广，故火成灰可奈何。"也注说："晚村出在苏、褚之陶，亦能篆刻……订润卖艺……其流传必广。曾静狱劫，祝同祸水，毁灭恐后矣。"由于有过从前的"必广"，毁灭以后也有可能仍有遗留。我的猜想未必对。

《论书绝句》第三首就是写严嵩的："能拙能态绝世姿，钤山文笔两称奇。聪明魄力皆天赋，令我低徊想会之。"诗注说："其书厚重恣肆，大类其文章，不能因人废之也。"

严嵩的字在北京还可以见到，有名的酱园"六必居"那块招牌就是他写的。他的集子叫《钤山堂集》。不因人废文、废字，冷僧老人的意见是实事求是的。

五

张宗祥是个很通达的人，看他论书法，论严嵩以至秦桧的书法和文章就知道。

他说："分宜墨迹不多见，想因人故为世毁灭。其书厚重恣肆，大类其文章，不能因人废之也。"分宜就是严嵩。他是江西分宜人，古人有时欢喜以地名代人名，因此叫他严分宜。张宗祥认为严嵩的字和文章都写得好。严嵩的《钤山堂集》能流传于后世，是一件幸事，比秦桧为幸，因"秦集终未得见"。

他在谈到史可法的书法时，更有发挥。《论书绝句》中关于史可法的一首是："骨透神情无画尘，只应埋骨与梅邻。成仁取义由心学，书法安能鉴定人。"他推崇史可法的书法，更敬重他的为人。但不应该以人品定书法的优劣。

他说："阁部书，秀丽之气充塞纸间。殉国后葬梅花岭。世人喜以书法论人品，偶有一二合者，即举以为公案，若颜字之刚劲，赵字之妩媚。其实此论最不足信。平原《送刘太冲序》飘逸之至，《祭侄文》墨迹亦颇妩媚，此姑不论；晦庵学秦会之而为一代名儒，香光书品淡远冲笺而有公抄董宦之事，人品自人品，艺术自艺术，幸无并为一谈也。"

阁部，指史可法，他做的官。颜和平原，都指颜真卿，他做过平原太守。赵指赵孟頫。晦庵是朱熹。秦会之是秦桧。香光是董其昌。赵、董的名誉都不太好。

像这样"人品自人品，艺术自艺术"的议论，一般是不大敢说的。张宗祥才显得这么通达。

当然，因人品好而爱他的艺术，反过来也是。这也是人之常情。